書下ろし

ロストジェネレーション

不動産営業マン・小山内行雄の場合

風戸野小路

祥伝社文庫

目次

序章　光が消えた日

ドアを開けると、室内は薄暗い。ブラインドの隙間《すきま》から漏れる朝日が一日の始まりを控えめに告げていた。朝の静寂《しじま》、落ち着く時間だ。

小山内行雄《おさないゆきお》は室内に入ると空調だけをつけた。照明はつけない。ブラインドも上げない。壁に掛けられた時計を見ると八時十分。始業までは一時間近くもある。少し得をした気分にすらなる。

デスクに着き、ホットコーヒーを啜《すす》ると、まさに適温。会社近くのコンビニで購入し、ここに来るまでの間にほどよく冷めるのだった。

行雄はコーヒーを置くと、鞄《かばん》から一通のハガキを取り出した。結婚式の招待状。誰もいない室内でしばらくの間それを見つめていた。

「ご欠席」に二重線を引き、「出席」に丸をしてある。新婦である本人に直接渡すつもりで持っていたが、渡そうとしたその日から彼女は会社を休んでしまったのだった。渡さないでよかったと、今では思っている。なぜなら、この結婚式が執《と》り行なわれることはもうありえないからだ。

それにしても……と行雄は思う。

本当に現実は予想だにしないことだらけだ。事件、事故。それらは、突然に目の前に降《ふ》って湧《わ》いたように現われる。身構える時間も、覚悟する余裕さえも与えずに。そんな現実の前で、人はなす術《すべ》もなく流されるだけなのだろうか――。

そのとき、ドアの開く音がした。

「小山内か、早いなあ」

課長の角田《かくた》だった。角田は薄暗い室内に一人でいる行雄に一瞬ギョッとしたようだったが、やはり照明はつけない。体が仕事をまだ受け付けないのは行雄と同じようだった。

「おはようございます」

行雄は招待状を手にしたまま挨拶《あいさつ》をした。

「おはよう。昨日、お通夜に行ってきたよ……」

角田は自分の席に向かいながら言った。

「どうでしたか？」

「うーん、心が痛むとはこのことを言うんだろうな。あおいちゃんもご遺族と一緒に並んでいたけど、なんて言葉を掛けてよいものか分からなかったよ。ただ、会社に来るのは落ち着いてからでいいから、としか言えなかった」

角田は自分のデスクに鞄を置くと、大きく嘆息《たんそく》する。

行雄は手に持っていた招待状に目を落とした。

「たしかに、掛けられる言葉なんて見あたらないですね……」

「うん。それにしたって突然すぎるだろ。挙式目前にして新郎が亡《な》くなってしまったんだから。あおいちゃんだって、そりゃ現実が受け止められないよ」

「やはり、過労の末の自殺だったんですか？」

「ああ。遺書もあったらしい。『昭櫻住宅《しょうおうじゅうたく》に殺された』、そう書かれてあったそうだ」

「昭櫻住宅、うちの会社に殺された……ですか？」

行雄が思わず繰り返すと、角田は頷《うなず》く。

「まるで、遺書というよりはダイイング・メッセージだよ」

「たしかに、そうですね」

「小山内は面識あった？　亡くなった彼と」

「いえ。顔はなんとなく思い出せますけど。この支店には一年ほどしかいなかったそうですね。その時は戸建《こだ》ての方の設計をやっていたと聞いています」

そこで角田は怪訝《けげん》な顔をする。

「え？　子供いたの？　彼？」

「いや……いないと思いますけど、何でですか？」

「いま、『子育ての方もしっかりやっていた』って言ったから」

「いえいえ、『戸建ての方の設計をやっていた』と言ったんです」

「ああ、そうか……」角田は頭を掻《か》く。

角田は最近、原因不明なのだが、よく聞き間違えるのだった。大概《たいがい》それはおよそお門違《かどちが》いのことに結びつけられる。行雄の五歳上の角田はまだ五十にもならない。耳が遠くなるには早すぎた。行雄はストレス性のものを密《ひそ》かに疑っていた。

「弔問客《ちょうもんきゃく》に彼を知っている人がいたんで、聞いたんだ。結構、優秀な子だったらしいぞ。それで二年目から本社に引っ張られたんだって。本人の希望もあったらしいけど」

「あおいちゃんとは同期だったということですよね」

「うん。だからまだ二十五歳だよ。これは揉《も》めるだろうなあ」

角田は絞《しぼ》り出したような声で言った。

「二十五歳ですか……。会社なんて辞《や》めても、いくらでも再出発できたのに」

「そうだよなあ。しかも、あんなに可愛《かわい》い彼女を残して」

「ええ……」

行雄は綺麗《きれい》に片付いている斜向《はすむ》かいの席に目を移す。閉じられたままのノートパソコンがそこには置かれていた。

昭櫻住宅に殺された——。

彼女はその言葉をどう受け止めているのだろうか。そう考えると、このノートパソコンが彼女によって再び開かれることはないような気がした。そして、あの賑《にぎ》やかな笑い声も、もう聞けないような気がした。

第一章　失われた世代

一

五年後――。

駅前のスーパーマーケット。行雄は思わずそこで足を止めた。

入口に留《とど》まること三分。

やはり今日は、このまま素通りしてはいけないような気がしてきた。

ケジメ。節目《ふしめ》。

そんな言葉すら行雄を後押しし始める。

考えてみろ。いくら検診の結果、休肝日《きゅうかんび》を設《もう》けるよう指導されたにせよ、八月のこの酷暑の中、六日も我慢したのだぞ。医者も許してくれるに違いない。いや、むしろ褒《ほ》めてくれるかもしれない。そして何より、今日は新規の契約も取って来たのだ。飲まない理由がまったく見当たらない！

行雄は店内へと闊歩《かっぽ》する。

ビール。

と言っても、買うのはプライベートブランドの「第三の」が付くやつ。五百㎖缶を一本のみ。会計を済ませるとそのまま鞄の中にしまった。俄然《がぜん》、帰路を急ぐ。

家まではまだ二十分ほどかかる上に、この暑さ。早くしなければ、折角《せっかく》のビール様が温まってしまう。と言っても早歩きし過ぎて、鞄を振るのも良くない。匙《さじ》加減が難しい。自然と競歩の選手のように家路を急ぐことになる。

駅前の繁華街を過ぎると、外灯が少なくなった。行雄はもう一段ギアを上げる。スーツ姿だけにやや恥ずかしい。だが、人気《ひとけ》も無いので心配は御無用。そう自分を鼓舞《こぶ》した矢先だった。

「こんばんは」

若い女性の声。驚いた行雄は何ごともなかったように普通歩きにシフトダウン。恥ずかしさと驚きの入り混じった表情で声の方向に目を遣《や》った。すると、外灯の下、バス停のベンチに中学生くらいの少女が体育座りしていた。

「こんばんは」少女は同じ言葉を繰り返し、行雄に微笑《ほほえ》む。

ありそうでないシチュエーションに、戸惑いながらも行雄は歩みを止めた。

「こ、こんばんは。俺？」行雄は自分の顔を指さす。

「うん。お兄さん」

少女は喜色《きしょく》を浮かべて行雄を見上げる。

「お、にいーさん！」

行雄は思わず歌舞伎《かぶき》役者のような言い方になる。

この子は目が悪いのだろうか。今年で四十七になるオヤジを捕まえてお兄さんはない。

それとも、少女の方向からだと暗くてよく見えないのか。

「ちょっと、助けてくれませんか？」

少女は突然に痛そうな表情になる。

「どうしたの？」

「家に帰る途中で足を捻《ひね》っちゃって……。しかも携帯の電池切れちゃって」

少女はそう言いながら足首を押さえる。

「大丈夫？　今、救急車を呼んであげるから待ってて」

少女は慌《あわ》てて手を振る。

「家すぐそこなんで、救急車はいいです」

「そう。じゃあ、おうちの人、呼んできてあげようか？」

「ほんとすぐそこなんで、肩を貸してくれれば大丈夫です」

少女は小さく右手を出す。

「うん、分かった」

行雄が腰をかがめ、少女の手を取って起こそうとすると、逆に少女に引っ張られた。行雄は体勢を崩し思わず少女に覆《おお》いかぶさりそうになる。

その時、辺《あた》りが光った。

「オイ！　お前、俺の妹に何してんだよ」

突然の声。行雄が驚いて振り向くと三人の男が立っていた。しかも、かなりガラが悪い。真ん中の男が携帯電話を行雄に向けている。そして再びフラッシュ。

「違う違う！」行雄は少女から離れて、慌てて否定する。

「嘘《うそ》言ったって、こいつに訊《き》けば分かるんだからな」男は少女を顎《あご》で指《さ》す。「どうなんだよ、サナコ」

「このオジサンがいきなり襲ってきた！」少女は泣きそうな顔になる。

やっぱり、オジサンだと思ってるじゃないか、いやいや、今考えるのはそれじゃない。

「お前、妹に何しようとしたんだよ。滅茶苦茶《めちゃくちゃ》怯《おび》えてんじゃねえかよ！」

若い男はさらに凄《すご》みを利《き》かせてくる。脅《おど》し慣れている感たっぷりだ。

男は行雄ににじり寄り、行雄の肩に手を掛けた。見ると、その二の腕には刺青《いれずみ》が手首までびっちりと入っている。

「お前、どう落とし前つけるつもり？　証拠もあるんだよ？」

刺青の男は携帯電話を振る。

「いや……」行雄は恐怖からか言葉が出てこない。

刺青の男が笑いだす。

「おい、こいつ震えてるぞ」

他の男も腹を抱えて笑いだす。少女も嫌な笑みを浮かべながら何事もなかったように立ち上がる。

行雄は驚いて少女を見る。ぜんぜん立てるじゃん！　勘違いをしていた。最初からオヤジ狩りをするのが目的だったのか……。そして、この子は——。

「囮《おとり》だったんだ」行雄はそう呟《つぶや》いた。

行雄の額《ひたい》からこめかみに稲妻《いなづま》のような青筋が立つ。

「気付くの、おせーよ」刺青の男は小声で行雄に言った。

行雄は自分の肩に置かれた男の手を強く握った。

「何やってんだ、お前！」

突然の咆哮《ほうこう》。目を丸くしたのは、行雄ではなく刺青の男の方だった。

「こんな子に美人局《つつもたせ》みたいなことさせんなよ！　お前が、悪さするのは勝手だ！　でも、この子まで巻き込むな！」

「え？」

行雄のあまりの豹変《ひょうへん》ぶりに刺青の男は思わず姿勢を正す。

「何が許せないって、俺はそこが、許せない！」

「そ、そこ？」

「あたりまえだろ！　こんな年端《としは》もいかない子に犯罪の片棒担《かたぼうかつ》がせやがって。この子の両親がどんな思いで、この子を育てたか解ってるのか！」

「いや……」

「この子の大切な未来を摘むな！」

行雄は少女を指さしながら一気にまくしたてる。少女は息を呑む。刺青男は後ずさる。気が付くと周辺の民家からは様子を窺《うかが》う人、駅の方向には人だかりができていた。

「こいつ、なんかちょっとヤベーぞ、行こう！」

そう言うと、男たちは逃げるように去っていった。

少女も慌ててその場を立ち去ろうとしたが、少し行ったところで転《ころ》んでしまった。

「痛っ！」

そう悲鳴を上げると少女は先刻と同じように体育座りになり膝《ひざ》を押さえる。男たちは少女の声に振り返ったが、そのまま行ってしまった。

「ちょっと、おいてかないでよ！」

少女が叫《さけ》んだが、男たちが戻ってくることはなかった。

「大丈夫？」

見るに見かねて行雄が声を掛けた。少女は顔を顰《しか》めて、「痛い、痛い」と声をあげる。

「うわあ、出血してるね。ちょっと待ってて」

行雄はそう言うと近くにある自動販売機に行き、水のペットボトルを購入して戻ってきた。

「これで傷口に入った砂を洗い流そう。サンダル脱《ぬ》げる？」

「はい……」

少女は履《は》いていたサンダルを素直に脱いだ。

「沁《し》みたらごめんね」

行雄はそう断ると、ペットボトルの水で出血している少女の膝を濯《すす》いだ。

「痛くない？」

「平気です」

「まだ少し出血はしてるね。きれいなハンカチとかある？」

「使ってないのがあります」

「それで止血したいんだけど、汚しちゃってもいいかな？」

「はい」

少女はポーチからハンカチを取り出した。

「ハンカチを傷口に当てて手で強く押さえてて。オジサン絆創膏《ばんそうこう》買ってくるから」

「え……」

少女は驚いた顔を行雄に向ける。

当の行雄は先刻以上の急ぎ足で来た道を戻ると、ドラッグストアに駆け込んだ。

そして、高機能絆創膏を手に取る。自分へのご褒美《ほうび》にと買ったビールが六本は買えそうな値段だ。躊躇《ためら》いなくそれを購入すると少女の元に戻った。

「ちょっとハンカチを取ってみて」

「はい」

「お、出血は止まったようだね。女の子だから絆創膏が目立たない方がいいかと思って、これにした」

行雄はそう言いながら、高機能絆創膏を貼る。

「すいません」

「本当に足をケガしちゃったね」

行雄は冗談めかして言う。

「……はい」

少女は苦笑いを浮かべる。

「まだ中学生でしょ、君?」

「はい」

「どういう関係か知らないけど、あんな奴らと一緒にいたらダメだよ。利用されるだけなんだから。その証拠に君が転んでも置いていっちゃったでしょ」

「はい」少女は素直に頷く。

「もっと自分を大事にしてくれる人と一緒にいなければ駄目だよ」

「そんな人……」少女は口ごもる。

「いない、と思ってるんでしょ。そんなことはないよ。君が自分を大事にしていれば、必ず君を大事に想ってくれる人が現われる」

「あたしを大事に想ってくれる人?」

「そう。君を大事に想ってくれる人。そして君もその人を大事に想える人。そんな人が必ず現われる。だから君はその日まで自分を大事にしなければならないんだ。なんだか早口言葉みたいになってしまったけど、分かる?」

「はい」

少女はどうしたことか目が潤《うる》む。

「じゃあ、お説教は終了。どう、立てそう?」

「大丈夫です」

少女はそう言うと立ち上がった。

「まっすぐ帰るんだよ。そして、あんな奴らとは縁を切りなよ。オジサンにも君くらいの子がいるから分かるんだ。君のご両親だって君のことを心配しているはずだから」

「はい。ありがとうございました」

少女はそう言って頭を下げると、男たちが逃げていった方とは反対の方へ歩いていった。途中、何度も振り向くと行雄に手を振った。

行雄も少女が見えなくなるまで手を振り返す。

少女は最後に頭を下げると街の中に消えていった。

少女が見えなくなると、行雄は振っていた手を下ろした。

思わず苦笑いがこぼれる。

それにしても、道で絡《から》まれるなんていつ以来だ。それこそ中学生以来かもしれないぞ。あの頃は毎日、こんなハラハラドキドキだったっけ。

行雄は今まで振っていた右手をまじまじと見る。そこには破線状の傷がある。「あれから何年経《た》ったんだろうか……」

ひとりそう呟くと、再び家路についた。

二

行雄が風呂から上がると、妻の由香里《ゆかり》が夕食を電子レンジで温めてくれた。

今日のおかずは手羽元と卵を甘辛く煮たものがメインのようだ。その他に和《あ》え物や味噌《みそ》汁《しる》が並んでいる。

行雄は、そう言えばと、ビールを買ったのを思い出す。いろいろあったせいか、冷蔵庫に入れておくのをすっかり忘れてしまったが、鞄から取り出してみるとまだ冷たい。これならいけるかと思い、グラスに移すと、残念、泡しか出てこない。

「なに、その飲み物？　泡好きなの？」

由香里はそう言うと行雄の前に座った。

「ああ、大好きだ。ビールは泡が命だ」

「そう。でも、あたしがこれからする話を聞いたら、さらに泡食うよ」

「大丈夫だよ。今日の俺は大概のことじゃ驚かないから」

行雄は妙な自信を漲《みなぎ》らせる。

「ならいいけど。芽結《めい》の進学のことなんだけど、ちょっとヤべーよ」

由香里は「ヤベー」に力を込める。

「え？　このあいだの模試《もし》で本命は五分五分だけど、第二志望は合格圏だったんじゃないのか？」

「だから、ヤバいのよ。あの子が第二志望に考えてる大学の学費、年間で二百万だって！」

「に、二百万！」行雄の箸《はし》が思わず止まる。

「第一志望の大学なら国公立だから年間六十万。でも第二志望の私立だったら二百万よ」

「さ、三倍以上か」

「そうよ。しかも年間二百万が、なんと六年間！」

「六年間だと！　大学院にでも行くのか？」

「じゃなくて、薬科大学は六年制なんだって」

「嘘だろ。じゃあ私立だったら卒業までに一千二百万ってことか？」

「ね！」

「『ね』じゃないだろ」行雄は泡だらけのビールを飲む。不味《まず》い。

「そうなったら、あたしもそれこそ朝から晩まで働くしかないわよ」

「んー、定期預金も取り崩すしかないな。焼石《やけいし》に水だが」

「しょうがないわよ。誰に似たのか、あの子、滅茶苦茶に頭いいんだから。少なくとも、あたしの遺伝子ではないことは確かだけど」

「まさに突然変異だな、芽結に関しては」

「あら、菜々《なな》だって優秀よ。今はあんな状態だけど……」

由香里はそうこぼすと、リモコンを手にしテレビ番組を変えていく。

「そうだな、菜々も本当は出来る子だな……」

そう言うと行雄はリビングの真上を見上げる。そこには下の子である菜々の部屋がある。

「うわっ！　何これ？」由香里が突然に怖気《おぞけ》だった声を上げた。

失われた世代、その末路――。

見ると、真っ黒なテレビ画面にその文字が浮かび、そこからだらだらと血が流れている。なにか猟奇的な印象すら受ける。

画面が変わり暗闇《くらやみ》の中から黒いスーツの男が現われた。辛口の司会者として有名な轟《とどろき》雄太郎《ゆうたろう》だ。

『こんばんは、バッサリ日本のコーナーです』ドスの効《き》いた低い声。

「こんばんは」由香里も真似《まね》をして低い声で答えた。

『本日も辛口に日本を斬っていこうと思います』轟の顔がアップになった。

「お手柔らかにお願いします」

由香里が頭を下げる。テレビと会話をするのは由香里の特技の一つだ。

『本日のワードはロストジェネレーション。皆さんはお聞きになったことがありますでしょうか。直訳すると、失われた世代。主《おも》に一九七〇年から一九八二年頃の間に生まれた方たちをさします』

「あれ、あたしらじゃない？」と、由香里が行雄を見た。

「そうだな」行雄が煮卵を箸で割りながら答える。

行雄と由香里は同じ小学校、中学校。いわば同級生であった。

『この世代を象徴する社会問題として、校内暴力、受験戦争、そして就職氷河期があげられます』

テレビ画面には、当時のリクルートスーツに身を固めた多くの大学生、鉢巻《はちまき》を締めた受験生、そして教室の窓ガラスを叩《たた》き割っている中学生が映《うつ》し出されていた。

「これ懐《なつ》かしい。窓割られると、冬、寒いのよねえー。そんなもんだからよく校庭で焚火《たきび》したなあ。あの時食べた焼き芋、最高だった」

由香里は焼き芋をハフハフしていた頃をひとり追憶しているようだ。

行雄は由香里とその仲間たちが、校庭で火を囲んでうんこ座りしていたのを思い出す。

『そんな、不遇《ふぐう》の時代を生きてきたロスジェネ世代は、社会人となってからも長引く不況を経験しなければなりませんでした。そのせいか出生率、消費性向ともに低く、貯蓄にお金をまわしがちなのです』

「あら、貯金だってたいして出来てませんよ」

由香里が小さく舌を出す。

『そして、その不遇は老後にも続きます。二〇四〇年、ロスジェネ世代が六十代半《なか》ばになる頃。この年、なんと日本人の二・五人に一人が高齢者になっています。現在の社会保障制度、もしくは高齢者の定義すら見直されることでしょう』

テレビ画面には、病院に長蛇《ちょうだ》の列を作る老人の姿、建設現場で働く腰の曲がった老人たち、そして、園児の散歩のように数人の老人を連れて歩く若者の姿が映し出された。

「じゃあ、二〇四〇年には六十五歳はまだ若者ってこと？　年金もお預け？」

由香里が小首を傾《かし》げる。

『失われた世代。彼等、彼女らが失ったものは、いつの日か取り戻すことが出来るのでしょうか？』そう締めくくると轟は暗闇の中に去っていった。

「要は死ぬまで働けってことね。じゃあ、明日も早いから寝よーっと」

由香里は大きな欠伸《あくび》をするとリビングを出ていった。

「由香里のやつ、前向きだなあ……」

行雄はひとり呆然となる。

今、轟が言っていたことは、まさに行雄の半生そのものだった。

無法地帯と化した学校は阿鼻《あび》叫喚《きょうかん》そのものだった。中学生なのにバイクで通っている奴。タバコはもちろん、校内でシンナーまで吸ってる奴。今思えば教師たちも制御不能だったのだろう。下手《へた》に注意すれば、どんな仕返しをされるか想像もつかない。生活指導の教師の車がひっくり返されていたこともあった。どうして学校の中に交番を作らないのかと、真剣に思ったほどだ。

そして、修験道《しゆげんどう》の荒行《あらぎよう》のような受験勉強。寒風吹きすさぶような狭き就職の門。やっと就職できた会社も不景気により倒産。しばしの非正規雇用。その後、超絶ブラック企業に入り込むも、心身を病《や》み退社。それから、どうにか今の会社に転職することが出来たのだった。まさに半生そのものが弱り目に祟《たた》り目、でもそれが社会だと思っていた。

世の中はとてつもなく厳しい。

それが行雄たち世代の社会観であった。その結果、消費性向が低く、子供すら作ろうとしなかったというのである。しかし、それは生きていく上でやむを得ない選択の結果だ。

そしてこの先も、その生きづらさに終わりはないという。

行雄はテレビに映されていた老人たちの一人に自分を重ねた。その想像は蝙蝠《こうもり》がバサバサと闇に羽ばたくように飛躍しだした。

先刻の若者たちが、大人になり、同じ場所で行雄を囲んでいた。

「お前らのせいで俺たちの生活が苦しいんだ！」刺青の男が吼《ほ》えたてる。

「そうよ、重荷！」今度は、サナコと呼ばれた少女まで加担してくる。少女は赤ん坊を抱えながら行雄の持っている杖《つえ》に蹴《け》りを入れる。お爺《じい》ちゃんの行雄は転ばされる。そこで我に返った。

やはり貯金はしておこう！

しかし、日々の生活と子供の教育費で手一杯だ。芽結の進路次第では一千二百万。そんな金、どうやって工面《くめん》すれば良いのか——。

今さら何かを始める勇気もない。それ以前に、秀《ひい》でた才能も、手に職もない。とどのつまり、考えてもしょうがない。とにかく今まで通り毎日頑張って働くだけだ。明日も早いから寝よう！　結局は由香里と同じ結論に至る行雄であった。

第二章　新人来《きた》る

一

始業定刻の午前九時になると課長の角田源次郎《げんじろう》はデスクの前に出て、まん丸のビール腹をさする。両方の手でさする。

アパート営業課の朝礼は角田のこのおまじないのような腹さすりから始まる。

角田がくるくると腹をさすっている間に課員が整列する。整列といっても営業の行雄と経理の岡庭樹梨子《おかにわきりこ》、そして、事務の吉永《よしなが》あおいの三人だけだ。室内はそれほど広いわけでもない。数秒で全員が集まる。

「おはようございます。九月一日、月が変わりました。本日から新しい仲間が加わります。待ちに待った営業戦力です。それでは、早速ですけど自己紹介をお願いしちゃおうかな、伊澤《いざわ》君よろしく！」

ずんぐりむっくりの角田の横には、長身で細身の青年が立っている。顔立ちも女性かと見紛《みまが》うような端整《たんせい》なつくり。角田と並んでいるとあまりに対照的である。

「おはようございます、伊澤勇誠《ゆうせい》です。前職は銀行にいて中途入社して昨日までは昭櫻住宅本社経理部におりましたが、本日よりこちらでお世話になることになりました。期限は分かりませんが、まあ、半年ぐらいだと嬉《うれ》しいなと思っています」

話し終えると伊澤は頭だけで小さく会釈《えしゃく》する。

場に沈黙が落ちる。何か言葉の足りない、そして何か余計な言葉が入っていたような着任の挨拶だった。岡庭などは驚いた顔をしている。

空気を察してか、角田が思い出したように拍手をし、その場を繋ぐ。

「ということで、伊澤君には今担当がいない西エリアを担当してもらおうと思っています。伊澤君はすごい優秀な方で、えーと、どこの大学だったっけ？」

「一橋《ひとつばし》です」

「え？　一つだけ？　いや、卒業した大学の数じゃなくて——。みんなだいたい、一つだけだよ、大学は。中には二つ三つ卒業する人もいるけど、そんなに劣等感を覚えることじゃないよ」角田は今時珍しく人差し指を振り、伊澤を慰《なぐさ》めたつもりになっている。

「一橋って言ったのよ！」行雄の隣に立つ、岡庭が突っ込む。

「え？　一橋？　そうそう一橋大学！　あの関東六葉《ろくよう》銀行に新卒で入社して転職されてき

たそうなので、すぐに仕事も覚えちゃうと思うけど、アパートの営業は初めてだろうから、みんなでフォローしてあげて下さい」角田は何事もなかったように話を締める。

「はい質問！」

岡庭が手を挙げた。強い香水の香りがその場に充満している。今日はシトラスのようだ。

「初めまして、岡庭樹梨子です。あのー、どうして元銀行員の人が本社経理から、こんな末端の部署にやってきたんですか？　しかも営業で」

岡庭が自身の所属する部署を渾身《こんしん》の力を込めて卑下《ひげ》しながら訊いた。角田と行雄は泣き出しそうな顔になる。

「銀行はペナルティで僻地《へきち》に左遷《させん》させられそうになったので、辞めちゃいました。転職して本社勤務だったんですが、現場も勉強しておいた方がいいということで、こちらに配属されたみたいです」

伊澤は自分の不遇を口にしながら表情一つ変えない。

「へきちぃ？　ペナルティ？　って、あんた一体何したの？　大方《おおかた》、そのイケメンぶりを利用して女の子でもオフサイドしたんでしょ？」

岡庭はロングソバージュの髪を赤いマニキュアが塗られた爪《つめ》に絡ませながら訊いた。

「え？　女の子でも、奥さんとした!?」

角田がまた聞き間違える。

「女の子でもオフサイドしたって言ったのよ！」岡庭が声を荒らげる。

「女の子をオフサイドって、具体的に何をおっしゃっているのかよく分かりませんが、誤解されても困るので少しだけお話ししておきますと、銀行での左遷は派閥《はばつ》争いの貰《もら》い火みたいなものです」伊澤は岡庭に分かったでしょ、と言うように笑顔を向ける。

「そうなんだあ」岡庭は不得要領《ふとくようりよう》ながらも頷く。

「女の子にハンドとかでもないんだよね？」

角田が思いついたとばかりに言った。

「もうサッカーネタはいいわよ！」

岡庭がハイヒールをカツンと鳴らしながら窘《たしな》めると、皆が笑いだした。多少場が和《なご》んだところで、角田が吉永に目を向けた。

「あと質問はないかな。あおいちゃんは大丈夫？　伊澤君の身長とか訊いちゃえば？」

突然のふりであったが吉永は控えめに頰《ほお》をゆるめると、すぐに下を向いてしまった。

「まあ、身長は個別に訊けばいいか。三フィート！　とか英語で答えられちゃったりしてね」角田は一人で言って一人で笑っているが、角田以外は笑っていない。

「三フィートって約九十センチですよ」

伊澤が言ったところで、また皆の笑い声が揃う。

「まあ、そんなことで、あおいちゃんは伊澤君と歳も近そうだから、いろいろ教えてあげてね」

「よろしくお願いします」伊澤は吉永に笑みを向ける。

「はい」吉永は無表情のまま小さな声で返した。

「それじゃあ、伊澤君、とりあえず今日から、そちらに控える小山内係長と一緒に行動して、アパート営業のイロハを勉強しよう。小山内係長はとても優しい人柄で面倒見もいいから、伊澤君の教育係になってもらう。しかも、成績優秀で何度も表彰されているほどだから、何でも訊いちゃっていいよ」

「今日からよろしく、伊澤君」行雄は伊澤に笑顔を向けた。

「よろしくお願いします」

伊澤は行雄の目を見ると、僅《わず》かに腰を曲げて挨拶をした。角度にして五度ほどだ。

「あーそれと、言い忘れたけど。近いうちに社長が支店を巡回されます。この部署にまでは来ないと思うけど、来ると必ず爆弾を落として帰られるので、一応、心しておいて下さい。それじゃあ今月も頑張ろう！」

角田はそう締めると腹をさすりながら自席に戻っていった。

二

行雄は伊澤を伴《ともな》い、支店近くにある駐車場までの道を歩いていた。まだ午前十時前だが、既に三十度に迫る暑さだ。行雄は横を歩く伊澤を見上げる。行雄も背の低い方ではないが、伊澤と並ぶと差がある。

「銀行の人なら、アパートローンとかも手掛けたことあるでしょ？」

行雄たち営業が、賃貸アパートの経営を行ないたい顧客を見つけてきて、アパート建設の契約を結ぶ。たいていは、顧客が銀行などから借り入れをして、建設費用を工面するのだ。

「そうだったら、よかったんですけど。残念ながら事業系ローンの経験が無くて。僕がやっていた仕事は銀行の中でもちょっと特殊な方で……」

「へえ、どんなことやってたの？」

「主にM&Aです」

「おお、なんか動く金額も大きいし、小難しそうだね」

「そうですね、案件にもよりますが動く金額は大きいものが多いと思います。内容も合併や買収だけでなく多岐《たき》にわたりますので、確かに専門的な知識は必須ですね」

「それをどれくらいやってたの？」

「丸六年くらいやっていました。新卒で入社してすぐにその事業部に入ったんで」

「じゃあ、ある程度経験も積んで、仕事にも慣れた頃だったんじゃないの？　これからっていう時だったでしょ？」

「まあ、そうですね。何もなければ上のポジションは狙《ねら》えたと思いますけど……。まあ、いろいろありまして……。昭櫻住宅に転職して、さらに今、ここにいます」伊澤の声は尻すぼみに小さくなっていく。

「なんか、思い出したくないことを訊いちゃったかもしれないね」

「いえ、大丈夫です」

伊澤はそう言うと少し先を歩き出してしまった。行雄からは伊澤の表情を窺えないが、気分を害してしまっただろうか。二人はしばらく無言で歩く。

「その角を右に曲がった先の砂利《じゃり》敷きの駐車場だから」行雄は先を歩く伊澤に声を掛けた。

「あ、ここですね」

そう言って振り向いた伊澤の表情は既に何事もなかったかのようであった。

昭櫻住宅の営業車は白のコンパクトカーで統一されている。ボンネットに昭櫻住宅のロゴマークである桜が描かれている。行雄が運転席に、伊澤は助手席に座った。

エンジンをかけ、ゆっくりと駐車場を後にする。

「伊澤君、一応、確認なんだけど運転免許は持ってるよね？」

「ええ、免許はあります。AT《オートマ》限定ですけど」

「大丈夫だよ。会社の車は全部オートマだから。ちなみに、自分の車は持ってるの？」

「いえ、持っていません」

「車とかは興味ない感じだ？」

「全くないですね。車って、コストがかかる上にリスクが高いじゃないですか。マイカーを持つことって著《いちじる》しくコスパが悪いと思うんです。どうしても車を使う時はレンタカーを借りていますね」

「そ、そうなんだ」行雄はやや返す言葉に窮《きゅう》する。

「でも、業務上必要であれば運転するのは吝《やぶさ》かではありません。どんな事業にもリスクは付き物だと思っていますから」

「そ、そうですか。それであれば良かったです。基本、車での営業になるかと思いますので」行雄は何故《なぜ》か敬語になってしまう。

しばらくして、車は信号で止まった。車内に沈黙が落ちる。

窓の外にはありふれた郊外の景色が広がっている。東京からは車でも電車でも一時間と少し。全国チェーンの飲食店がロードサイドに点々と連なっている。開けた空は心地よいが、残暑が路面に陽炎《かげろう》を立ち昇らせていた。

行雄は、二十くらい歳の差のある伊澤と、積極的にコミュニケーションを取りたい。だが、何を話せばよいか分からなくなっていた。営業経験の長い行雄にしては、珍しいことだった。新種の生物と対峙《たいじ》しているようだ。

一方の伊澤はそんな行雄などまったく意に介さないようで、大仏のように超然と助手席に座っていた。

「信号、青になりましたよ」

「あ、うっかりしてました。ごめんなさい」

「いえいえ」

行雄はなんだか立場が逆転しているような気がしてきたが、自分が教育係であることを思い出す。昭櫻住宅が全国で展開する、アパートの建築請負・賃貸事業について聞いてみることにした。

「伊澤君は賃貸物件には住んだことある？」

「ええ、現在も２ＤＫのアパートに住んでいます」

「そうなんだ。そういった賃貸物件がどういう理由で建設されるかは知ってる？」

行雄は伊澤が分からない想定で訊いている。

「理由ですか？　いくつかあると思いますが。まず考えられるのが遊休地の利用による税金対策。そして、駐車場や貸倉庫よりも収益が望める場合のさらなる有効活用。あとは、老後の私的年金などでしょうか」伊澤はすらすらと答える。

「どうして賃貸物件が税金対策になるのかな？」

行雄は多少意表を突かれたが、さらに突っ込んで訊いてみる。

「相続税、固定資産税の節税効果が期待できます。相続税においては土地を貸家建付地《かしやたてつけち》評価にし、評価額を下げます。このあたりですと借地権割合が六十％ですので借家権割合三十％を乗《じょう》じた分が軽減されます。つまり十八％も土地の評価額が下げられます。そして建築費を借り入れで行なうことにより総資産も減らせます。固定資産税においては小規模住宅用地の特例により住戸数かける二百平米までは六分の一となります」

行雄の顔が引き攣《つ》る。

「すごい！　ちゃんと勉強してきたんだね」

「いえ、特にはしていません。これって常識ですよね？」

「…………」

気付くと劣勢に立たされている行雄は、少しむきになり次の質問をぶつける。

「でも！　アパート経営には空室のリスクが付き物だけど、そこはどう解決する？」

伊澤は鼻で笑う。そんなことかと、言わんばかりだ。

「昨今は、多くのハウスメーカーが自社で出資した管理会社を持っています。そこが一括借り上げを行なっています。昭櫻住宅にも昭櫻管理《しょうおうかんり》がありますよね？　手数料などを支払うので家賃収入は目減りしますが、アパートのオーナーは中長期にわたり安定したアパート経営を実現できます」

伊澤は言い終えると、これでいいですか？　と言いたげな目を行雄に向けた。

行雄は思わず瞠目《どうもく》する。伊澤は何事も無かったかのように前方を向く。

「信号、黄色でしたよ」

「す、すいません」

「気を付けてくださいね」

伊澤は慈眼《じげん》でもって行雄に微笑む。


行雄と伊澤は住宅地の中にポツンとある空き地の前に立っていた。その名の通り、なにも無い。コンクリート製の土管すら積まれていない。空き地の北側には幼稚園があり、園児の声が聞こえてくる。

「これから、アパート営業の流れを説明するね。例えばこの土地なんだけど、駅からもそんなに遠くないし、敷地面積もある。さらに土地も平坦で整形。アパートを建てるにはもってこいの土地だよね」

「そうですね。申し分ないかと」

「この土地の所有者にアパート建築を勧《すす》めるためには、この土地の所有者がどこの誰なのかを知る必要があるよね」

「そうなりますね」

行雄は手にしていた図版を伊澤に渡す。

「そうしたら、この住宅地図で住所を確認する。確認したら、車に乗って」

行雄と伊澤は車へ移動する。

「伊澤君なら分かるよね、この後、どこに行くか」

「もしかして、法務局ですか？」

「ご名答。車で五分くらいのところにあるから」

行雄は伊澤に少しずつ慣れてきた。二人は法務局の駐車場に車をとめると建物内に入って行く。

「結構人がいるんですね」

「そうだね、午前中のこの時間はいつも混みあってるね。ここに申請用紙があるから記入してもらっていいかな」

「僕の名前と、先程の土地の住所をこの用紙に記入すればよろしいですか」

「そう。書けたら、この収入印紙を貼って、あの窓口に出す。しばらくするとあっちの窓口で呼ばれるから」

行雄は椅子に腰を掛け謄本《とうほん》が上がってくるのを待つ。しばらくして謄本を手に持った伊澤が戻ってきた。

「所有者は豪原金之助《ごうはらきんのすけ》。住所は、先程の土地の近くのようです」

「土地所有者の住所と名前が判明したら、この土地所有者に営業を掛けます」

「はあ」伊澤は力なく頷く。

十分後——。

行雄と伊澤は住宅展示場にあるような巨大な邸宅の門前に立っていた。資産と古くからこの地に根ざす家であることを誇示《こじ》するような木造の門、そこに掲《かか》げられた表札には「豪原」の文字が彫《ほ》りこまれている。

「時代劇に出てくる奉行所の門みたいだよね」

「時代劇は見たことがないので分かりませんが、そうなんですか?」

「うん。時代劇だと、あの門から追い出されたか弱い女性が、『お願いでございます。お役人様』って棒を持った門番に言うんだよ」

伊澤は頷きすらしない。

「それじゃあ、無駄話はここまでにして! そこにあるインターホンを押して来意を告げよう! 初めてだから俺がお手本を見せるよ」

場を持て余した行雄は、救いを求めるようにインターホンを押した。二回ほど押すと

「ハイ」という低い声が返ってきた。行雄はインターホンに向かって頭を下げる。

「突然に恐れ入ります。昭櫻住宅の小山内と申します。幼稚園の前の」

『何も建てないよ！』

ガチャッという容赦《ようしゃ》ない響きが残る。

「あ、違うんです」

行雄はインターホンに食らいつくが既に切られている。もう一度押してみるが、まったく反応がない。

「取りつく島もない感じですね」伊澤は苦い顔をする。

「うん。これがいわゆる、門前払いだね」一方の行雄は自嘲《じちょう》の笑みをたたえる。

伊澤はキョロキョロと辺りを見回した。

「ところで、この通りって大きな家が多いですね」

「そう、ここは資産家通りなんだよ。昔はこの通りにしか民家はなかったんだろうね。でも、駅が出来て、街が出来た。土地を持っていたこの通りの人たちの生活はだいぶ変わったと思うよ。よし！　せっかくだから隣も行ってみよう」

そう言うと行雄は隣の家の門前に立つ。先程の家のような門ではないが、二メートルはあろうかという高さの鋼鉄製の柵で敷地が囲われている。駐車場には二台の高級車。そんな大邸宅であったが、行雄は友達の家を訪ねる人のように躊躇《ためら》いなくインターホンを押す。

「ちなみに大事なのは、相手が出たらインターホンの前でもしっかり頭を下げること。角度にして四十五度が理想だね」

頭の位置が高い伊澤を思って、行雄は早口に言った。

「はあ」と、伊澤は分かったような分かってないような返事をする。

ほどなくして「どちら様ですか」という女性の声。行雄は頭を下げる。

「昭櫻住宅の小山内と申します。今日は近くまで来ましたもので――」

『うちは間に合ってます』

またもやガチャッという冷たい響きがインターホンから聞こえた。

「あの、少しだけお時間を頂けませんでしょうか」

もちろん返事はない。

「なかなか厳しいですね」

「なんか今日は調子悪いな。いつもならもう少し話を聞いてくれるんだけど。次、行ってみようか」

その後も行雄は通りにある屋敷を軒並《のきな》み訪問してみたが、結果は一緒であった。

「まだ続けるんですか」

伊澤は自分が断られたわけでもないのに疲労感と悲壮感を漂《ただよ》わせている。

「この通りの家は全部まわってしまったなあ。今日はこのくらいにしよう」

門前払いの連打を喰《く》らった行雄であったが足元はしっかりしている。もう数ラウンドは行けそうだ。

「小山内さん、あんなに断られてよく平気ですね。メンタル強いですね」

「そうか、普通だろ」

「いや、僕には耐えられないかもしれません」

「大丈夫だよ。必要なのは足と勇気だけだから。あと、しいて言えばちっぽけなプライドを捨てることだね。そんなもの一円の得にもならないから」

「なるほど」伊澤はこれに関しては素直に頷いた。

二人は車を止めてあるコインパーキングへと向かった。

「あ、小山内さん、この敷地もアパートいけそうですよ」

伊澤が示した場所は住宅地の中に取り残されたような畑であった。ナスやキュウリなどが栽培されている。

「ここは、ダメだね」

「どうしてですか、敷地も整形ですし駅からも徒歩圏内。駐車場でも需要が期待出来そうですけど……」

「あれが立ってるでしょう」

行雄は敷地の隅に建てられた白い角状の杭《くい》を指さす。

「生産緑地地区って書いてありますけど、なんですかこれ？」

「さすがの伊澤君も知らないんだね。説明させていただきますと、生産緑地地区は住宅地の中にあるんだけど、ある期間、農地として利用しなければならないんだ」

「じゃあ、建物も建てられないんですか？」

「建てられない。その代わり土地所有者は税金とかで優遇されるんだ」

「へえ、今日初めて勉強になりました。ありがとうございます」

「いえいえ」

そんな会話のあと、二人は車に乗りこんだ。

「次はどこに行くんですか」

「この地域で一番大きな不動産屋さん。あちこちに看板出てたでしょ、薄暮地所《はくぼじしょ》って」

「そう言えば、マンションやアパートだけでなく駐車場にも掲げられていましたね」

「結構な数を管理している上に、地主さんともしっかり人間関係が出来ているから、仲良くなっておいた方がいい」

「不動産屋さんからの紹介もあるんですか？」

「ある。建て替えはもちろん、駐車場からの転用とか。地主さんから不動産屋さんに相談することもあるだろうけど、不動産業者も地主さんに積極的に勧める」

「古い物件より新しい物件の方が、管理しやすいし賃料も取れるからですか？」

「その通り。さらに建築会社に情報提供することで手数料を得られることもあるからね」

「なるほど」

三

行雄は駅前のコインパーキングに車を入れた。

「ここからすぐだから歩いて行こう」二人は駅前の繁華街を歩く。

「ちょっと、ここに寄ろう」

行雄が入ったのは洋菓子店だった。

「シュークリームを五個下さい」

料金を払うと行雄は、領収書を頼んだ。

「もしかして、手土産《てみやげ》ですか」

「うん。久しく来てなかったからね。そこの大きなビルがあるでしょ。その一階」

「あ、ガラス一面に募集広告が貼られていますね。でも、そんなに大きくはない感じですね。お隣のレストランの方が大きい」

「まあ地場の不動産屋さんは、みんなこのくらいだよ。それでも薄暮地所は広く店舗を取っている方だと思うよ」そう言いながら行雄は不動産屋の扉を開けた。

「こんにちは。昭櫻住宅の小山内です」

行雄がそう声を掛けると、パーティションの陰から女性が現われた。六十代くらいであろうか、鎖《くさり》のついた金縁《きんぶち》の眼鏡《めがね》をずらし訝《いぶか》しげに行雄と伊澤を交互に見る。

「突然にすみません。近くまで来ましたものでご挨拶をと。これ、みなさんで召《め》し上がってください」行雄はシュークリームの包みを差し出す。

「あら、いつもすみませんね。社長ね。ちょっと待ってて」

手の平を返したような笑顔で包みを受け取ると、女性は店の奥に消えていった。すると、入れ替わりに小太りの老人が現われた。

「うちのをケーキで釣ったのは誰かと思ったら――」

「社長、ご無沙汰《ぶさた》しております。近くまで来ましたもので。あと新人のご挨拶に参りました」行雄は丁寧に頭を下げる。

「ああ、三枝《さえぐさ》君の代わり？」

「はい。可愛がってやってください」行雄は伊澤を手で指す。

「伊澤勇誠と申します」名刺を出しながら伊澤は頭を下げる。角度にして十度。

「小暮《こぐれ》です。よろしくね」

そう言いながら小暮は片手で名刺を差し出す。

「何かいいお話があったら是非《ぜひ》ともお願いします。伊澤は銀行にも顔が利きますんで」

「へえ、それはすごいね。でも、昭櫻住宅さん手数料安いからなあ。もうちょっと上げてもらえないとねえ」

「すみません。会社には言ってるんですけど……」

「峰嶺《ほうれい》ハウス並みに出してくれるといいんだけどねえ。コンマ数%の差だけど、金額が大きいと結構違ってくるんだよ」

「まあ、その分は入居者さんが喜びそうな住設機器などでサービスさせて頂きますんで」

行雄が分かりやすく揉み手をする。

「分かった、分かった。でも、最近動きが無くてね。お役には立てないと思うよ。まあ、何かあったら連絡するよ。小山内君、ごめん。これから出ないとならないんだ」

小暮は腕時計を見る。

「ああ、いえいえ、こちらこそ急に押しかけちゃってすみません」

行雄は謝意を述《の》べると伊澤と共に薄暮地所を後にした。

二人は次の目的地へと車を走らせていた。

「あのう、小山内さん。ちょっと伺《うかが》ってもいいですか」

「はい。なんでしょう」

「三枝さんというのは何者なんですか？」

「ああ、この辺りを担当していた営業。君の前任者だね」

「どんな方だったんですか？」伊澤は興味ありげに訊く。

「三枝は期待のホープだった」

「ホープ？」

「うん。人当たりが良いって言うのかなあ。人の懐《ふところ》に入るのが上手《うま》いっていうのかなあ。なんか、他人に可愛がられちゃうタイプっているじゃん。年上の人から見ると放っておけない感じの奴。まさにそれが三枝だったね」

「得な性格ですね」伊澤は言葉とは裏腹に蔑《さげす》んだような物言いをする。

「そうだね。でも勉強熱心で、仕事の知識は相当なものだったよ」

「そんな人が、なんで辞めちゃったんですか？」

「引き抜かれたんだ、ライバル企業に」

「ライバル企業というと？」

「峰嶺ハウス」

「業界一位のですか？」

「そう。なんでも、峰嶺ハウスは成績優秀者には海外旅行だの特別休暇だのがあるらしいんだ。そして驚くべきは、全国一位になれば高級外車がもらえるんだって。あいつそれに食いついたんだ」

「全国一位で高級外車ですか？」伊澤は拍子抜けした顔をする。

「あいつ車好きだったからなあ」

「でもそれって、報奨になるんですか？　軽自動車とかの方が維持費が安くて僕は嬉しいですけどね」

「だったら、ご褒美《ほうび》の外車を売って軽を数台買えばいいんじゃない」

「一台で十分ですよ」

伊澤は一人で笑いだす。一方、行雄は少し面倒になってきている自分に気づく。

車は市街地を抜け、隣の区に入ろうとしていた。辺りは閑静な住宅街が続く。

「小山内さんも峰嶺ハウスに行こうとは思わなかったんですか？　課長が朝礼でおっしゃってましたけど、営業成績悪くないんですよね？」

しばらく間があったが、伊澤は話を戻してきた。

「もう俺の歳じゃ無理だよ」

「そうなんですか……。ところで、小山内さん、おいくつなんですか？」

伊澤は行雄をまじまじと見る。

「四十七！」

「四十七ですかあ。たしかに、転職は辞めといた方がいいですね」

伊澤は残念そうに言いながら遠慮なく納得する。

「定年まであと十数年。会社にしがみつくよ。そして、定年後もしがみつく。どうせ、年金も当てにならないし、かといって何の取《と》り柄《え》もないからさ、俺は」

「そうですね」伊澤はそれが至極《しごく》当然だ、と言うように何度も頷いた。

二人の乗る車は住宅街を抜け、いつの間にかのどかな景色の中を走っていた。少し先に小高い丘があって大きな建物が見える。それ以外は概《おおむ》ね田畑だ。

「あれは何ですか?」

伊澤は気になったのか、その建物を指さす。

「あれは東京栄才大学《とうきょうえいさいだいがく》だよ」

「ああ、こんなところにもキャンパスがあるんですね。東京にもキャンパスがあったはずですが」

「三学部ぐらいがあそこに入っている。近い将来、さらにいくつかの学部をこっちに新設するらしい。そのための土地は既に用意してあるらしいんだけど、なかなか話が進展しないんだ」

「おそらくアクセスの問題でしょうね。東京栄才大は知名度もありますし、専門的なことも学べるので人気の大学ですけど、やはり東京に比べるとここは辺鄙《へんぴ》ですし」

「でも鉄道の延伸と新駅の開業の話も、あるにはあるんだ」

「へえー、そんな話があるんですか。たしかに、隣の区までは路線が来ていますからね」

「もっと言うと、大手通販サイトの物流倉庫が建つという話もある。ここは高速道路のインターからも近いから好立地らしいんだ」

行雄は意外だろうという顔を伊澤に向ける。

「そうなると、このへんも賑やかになるんでしょうね」

「どちらかが動けば話が一気に進むんだろうね。そうなれば忙しくなるだろうな。学生用のワンルームもさらに必要になる」

そこで車は、片側一車線の県道に出た。ロードサイドには間隔をあけて店舗が見えだす。その間を埋めるように瓦《かわら》屋根を葺《ふ》いた大きな家が点在していた。行雄はそのうちの一軒に車を入れた。

その庭先にはトラクターと軽トラックが止まっていた。行雄は迷うことなく軽トラックの横に車を止めた。

四

車を降りると青々とした香りが鼻をつく。トマトがプラスチック製の籠《かご》に入れられて農作業小屋の中に置かれていた。その籠の前でよく日に焼けた初老の男性がトマトを出荷用の箱に詰めていた。

「こんにちは。近くまで来ましたもので」

行雄は男性に一礼する。

「おお、行雄か。ちょうどいいところに来た。トマト持って行け。ついでに枝豆も」

「え！　いいんですか」

男性は別の箱にトマトを並べると、まだ枝についたままの枝豆も詰めていく。

「隣のおにいちゃんのも一緒に入れとくから」

男性は伊澤にも笑顔を向ける。

「ありがとうございます」伊澤は小さなお辞儀をするが、表情に硬いものがある。

行雄は、トマトと枝豆の入った段ボール箱を受け取ると社用車のバックドアを開け、中に置いた。代わりに紙袋を一つ手に取る。

「小山《こやま》さんのところのトマトは最高なんだ」

行雄は嬉しそうに伊澤に言うが、やはり伊澤の表情は硬かった。

「よかったら冷やしてあるのを食べるか？」

小山はそう言うと、小屋の隅に置かれた冷蔵庫からビニール袋を持ってきた。袋を広げて行雄と伊澤に差し向ける。

「うわっ！　美味《うま》そ」行雄は関取が懸賞金を受け取るように手刀《てがたな》を切ると、袋の中から真っ赤に熟したトマトを取り出した。

「塩もあるからお好みで使って」

小山は塩を作業台に載せると、伊澤にも袋を広げて差し出す。

「いや、僕はちょっと――」

伊澤は手で制すと半歩後ずさる。

「もしかして、トマト嫌いか？」

「はい。実を言うと――」

伊澤は既にその嫌いだというトマトを口に含んだような顔をする。

「伊澤君、果物は平気？」

行雄がトマトを頬張りながら訊いた。

「はい。果物は何でもいけます。むしろ好きですね」

「じゃあ、果物だと思って食べてみたら？　小山さんのところのトマトは君が知っているトマトとは別物だよ」

「まあ、騙されたと思って一口食べてみな。嫌だったら吐き出しちゃって構わないから」

小山は袋を広げて伊澤に近づける。

「そ、そうですか。なんか完全に包囲された感じですね。じゃあ、本当に申し訳ないんですが一口だけ――」

伊澤は苦悶《くもん》に満ちた表情で、袋に恐る恐る手を入れる。まるで、自分の心臓でも抉《えぐ》り出すかのように、真っ赤に熟《う》れたトマトを取り出した。

「行きます！」

伊澤は自らをそう鼓舞すると目を瞑《つむ》ってかぶりついた。

「お！　いい齧《かじ》りっぷりだ」小山が笑いながら褒める。

伊澤は目を瞑ったまま咀嚼《そしゃく》を続け、一気に呑み込むと、海中から生還したように呼吸を整えた。

「どう？」行雄がトマトに塩をかけながら訊いた。

「美味いです。甘っ！　なんですかこれ？　トマトですか？　本当だ、僕の知っているトマトじゃない！」

「だろ！　小山さんちのトマトはジゲチなんだよ」

行雄は娘が使っていた表現をそのまま模倣《もほう》してみたが、誰も反応しないので使い方を誤ったかと思う。次元が違うレベルなのだから間違ってはいないはず……。

「いや、本当に果物です、これ」

そんな行雄をよそに伊澤はさらにトマトに齧りつく。

「そんなに喜んでくれると嬉しいね。その笑顔が今日一番の収穫だよ。ところで、行雄、例の件なんだけど、このあいだのあれで行くよ。来年」と、小山は思い出したように言った。

「あ、大丈夫ですか。ありがとうございます。じゃあ今度来るときに金額が分かるのを持ってきますよ」

「ああ、そうしてくれるか。うちの息子たちもそれでいいって言ってるから」

「了解です。ところで、お母さんはその後どうですか？」

「うん。お陰様で安定している。一時はどうなるかと思ったけど……。よかったら顔見せてやってくれよ。居間でテレビでも観てるだろうから」

小山は母屋《おもや》の方を見る。

「そうさせてもらいますか。お父さんにもお線香あげたいし」

そう言うと行雄は母屋に足を向けた。伊澤も後に続く。

行雄は少し開いている玄関から、「たえさーん、行雄です」と中に声を掛けた。

ほどなくして「上がってー」と間延《まの》びしたような返事が返ってきた。

行雄は靴《くつ》をそろえ玄関框《かまち》に上がると、伊澤が玄関先で呆然としているのに気づいた。

「上がらせてもらおう」

二人は居間に向かった。

居間では今年八十八の米寿《べいじゅ》を迎える多江《たえ》が、クーラーの効いた部屋で昼下がりの韓国ドラマを観ていた。

「多江さん。お変わりないですか？」

行雄は多江の前に正座する。

「うん。お陰さんでどうにか生きてるよ」

「心臓の方も平気？」

行雄は胸を押さえながら訊く。

「大丈夫。薬も飲んでるからね。それに、また寒くなっても行雄が付けてくれたお風呂のぬくぬくのお陰で、冬も安心だよ」

多江は口元をむにゃむにゃさせながら答える。

「よかった。お風呂で倒れちゃったって聞いた時は本当にびっくりしたからね。でも、今は暑いから熱中症に気を付けてね」

「うん。行雄も気を付けな」

「そうだね、あとちょっとで五十だからね、昔のようには行かないよ」

「ところで後ろの男前のお兄さんは？」

多江は伊澤に視線を向ける。

「ああ、新人なんだよ。今日は一緒にまわってるんだ」

「行雄も偉《えら》くなったんだね」

「いや、ぜんぜん偉くはなってない。最初にここにお邪魔した時とさして変わってないよ。どうせ、ずっとこのままだよ」行雄は笑いながら答える。

そんな行雄に伊澤は視線を向ける。行雄は伊澤の視線に気づかず、仏壇の方に目を向けた。仏壇には遺影が一つ置かれている。

「ご命日に来られなかったんで、お線香あげさせてもらっていいですか?」

「あの人も喜ぶよ」

行雄は立ち上がると仏壇の前に座り、手を合わせた。しばらくそうしていたかと思うと、座ったまま反転して多江に向かった。

「これ、心ばかりですが使って下さい」

行雄は先刻、トランクから出した紙袋を開き、『御香』と書かれた桐《きり》の箱を差し出した。

「毎年、ありがとうございます。遠慮なく使わせて頂きます」

多江は改《あらた》まって行雄にお辞儀をする。

「いえいえ、建造《けんぞう》さんにはお世話になりっぱなしで、何のお返しもできなかったから」

行雄はそう言うと再び遺影に目を向けた。

行雄と多江はその後も世間話に花を咲かせた。傍《かたわ》らでは伊澤が、睡魔《すいま》と戦っているような表情で黙って二人の話を聞いていた。それは、行雄が「そろそろ、お暇《いとま》しようかな」と言うまで続いた。

行雄と伊澤が外に出ると軽トラックは既にない。

「行こうか」

行雄はそう言うと車に乗り込んだ。

五

車は県道を走っていた。

「小山内さん、ひとつ伺ってもいいですか？」

「なんでしょう」

「今の小山さんって、小山内さんの親戚ですか？　苗字が似ていると言えば似ていますけど」

「まさか！　違うよ。なんで？」

行雄はハンドルを握りながら驚いた表情を向ける。

「いや、まるで親戚のような会話だったんで。小山内さんのことも『行雄』って下の名前で呼んでましたし」

「なんか気づいたらそうなってたな。でもこのへんの人はみんなそうだぞ。もう十年以上になるからな、この区の担当になって。そりゃあ自然と仲良くもなるよ」

「もう一つ伺ってもいいですか？」

「どうぞ」

「小山さんが言ってた、『例の件』ってなんですか？」

「ああ、家を建て替えるんだよ。さっきお邪魔した母屋をね。それで三世帯住宅にするんだ。まだ先の話だけどね」行雄は大したことでもないように言う。

「え！　すごいですね。アパート以外も小山内さんがやるんですか」

「うん。建物は何でもやるよ。一応成績にもなるし。さっき多江さんの息子さんが作業していた小屋も俺がお手伝いしたんだ」

行雄は思い出したように言う。

「作業小屋もですか。たしかに、ちょっとしっかりした感じの小屋でしたけど」

「うん。前のが台風で壊れてしまってね、それで」

そこで車は速度を緩《ゆる》める。前方に交差点があるようで渋滞が発生していた。しばらくして車の流れは完全に停止してしまった。そこで伊澤が行雄の方を向いた。

「ちなみに、小山さんは昭櫻住宅でアパートも建てて下さってるんですか？」

「もちろん。もう亡くなってしまったが、多江さんの夫の建造さんの時に、全部で五棟もやってもらってる」

「五棟もですか？」

「ああ。まだ俺がこの会社に転職したての頃で、どこに行っても相手にしてもらえなかった時に、三棟まとめて契約してくれたんだ」

「大金星ですね。大地主だと睨《にら》んで営業かけたわけですね」

「いや、そういうわけじゃない。きっかけは、今日みたいな飛び込み訪問だった。ただ、大きな門構えの家をまわってただけなんだ」

「三棟でしたら、億は下らないですよね。それを飛び込みで取ってくるなんてコスパがすごい。僕にもそのノウハウを教えて頂きたいです」

　行雄は微苦笑する。

「ノウハウなんて、そんな大層なものはないよ。たまたまだよ」

「たまたま?」

「そう。いつものように飛び込み訪問をしていたら、たまたますごい雷雨に見舞われて、その時、たまたま小山さんのお家を訪問したら、たまたま建造さんが出て、最初はにべもなく追い返されたんだけど、去り際に『ちょっと待て』と言われた」

「そこでアパートの話が?」

「いや違う。『すぐ止むだろうから、雨宿りをしていけ』と言われただけだ」

「なるほど、その雨宿り中に、アパートの話をしたわけですね」

　伊澤はうんうんとひとり合点《がてん》する。

「いいや、その日は雨が止むまで、ただ玄関先に座らせてもらってただけだよ」

「ただ座ってただけ？　アパートの話もせずにですか？」

伊澤は信じられないという顔をする。

「ああ。でも嬉しかったなあ。あの頃、毎日、毎日、門前払いされていて結構しんどかった。もう会社を辞めようかとも思ってた。そんな時に接した人の優しさだった。だから後日、お礼に行ったんだ。雨樋《あまどい》を持って」

「雨樋、ですか？」

「うん。雷雨の日、庭先の雨樋が途中で割れていて庭を水びたしにしているのに気づいたんだ。それで、雨宿りのお礼に取り換えさせてもらった。それから、少しずつ話すようになって、ある日、建造さんの方から相続税対策としてアパートを考えていることをいきなり言われたんだ」

「それで三棟ですか？」

「結果的にそうなったね。俺も新人で相続税のことなんてよく分からなかったから、建造さんと一緒に顧問の税理士さんに相談に行ったんだ。当時、建造さんは借り入れとかもなかったから、もし突然に相続が発生したら延納だけじゃ追いつかなかった。いくつかの財産を物納しなければならないほどだったんだ」

「かなりの資産家なんですね。それで最終的に五棟ですか」

「うん。初めてお会いしたあの雨の日から、建造さんにはお世話になりっぱなしだった。少しでも、何でもいいからお返しがしたかったんだが、数年前に突然に逝《い》かれてしまった……」

行雄は語り終えると、車窓の向こうの何もない一点を寂寞《せきばく》と見る。

そこで前方の車が動き出したので、行雄の運転する車も後に続く。渋滞の原因を作っていた交差点も通過すると、県道脇には店舗が増えてくる。

そのとき、ドリンクホルダーに挿《さ》さっていた行雄の携帯が着信を告げた。

「誰からだろう、ちょっと見てくれない？　伊澤君」

伊澤は行雄の代わりに画面を見た。

「ジュリコさんって出てますけど——」

「なんだろう？　出てくれない」

「え？　僕が出ていいんですか？　どなたですかジュリコさんて」

「出れば分かるよ」

行雄は笑みを浮かべる。伊澤は携帯をドリンクホルダーから取りあげた。スピーカーホンにして顔の前に掲げる。

「はい。小山内さんの携帯です」

『あら、イケメンボイスに遭遇。伊澤君ね』

「はい伊澤です」

『そうすると、行雄ちゃんは運転中かしら？』

「はい。小山内さんは運転中です」

伊澤は誰だか分からず首を傾げる。

『でも大丈夫。あたしが用があるのは、あ・な・た、だから』

「え？　僕ですか」

『そう。伊澤君。今晩、予定ある～？』

女性の声はなぜか艶《なま》めかしい。

「いえ、特にありませんけど」

一方の伊澤は機械的にありのままを答える。

『じゃあ、今晩、あ・け・と・い・て♡』

「はい？　ちょっと……そういうのは――」

『冗談よ。君の歓迎会やるからさ、行雄ちゃんにも伝えといて。お店はいつものところだって言っといて。じゃあねえ～』

電話は一方的に切られた。

伊澤は行雄の携帯電話をドリンクホルダーに戻すと行雄の方を向く。

「ジュリコさんて誰ですか？　全く分かりませんでした」

「え？　分からなかった？　今の会話、聞こえてたけど、ジュリコさんそのものだろ」

「はい？　ただの逆セクハラ紛《まが》いの発言をするおばさん――。もしかして岡庭さんですか？」

「正解！　なんで逆セクハラでジュリコさんだと連想するのか分からんが、正解！」

「岡庭さんの下のお名前、キリコさんですよね？」

「そうなんだけど、漢字で樹木の樹と、果物の梨でジュリって読めてしまうのと、アフターファイブのファッションだな。それでジュリコさんと呼ばれている」

「なんか容易に想像がつきますね。ブランド品でフル装備してそうなイメージがありますけど――」

「ほぼ正解だな」

行雄は相好《そうごう》を崩す。

「それより、歓迎会は強制参加なんでしょうか？」

「強制ではないけど、自然と全員来るな。全員といってもうちの場合、君を含めて五人しかいないけど。あとアパート営業課の設計を担当してくれている籾《もみ》さんも」

「そうなんですか……。僕、そういう飲み会とかあまり好きじゃなくて――」

「もしかして下戸《げこ》？」

「そういうわけではないです。ただ、時間の無駄じゃないですか。退勤後なのに、どうしてプライベートの時間まで拘束されなければならないのか意味不明です」

行雄は固まる。なるほど噂《うわさ》に聞くゆとり世代だ。そういう若者がいることは何かの折に聞いたことがあるが、今こうして目《ま》の当たりにすると対応に困る。どう説得したものかと行雄が頭を巡らせていると――。

「では……設計担当の方もいらっしゃるんですか？」

伊澤は突然に思い当たったように訊く。

「ああ、来るよ。籾山《もみやま》さんといって、飲むために生まれてきたような人だからね。間もなく定年なんだけど、以前は支店の設計課の課長までやってた人で、この会社のこともいろいろ知っている」

「ご挨拶もしたいんで、行こうかな……」

「うん、それがいい。普段は無口だが、酒が入ると人が変わったようによく喋《しゃべ》る人だから」

そこから二人はしばらく黙っていたが、伊澤が口を開いた。

「全員と言っていましたけど、吉永さんも、来るんですか？」

「あおいちゃん？　今日、何曜日だっけ？」

「今日は火曜日ですけど――」

「そしたら、ちょっと遅れると思うけど、来るは来るよ。なんで？」

「いや、あの、何だかそういうの嫌いそうに感じたんで——」

伊澤はボソボソと言うと足元に視線を落とす。

「もしかしたら、無理しているかもしれないけど、来るよ。あ！」

行雄は思い当たった様子で、伊澤を横目で見遣る。

「なんですか？」

「伊澤君、もしかして、あおいちゃんに一目惚れしたでしょ？」

「いえ、そんなことはないです」

伊澤は全力で否定しながらも、頬を紅潮させる。

「あおいちゃん、可愛いからな。無理もないよ」

「だから、違うって言ってるじゃないですか」

伊澤の顔から火が出そうになる。

「なんだよ。そんなに恥ずかしがることじゃないだろ。もっとオープンに行けよ。オープンに！　もしかして、むっつりスケベか？」

「違います！」

「あおいちゃん、むっつりスケベは嫌いだぞ！」

そこで伊澤は泣き出しそうなほどに悲壮感を漂わせる。

「吉永さん……むっつりスケベ、嫌いなんですか？」

「………」

行雄は言葉を失う。本人は気付いていないようだが、むっつりスケベであることも、吉永に一目惚れしたことも、両方認めてしまっている。行雄は、なんだか伊澤が可哀想《かわいそう》になってきたので話を変えることにした。

「じゃあ、今日のところはもう一件だけ行ったら会社に帰ろう」

「次はどこに行くんですか?」

伊澤は意外と根が素直なようだ。

「ちょっと頼まれている家があるんだ。その家に行く。もう着くよ」

六

行雄は県道沿いの一軒に社用車を入れた。人の背丈ほどの垣根で囲まれている。そこも農家のようで、庭先に農機具や白い軽トラックがある。違うのは敷地の奥に白壁の蔵があることだ。

その蔵の陰になっている縁側に老夫婦が座っていた。

行雄は車から降りると玄関ではなく、その縁側に向かった。

「ここは涼しそうですね」

頭を下げながら、行雄は老夫婦の隣に立った。

「悪いね、つまらないことで呼び出しちゃって。頼めるのが行雄しか思い当たらなくて」

老爺《ろうや》がよく日に焼けた顔に白い歯を覗《のぞ》かせながら言った。

「いえ、いいんですよ。それで、見えるけど聞こえない感じですか？」

「そうなんだよ、寿命かもしれない」

老爺が右手で耳を押さえる。

「そうですね、いろいろガタが来るみたいですね」

そう言いながら行雄も縁側に腰をかける。ひとり伊澤だけが何の話をしているのか分からないまま突っ立っていた。

「調子悪いなあとは思ってたんだけどね。最近、顕著《けんちょ》でね」

それまで黙っていた老婆が言い添える。

「手遅れにならないうちに対処した方がいいですからね」

行雄が同情したように言う。

伊澤は目を瞬《しばたた》かせる。老夫婦のどちらかが病気なのに違いない。見えるけど聞こえないということは耳の病気だろうか。お二人ともご高齢だが、補聴器は付けていない。

「じゃあ早速見てみましょうか。伊澤君、外の門柱にあるインターホンを押して『昭櫻住宅の伊澤です』って言い続けてくれない」

行雄はそう言うと、老夫婦と共に家の中に入って行った。

伊澤は思わず肩の力が脱ける。インターホンのことを話していたのかと飲み込むと、指示された通りに門柱に向かいインターホンを押した。


一方、屋内の行雄と老夫婦は親機の前にいた。

「何も聞こえないし、暗い画面に白い線が映ってるだけですね。カメラも調子悪くないですか？」

行雄は老夫婦に問いかける。

「いや、カメラは昨日まで映っていたよ。今、映ってるのはさっきのお兄さんのお腹の部分じゃないのかな。白い線の入ったスーツ着てたでしょ」

「ん？　そうですね。あいつ、何か喋ってんのかなあ？　せめてインターホンに顔を見せなくちゃ、まったく分からん。選手交代しますか」

そう言うと行雄は縁側から外に出た。

「伊澤君、ちょっと交代しよう。俺がインターホンに喋りかけるから、君が室内にある親機を見てて」

伊澤は玄関からお邪魔し、親機のある居間に行く。画面には行雄が映っている。往来で何かを必死に叫んでいるようだが全く聞こえない。先刻は訪問営業をする姿を後ろから観察したが、前から見るとこういう具合なのか。はっきり言って怪しい。通報したくなるレベルだ。さきほど散々《さんざん》に門前払いをされていたのも頷けた。

しばらくして、画面から不審者が消えると、伊澤のすぐ傍らに行雄が立っていた。伊澤が思わず後ずさる。

「どうだった？　やっぱり見えるけど聞こえない？」

「そ、そうですね」

「俺が何言ってたか聞こえた？」

「聞こえませんでした」

「『伊澤はむっつりスケベ』ってずっと言ってたんだけど」

「はあ」

「まあ、そんな恥ずかしがるな！」

行雄は呵々《かか》と笑っているが、伊澤は開いた口が塞《ふさ》がらない。このオヤジ、もうすぐ五十《いそ》路《じ》に突入しようというのに、そんなことを叫んでよく恥ずかしくないものだ。

そう思われているとは露《つゆ》知らず、行雄は老夫婦に話しかける。

「清水《しみず》さん、やっぱり故障しているようですね。ちょっとばらしてみますね」

そう言うと行雄は車に戻り、工具箱を持って来た。カメラ付きのインターホンを大谷石《おおやいし》の門柱から取り外すと配線を調べだす。老夫婦が見守る後ろで伊澤もその様子を見ていた。

「線が外れているとかもなさそうだな。機器の故障ですね。新しいのに交換した方がいいかもしれないよ」そう言うと行雄はインターホンを元通り嵌《は》め、スマホを開く。何かを調べるとその画面を老夫婦に見せた。

「これだと一万五千円で買えますよ。最新式で録画も出来るみたいだ。工事は俺がやってあげるから」

老夫婦は顔を見合わせた。

「悪いから、工事代出すよ」

「いいよ、いいよ」

行雄は手を振る。

「さすがは電器屋さんの息子だね。じゃあ、お言葉に甘えてお願いしちゃうよ」

老夫婦は安心したように表情を和ませる。それから三人は元の縁側へ戻ると、何事も無かったように雑談を始めた。

伊澤は一人その様子を眺めていた。ここでも本当の家族のように見える。先程の地域ではインターホンを押しても、すべて門前払いされていたが、自身の担当地域に来るとこうも違うものなのだろうか。伊澤は老夫婦と会話をする行雄を見ながら不思議に思うのだった。

「それじゃあ、また来週来ますよ」

小一時間ほど話していただろうか、行雄は縁側から立ち上がった。

行雄と伊澤は老夫婦と別れると会社への帰路についた。

しばらく車を走らせると、先刻、渋滞に嵌《はま》った交差点に近づく。反対車線でありながらも再び車がとめられる。

「ここは、いつも渋滞するんだ」

そう言うと行雄は背筋を伸ばした。

「ところで小山内さん、インターホンも直せるんですか？」

伊澤は思い出したように訊いた。

「ああ、直せるというか新しいのに交換するだけだけどね」

「電気とかの配線、分かるんですか？」

伊澤がそう訊くと、行雄は名刺を一枚取り出し伊澤に差し出した。

伊澤は行雄の名刺をしげしげと見る。

「小山内さん、宅建《たっけん》のほかに電気工事士二種も持ってるんですか？」

「親父が電器屋だったんだ」

「さっきのお爺さんも言ってましたね」

「若い頃たまに家業を手伝ってたんだ。その流れで電気工事の資格を取った。受験資格とかも特にないから高校生の時に。何かの役に立つかなと思って」

「先程の様子だと結構役に立っているようですね」

「だといいんだけど。本業にどれだけ活きているかは分からないけどね」

行雄は自嘲の笑みを浮かべた。

そこで、信号が変わったのを機に車が流れだした。渋滞を発生させていた交差点を通過すると、今までの分を挽回するかのように車速が上がる。

伊澤は助手席から外の景色に目を遣っていた。田畑と住宅が混在するどこか鄙《ひな》びた眺めだ。

「左手に昭櫻住宅の現場が見えるんだけど、分かる？」

運転席の行雄がふいに伊澤に話しかけた。

「足場が組まれて養生されたのが見えますけど、あれですか」

「うん。今建設中の現場でちょうど上棟が先日終わったばかりなんだ」

「ということは、外壁や内装はこれからですか」

伊澤は興味ありげな顔をする。

「そうだね。まだ断熱材とかも入れてないいんじゃないかな。構造体が剝《む》き出しだね」

「小山内さん。ちょっと寄る時間ありますか」

伊澤はねだるように行雄の表情を窺う。初めて見せる態度だ。

「ああ、時間は大丈夫だよ。どうしたの？」

「ええと、ちょっと、勉強のために建設中の現場が見たくて——。お客さんに構造のことか訊かれても、僕は何も説明できなそうなんで」

「そういうことなら寄って行こう。次の交差点を曲がればすぐだから」

行雄はウインカーを出すと交差点を左折した。

七

二人の乗る車は建築中の現場の前に止まった。『昭櫻住宅』と印刷された養生シートが二階部分に掲げられている。

「3LDK、四世帯のアパートだ。もともとは鶏舎《けいしゃ》があったんだけど、ご主人が高齢のため続けていくのが難しくなって建築に到った」

「鶏舎ですか、珍しいですね。跡取りの方とかもいなかったんですか？」

「息子さんが三人いらっしゃったが、全員サラリーマンになってしまった。直売していた卵がマジで美味かったんだ。餌《えさ》とかも拘《こだわ》っていて、午前中のうちに売り切れてしまうほどだったんだけどね」

「そうなんですかあ。これも、時代の流れなんですかねえ。それより、この物件、建物の前が妙に広くないですか？」伊澤は敷地を見まわす。

「ああ、よく気づいたね。この物件は各戸が車を二台駐車することが出来るんだ」

「二台もですか！」伊澤は表情を曇《くも》らせる。

「伊澤君からしたらかなりコスパが悪い話なんだけど、このあたりは一家に二台の家も多いからね。もしくは、車でなくても倉庫を置いて、それをガレージとして使うのもありなんだ。こうした、他の物件と差別化したアパートを提案するのも時には必要なんだよ」

「なるほど、ここは駅からも距離がありそうですからね」伊澤も納得する。

二人が敷地の中で話していると建設中の建物の中から作業着を着た男性が現われた。肩幅が広く体格がいい。

「現場に入る時はヘルメット被ってもらわないと困るよ、小山内さん」

言葉とは裏腹に男性は笑顔を見せる。

「おお、久しぶり！　順調な感じだね」

行雄も表情を和ませる。

「お陰様で。施主さんもよく来てくれて飲み物を置いてってくれるよ」

男はそう言うと、傍らにある白いボックスからヘルメットを二つ取り出して、行雄と伊澤に差し出した。

「紹介するよ。大工の西郷《さいごう》さん。そして、うちの新人の伊澤君」

行雄は二人を引き合わせる。

「すると、三枝の後任か」

西郷は伊澤を値踏みでもするかのように見る。

「そう。伊澤君には三枝が担当していた地域をやってもらうことになってるんだ」

「それは頼もしい。よろしくね、伊澤君。三枝がいなくなってから仕事が減っちゃって困ってるんだから」西郷はそう言うと伊澤の肩に手を乗せる。

「ご期待に添えるよう頑張ります」

伊澤は頭だけちょこんと下げて挨拶を返した。

「伊澤君はアパートの営業経験が無いけど、頭がいいから飲み込みも早いと思うよ。ここに来たのも現場の勉強をしたいからと本人から言い出して――」

行雄は伊澤の補足説明をする。

「折角なんで、早速中を見せてもらっていいですか？」

伊澤は多少いらだったような表情を見せると、建物を指さした。

「ああいいよ。俺も一緒に行こうか」行雄はヘルメットを被る。

「いえ、大丈夫です。何か分からないことがあれば声をかけますので」

「そう……」

「じゃあ、失礼します」

伊澤は行雄と西郷に一礼するとヘルメットを被りながら建物の中へと入っていった。

「勉強熱心な子みたいだけど、ちょっと愛想《あいそ》不足だね」

伊澤がいなくなると、西郷は行雄に耳打ちする。

「うん。そこが心配なんだよね……」

その後、伊澤が現場を見学している間、行雄と西郷は四方山話《よもやまばなし》に花を咲かせていた。

しばらくして、行雄は何の気なしに西の空を見る。もう茜《あかね》色に染まり始めていた。

「そろそろ、投光器の電源を入れようか。中は暗いだろうから」

西郷はすぐそばにある仮設の分電盤の電源を入れた。

夏なので外はまだ明るいが、養生シートで囲われた建物の中は既に暗いだろう。行雄は腕時計に目を落とした。西郷と話していたせいか時間の経過に気づかなかったが、三十分近くはここにいたことになる。伊澤の歓迎会をやると岡庭が言っていたのを思い出す。そろそろ切り上げてもよい頃合いだ。行雄は伊澤に帰社を促《うなが》そうと建物の中に入った。

一階のどの部屋を探しても伊澤の姿はない。それならば二階かと思い、行雄は外階段を上がって行く。二階の西側住戸を確認すると伊澤の後ろ姿が見えた。ところが、声を掛けるのを憚《はばか》られた。

行雄の存在に気づいていないのか、伊澤はメジャーで採寸しながらスマホのカメラで撮るという作業を繰り返していた。それは構造材である柱や梁《はり》の太さだけでなく、長さ、さらにはその間隔も。その様子は、先刻言っていた「勉強」というようなものではなく、「調査」という言葉がしっくりくるほど綿密な印象を行雄に与えた。

「伊澤君、そろそろ行かないか」

行雄は伊澤の行動を制止するかのように、そう言葉をかけた。

「ああ、小山内さん……。人が悪いですね。呼んでくれれば降りていったのに。ビックリしましたよ」

伊澤は振り返ると、極《きわ》めてバツが悪そうに、作り笑いを浮かべる。

「いや何か質問でもないかなと思って。一応教育係だから……」

「うーん、今のところは大丈夫です。何か出てきたら改めて質問させて頂きます。そろそろ行かないと間に合いませんね。僕の歓迎会なのに僕が遅れて行くわけにはいかないですよね」伊澤はそう言うと屈託《くったく》のない笑みを浮かべた。

「うん、行こう」行雄は踵《きびす》を返して外階段を先に降りていった。

なんなんだ！　あの営業スマイルは――。

行雄は不可解な気持ちに襲われる。やれば出来るじゃないか。相手に少し不遜《ふそん》な印象すら与えかねないと思っていたが、さっきの笑顔は決してそんな不器用な人間が出来るものじゃない。そして、あの写真の撮り方。本当に銀行から左遷されそうになって転職してきた人間なのだろうか?

少し遅れて階段を降りてくる伊澤の足音が、行雄には奇妙なほど大きく聞こえた。

第三章　新人の生態

一

駅前の繁華街は、ちょうど帰宅ラッシュの頃合で人通りも多かった。その路地裏にある雑居ビル。

二人が立ち止まったのは紫色のフィルムが張られたドアの前だった。

「え！　ここですか？」

「うん。スナックなんだけど課の飲み会はいつもここなんだよ」

ドアの横には小ぶりなスタンド看板が置かれ、ピンク地に『はるこ』と平仮名で書かれている。行雄はドアを引いた。

店内はそれほど広くない。五脚のスツールが並ぶカウンター席と、四人掛けのテーブル席が二つあるだけだ。奥にはカラオケの機材が置かれている。

「遅いよー。先に始めちゃったよ！」

ボディラインを強調した真っ赤な服に着替えている経理担当の岡庭が、奥のテーブル席から叫《さけ》んだ。

「すみません、渋滞に嵌《はま》ってしまって」

行雄は詫《わ》びると手前のテーブル席に腰をかけた。行雄の目の前にはアパートの設計を担当している籾山悟《さとる》がいる。既にビールからサワーに移行してしばらく経《た》っているようだった。伊澤が行雄の隣に座ろうとすると、奥のソファーに腰かけている課長の角田が手招きする。

「主役はこっち、こっち」

角田は自分の隣を指さした。伊澤は言われるがままに、角田の隣に移動する。その伊澤の前には岡庭が座っている。

「行雄ちゃんはビールでいいでしょ。伊澤君は何飲む？」

岡庭が伊澤におしぼりを渡しながら尋ねる。その渡し方が妙に堂《どう》に入《い》っている。傍《はた》からすれば同僚ではなく、この店のホステスにしか見えないだろう。

「伊澤君もビールで大丈夫だろ？　乾杯だから」と角田が上機嫌に言う。

「最近の子は乾杯でもカクテルとかサワーを頼むのよ。ねえ伊澤君」

「そうなのか」角田が口をへの字に曲げる。

「で、何にする？」岡庭は慣れた手つきでメニューを広げた。

「すみません、僕、アルコールは――」と伊澤が言い淀《よど》んでいると、

「もしかして飲めない？　烏龍茶《ウーロン》とかにする？」と岡庭が傍《かたわ》らにあったグラスを手に取る。

「いや、飲めるんですけど、日本酒しか飲めなくて……」

「えええ！」

皆が一様に伊澤に注目した。

「ちょっと特異体質で……」

伊澤はちょこんと頭を下げる。

「はるちゃん、日本酒って何があったっけ？」

岡庭がカウンターの中にいる店主に声を掛けた。

「一応はあるけど、そんなに銘柄は無いわよ。メニューに載せてあるから見てみて」

伊澤は渡されたメニューを見ると指をさす。

「この辛口のでいいですか」伊澤は恐縮した体《てい》で言う。

そこで店のドアが開き、私服姿の事務担当の吉永が現われた。

「遅くなってすみません」

吉永は小声で詫びると岡庭の隣に座った。

「あおいちゃんも来たから、全員揃ったね」

ほどなくして、各々《おのおの》の飲み物が到着し、角田が乾杯の発声をした。短めなお言葉に安心しながら、行雄たちも声を合わせた。

「のっけから日本酒の人も初めてだな。しかもスナックで。いやいや、いい飲み仲間が出来た。伊澤君初めましてだね、設計を担当している籾山です、今後ともお見知りおきを」

籾山は既に赤らめている頬《ほお》で伊澤に挨拶《あいさつ》をした。

「こちらこそ、よろしくお願いします」

伊澤は席から立ち上がると頭を下げた。角度にして九十度。

行雄はまた少し意外な気持ちになる。伊澤がしっかりと頭を下げたのはこの時が初めてだったからだ。そう言えば、吉永だけでなく設計の担当者が来ると知ったのも、伊澤が飲み会に参加する背中を押したようだった。行雄はサラダを自身の小皿に取り分けながら考えていた。

「伊澤君は、結局、身長は何センチなの？」

岡庭が伊澤にサラダを取り分けながら訊く。

「今年の健康診断で測《はか》った時は一メートル八十六センチでした」

「うわあ、やっぱり高いね。何かスポーツやってたの？　バスケとかバレーボールとか」

「いえ、何もやっていません。たまに健康のためにランニングや散歩をするだけです」

「俺は学生時代、テニス部だったぞ」

角田が割って入る。

「えー、もったいない。でも、学生時代モテたでしょ？　そのルックスでその身長、さらに頭もいいから」岡庭は角田を完全に無視して、伊澤への質問攻勢に本腰を入れる。

「んー。お付き合いした人はいませんでした。特に好きになった女性もいなかったので」

伊澤は仏頂面《ぶっちょうづら》で答える。

「でも『好きです』みたいに告白されたことはあるでしょ？」

「ありますけど」

「その女の子とお付き合いとかもしなかったの？」

「しませんね。無駄にコストが掛かりますから」

「コスト？」

「ええ、感情の伴《ともな》わない形だけの恋愛って、コストがかかるだけで何のリターンも無いじゃないですか」伊澤はそこで、ちびりと日本酒を啜《すす》る。

「へえええ、こ、硬派なんだね、伊澤君って。ちょっと課長も見習った方がいいんじゃない」

岡庭がやや表情を強張《こわば》らせながら角田の腹を叩《たた》く。角田はビールで咽《む》せそうになる。

「趣味とかは？　なんか乗馬とかウインドサーフィンとかやってそう」

岡庭が瞬《まばた》きをしながら訊《き》く。その度《たび》にガッンと上向けられた付け睫《まつ》毛《げ》が上下する。

「乗馬は小学生の時にやってましたけど――」

「え？　ちょっと待って、子供の時から乗馬？　親、牧場とか経営してるの？」

「いえ、学校にある普通の乗馬クラブですよ」

「ないでしょ普通、乗馬クラブ！　どこの学校行ってたのよ？　あんた」

「幼稚園から高校まで慶陽《けいよう》です」

「マジかよ。超お金持ちしか入れないとこじゃん。で、今現在は休みの日にやる趣味とかあるの？」自分とあまりに生きている世界が違うと感じているのか、岡庭は伊澤に対する口調がぞんざいになってくる。

「趣味ですか……」

「俺はゴルフだぞ。昔は会員権も持ってたんだ」

と角田がドヤ顔で言う。

「旅行とか？」やはり岡庭が角田を無視して訊く。

「旅行と言えば旅行なのかもしれませんが、景色とか観光地とかはあまり興味なくて、僕の場合、仏像巡りですね」

「ぶつぞーめぐり？」

再び全員が伊澤に注目した。それまで無関心を決め込んでいた吉永や、カウンター内にいるママまで伊澤に視線を送る。

「いや、そんな大したことではないのですが、各地の寺院に安置されている仏像を見に行くのが好きなんです。あと、コレクションも」

「コレクションって、なに集めるの？」本人は気付いていないが、岡庭はいよいよ奇怪なものでも見るような顔になる。

「仏像ですよ。先日もボーナスを全額投入して、十一面観音像《じゅういちめんかんのんぞう》をネットで購入してしまいました」伊澤は嬉《うれ》しそうに答えると、再び日本酒を口に含む。

「なかなか、渋い趣味ね〜。じゃあ休みの日はもっぱら仏像巡り？」

岡庭は伊澤から少し身を引きつつあった。

「さすがにお金がかかるので頻繁《ひんぱん》には行けませんから、休みの日は家で彫《ほ》ってますね」

「掘る？　何を？　穴？」

岡庭は口をぽっかり開けて訊く。

「いえ、仏像です。無心になれるんです。岡庭さんも是非《ぜひ》やってみて下さい。彫り方もネットで見れますから、簡単ですよ」

伊澤はそれこそ仏様のような笑《え》みで答える。

「そ、そうなんだ」

岡庭は伊澤とは来世でも分かり合えないと悟ったのか、それまでの質問攻勢から撤収し、隣に座る角田と話しだした。

「そう言えばあおいちゃん、このあいだ奈良に行って来たんだよね。やっぱりお寺とか回ったの？」

それまで黙っていた行雄が吉永に訊いた。

「はい、いくつか回りました」

吉永は小さな声で答える。

「仏像とかも見てきたの？　奈良と言えば寺院が多そうだもんね」

「有名そうなところは一応回ってみました」

「どこのお寺に行ったんですか？」

そこで伊澤が話に入ってきた。

「東大寺《とうだいじ》と法隆寺《ほうりゆうじ》です……」

「なるほど、東大寺は言うまでもありませんが盧舎那仏《るしやなぶつ》ですよね」

「るしゃなぶつ？」吉永が繰り返す。

「あ！　ごめんなさい大仏のことです。あと法隆寺は金堂の釈迦三尊像《しやかさんぞんぞう》が有名すぎますね。その他に薬師如来像《やくしにょらいぞう》と阿弥陀三尊像《あみださんぞんぞう》が鎮座《ちんざ》しているのも言うまでもありませんけど、見ました？」酒のせいなのか、好きな仏像のせいなのか伊澤は嬉々《きき》として語りだす。

「んー、たぶん見たとは思うんですけど……」

吉永は少し困惑しながらも伊澤と目を合わせる。

「奈良以外のお寺も巡ったことあるんですか」

「え、あ、はい。近くの鎌倉《かまくら》とかも行きました」

「鎌倉のお寺はですねえ――」

伊澤は寺院とそこに安置されている仏像のことを吉永に熱く語り続けた。吉永が伊澤の話に興味を持っているかどうかは分からなかったが、若い二人が打ち解けつつあるのが行雄には微笑《ほほえ》ましく感じられた。

その後もアパート営業課の飲み会は賑《にぎ》やかに続いた。

途中、恒例《こうれい》となっている角田の腹踊りなども交《まじ》えた。ストレスとビールを主原料にして、見るたびに腹が成長しているので、皆を飽きさせない。

各々がいい具合に酔ってきた頃、伊澤は席を立つと行雄と籾山が座るテーブルに移動してきた。数百年間台座に座っていた仏像が突然に立ち上がって歩き出したようで、行雄は少し驚く。

「改めまして、本日から配属になりました、伊澤と申します」伊澤は籾山に深々と頭を下げる。

「まあ、そんな堅苦しい挨拶は抜きにして」と、籾山は自分の隣を勧《すす》める。

伊澤は恐縮した体《てい》で座ると、今までにないくらい丁寧に籾山に話しかけていた。多少、酔っているのかと行雄は思ったが、頬こそ赤らめているが呂律《ろれつ》もしっかりしているし、目もとろんとしていない。

目の前にいる伊澤の態度は日中に回った、どの取引先、どの顧客に対してよりも丁寧なものだった。

籾山は今年で六十になり、間もなく定年を迎える。今日いるメンバーの中では最古参だ。それが故《ゆえ》の慇懃《いんぎん》な態度なのだろうか。いや、それならば薄暮地所の小暮は六十代後半のはずだし、今日訪問した顧客は皆、七十を超えている。それに籾山は白髪《しらが》こそ混じっているが、少し肉付きが良いせいか実際の年齢よりも若く見える。伊澤の籾山に対する低姿勢は年齢の問題ではないことになる。

行雄は不可解《ふかかい》な思いを抱きながら伊澤と籾山の話を聞いていた。二人の会話は籾山が設計担当であるが故なのか、主に昭櫻住宅の建物の構造に関して終始しているようだった。

先刻の建築中の現場でもそうだが、伊澤は構造に関することに興味があるのだろう。若いのに仏像に異常な興味を示すぐらいだから、有り得ないことではない。ふと行雄はそんなことを思っていた。少なくとも次の言葉が耳に入ってくるまでは。

「昭櫻住宅といえば『プロードス』ですよね」

行雄は思わず伊澤の顔を見る。

どうして、数年前に廃番となったその名前を知っている?

プロードスは昭櫻住宅が展開していた集合住宅の商品名だった。ギリシャ語で「進歩」を意味し、行雄自身も何棟も売り上げた、かつての主力アパートだ。

話し相手の籾山こそいい具合になっているが、伊澤は酔っていない。強い好奇心とも違う、怪しい光を目に宿していた。

「ああ、プロードスは売れたね。僕も何棟図面を描いたか分からないよ」

「あれほどのヒット商品って、過去にあるんですか？」

伊澤は再びビールに戻った籾山のグラスにつぎ足す。

「ないね。それだけに残念ではあったけどね……」

「どうして突然に廃番になってしまったんですかねえ」

あえてなのか、何気《なにげ》ない口ぶりだ。

「それは――」と籾山が言いかけた刹那《せつな》だった。

「それじゃあ皆さーん。宴《えん》もたけなわですが、そろそろお開きにしたいと思います」

角田が立ち上がり声を上げた。皆の視線が集まったのを確認すると角田は続けた。

「では、最後はやはり、あおいちゃんの美声で締めましょう！　今日は何が聴けるかは、お楽しみです！」

籾山は今までの会話を忘れてしまったように吉永に目を向ける。伊澤は心なしか苦々《にがにが》しい表情で日本酒を呷《あお》る。

角田がカラオケのリモコンを吉永に恭《うやうや》しく渡すと、吉永も頭を下げて両手で押し頂いた。

伊澤も皆と同じように吉永に視線を向けた。

「うちの飲み会は独特の締め方なんだ」行雄が伊澤に声を掛けた。

選曲が終了したのか吉永がリモコンを操作する。全員が前方のモニターを注視した。

「お願いします」吉永が小声で言うと、タイトルが現われた。それは男女の愛を切なく歌った曲だった。

「いい曲よね。離婚したときよく聞いてた」岡庭がしんみりと言う。

マイクを握った吉永の声が店内に響き渡った。

「上手《うま》い！」

伊澤が雷に打たれたかのように目を見開く。

「あの小さな体で、どこからあんな声が出るのかいつも不思議に思う」

早くも涙腺《るいせん》を破壊された籾山が目頭《めがしら》に触《ふ》れる。

行雄も思わず涙ぐみそうになりながら聞き入っていた。

二

歓迎会からの帰路、行雄と伊澤は同じ電車の車内にいた。

伊澤とは下車する駅こそ違ったが、利用する路線は同じであった。伊澤は行雄の数駅手前で降りる。

時刻も時刻なので車内はそれほど混んでいない。二人は並んで座っていた。

「結局、分からなかったんですけど、なんで岡庭さんはキリコが本名なのに、ジュリコとみんなに呼ばれているんですか？」伊澤がやや頰を赤らめて尋ねた。

「分かんなかった？　どう見てもジュリコでしょ。そう言えば伊澤君、歳いくつ？」

「二十九です」

「じゃあ知らないのかなあ。昔、ジュリアナ東京っていうディスコがあったんだけど、そこで踊っている女の子のファッションがちょっと独特だったんだよね」

「もしかして岡庭さんの今日の私服のような出で立ちということですか？」

「そのとおり。実際、ジュリコさんはかなりの頻度でディスコに通っていたらしいからね」

「噂《うわさ》に聞くバブル世代というやつですか？」

「そう。俺もよく知らないけど」

「え？　小山内さんの世代でもバブルを知らないんですか？　その恩恵に多分に与《あずか》った世代だと思っていましたけど」伊澤は意外そうな顔をする。

「知らないよ。俺たちが知ってるのは、そのバブル経済が崩壊した後！　就職氷河期と不景気だけだよ。このあいだ、テレビでもやってた」

　行雄は笑いながら言う。

「不運極《きわ》まりない世代ですね」伊澤も他人事《ひとごと》と思ってか笑いだす。

「うちの部署で言えば、バブルの恩恵を受けたのはジュリコさんと角田課長だな」

「そう言えば課長、ゴルフ場の会員権を持っていたとか自慢していましたね」

「うん。課長が入社した時は本当に良かったらしい。就職活動から超売り手市場で、なんでも、大学の卒業旅行の費用も会社が出してくれたそうだ」

「本当ですか」伊澤は驚いた顔を向ける。

「ああ。角田さんの場合、就職してからも好景気が続いていたから黙っていてもアパートやマンションが売れたそうだ。会社も羽振《はぶ》りが良くて何でも経費で落ちたみたいよ。でも、その時の味が忘れられないのか、今でも何かと経費で落としてしまうらしい」

　伊澤は唖然《あぜん》とする。

「なんなんですか、その時代！　周期的にいろいろなものは再び巡ってきますけど、その時代だけは再来しなさそうですね」

「そうだな、来なさそうだな。少なくとも俺が生きている間は。どうせ、俺たちは失われた世代さ」行雄はテレビで聞いた言葉を使ってみる。

車内のアナウンスが次の到着駅を告げる。伊澤が降りる駅はもう二駅先だ。

「それにしても吉永さん、プロ並みでしたね、歌」

伊澤は吉永の歌声を思い出したのか、少し興奮気味に話題を変えた。

「ああ、俺も初めて聞いた時は驚いた。涙腺を完全に破壊された。なんでも、高校、大学と声楽を本格的に勉強していたらしい」

「その道には進まなかったんですね。あの歌声ならいけそうですけど」

「俺もそう思う。でも、本人が言うには『自分には才能がない』そうだ」

「そうですかねえ？」

伊澤は首を傾《かし》げる。

「もっともっと上がいるみたいだよ。その人たちにはどんなに努力しても追いつけないそうだ」

「そんなことはない。と言ってあげたい気もしますけど、世の中にそういうことってありますからね」伊澤は自分で言って頷《うなず》く。

「たしかにそうだな。大半はそうなんだけどな――」

「報《むく》われないと分かっている努力ならしない方がいいですからね。夢を追うなんてのは、本当にコスパが悪いですから」

伊澤は自分の言葉を噛《か》みしめるように言った。

行雄は、それこそ、そんなことはないだろうと反論したくもなったが、出来ない自分がいた。その代わりに別のことが口から出ていた。

「どっちにしても、いい子だよ、あおいちゃんは」

「今日初めて会いましたけど、何となくそれは分かります」

「伊澤君」

「はい、なんでしょう?」

「間違っても、弄《もてあそ》ぶようなことをしちゃダメだよ」

「そんな人間に見えますか? ご心配なく。僕はそういうチャラチャラしたタイプではありませんので」

「まあ、そうだろうな。仏像が趣味だっていうぐらいだから」行雄は笑う。

「趣味は関係ありません」

伊澤のムッとした表情を見ると行雄は安心した。

「彼女、婚約までしていた彼氏がいたんだけど、その彼が突然に亡くなってしまって……。それから明かりが消えたように言葉数が減ってしまったんだ。もともとは、箸が転がっても可笑《おか》しがる年頃のまんま大人になったような子で、とにかく賑やかだったんだ」

「そうなんですか……」

伊澤はそう呟《つぶや》くと黙りこむ。

「でも、いい子だよ。本当に」

行雄はそう言うと伊澤の目を覗《のぞ》きこんだ。

「な、何で見るんですか？」伊澤は酒で赤くなった頬をさらに赤らめる。

「いや、何でもない。ごめん、ごめん」

行雄はそう言うと頰を緩《ゆる》ませた。

第四章　社長がくれたもの

一

行雄はリビングのテーブルにコーヒーの入ったカップをそっと置く。昨日、飲みすぎたにもかかわらず、この日は早くから起きていた。テーブルの上で指を組む。すると玄関ドアの開く音がした。

帰ってきてしまったか……。

リビングに現われたのは学校に行ったはずの次女、菜々だった。

「大丈夫か、菜々?」行雄が思わず立ち上がる。

「うん。気持ち悪い……」

菜々は表情を歪《ゆが》めて、その場に座りこんでしまう。

「無理しなくていいよ。上で寝てなさい」

行雄が優しく言うと、階段を下りて来る足音が二つした。

それは空《から》になった洗濯かごを持った由香里と猫の平助《へいすけ》であった。平助は大好きな菜々を見つけると嬉《うれ》しそうに身を寄せる。一方の由香里は険《けわ》しい表情になる。

「どうしたの？　学校は？」

「……休む」

菜々は平助に目を落としながら力なく答えた。

「休むって、このままじゃ出席日数とかヤバいんじゃないの？　部活だってコンクールが近いんでしょ？」

「うん」

「じゃあ、少しでも行った方がいいんじゃないの？　それとも、何か学校に行きたくない理由でもあるの？」

菜々は溜め込んだ気持ちを抑えるように唇《くちびる》を固く結ぶ。平助も只《ただ》ならぬ空気を察してか菜々と由香里を交互に見上げる。

「……ない」

「だったら――」

由香里がそう言いかけると行雄が慌《あわ》てて手で制した。

「まあまあ、今日は久々に家を出られたんだ。回復してきた証拠だよ。少し休んでから行けそうだったら行けばいい。学校には電話しておくから」

「うん」

菜々は力なく返事をすると、縋《すが》るように平助を抱いて二階へと上がっていってしまった。その足音はどこまでも弱々しい。

夫婦は菜々が自分の部屋のドアを閉める音を聞くと、申し合わせたように溜息をついた。

「戻って来てしまったな」

「そうね」由香里も残念そうに頷《うなず》く。

「今日は久々に家から出られたんだ。一歩前進だよ」

行雄が開き直ったように笑う。

「あなたは子供たちに甘いのよ。あの子、三年生なのよ、高校受験はどうするのよ?」

「高校なんて行かなくても――」行雄がそう言いかけると、

「このあたしだって高校には行ったのよ、もっとも中退したけど。それだけに、ちゃんと行っておけばよかったと、今でも思う」と、由香里は声を大きくした。

夫婦は頭を抱えながら、再び深い溜息をつく。

「担任の先生は、いじめはないって言ってたんだよな?」

行雄は憚《はばか》るように小声で訊いた。

「そう言ってたけどね……。でも、あてになる？　センコーの言ってたことなんて」

「分からないけど。それより古くないか？　センコーって」

「は？　ぜんぜん古くないわよ。先生はセンコー、警察はポリコーじゃない！　今も昔も」

「そ、そうだな」行雄はこれに関してはどうでもよかった。

「でしょ。だから、今度、お友達の何人かに訊いてみようと思ってるのよ」

由香里は不敵な笑みをたたえる。

「なにを？」

「菜々がいじめられてないかどうかをよ！」

行雄の脳裏《のうり》に若かりし日の妻の暴れていた姿が去来する。

「脅《おど》すなよ」

「脅さないわよ！　尋《き》くだけよ」由香里は吐き捨てるように言った。

行雄はふと壁にかけられている時計に目を遣《や》る。

「いかん、そろそろ行かなくちゃ。八時半からの約束だったんだ」

「なに？」

「車検だよ」

「そう、通帳とカード、引き出しに入ってるから」

由香里もそう言うと黒のユニフォームを手にする。週四で入っている宅配のパートに出かけなければならない。

行雄はリビングにあるサイドボードの引き出しを開け、銀行の通帳とカードを手にすると慌てて家を出た。

二

平助は菜々のベッドの上に座っていた。自分のハウスよりも落ち着くのか、隙《すき》あらばここで寛《くつろ》ぐのだった。ここは、平助にとって育った場所でもある。

五匹生まれた子猫のうちの最後に残された鯖《さば》トラ柄の猫を、菜々がもらってきたのだった。平助は最初、警戒心が強くハウスを用意しても中に入ろうとはせず、ずっと震えていた。震えすぎて死んでしまうのではないかと、心配になったほどだ。

ところが、菜々が自分のベッドに寝かせてやると不思議なことに震えは治まった。

それから数か月、菜々は平助と寝食を共にした。少しずつ平助の警戒心も解け、今では家族の誰よりも家の中を自由に闊歩《かっぽ》している。

その平助の視線の先にはベッドに座ったままの菜々がいた。菜々の手元にはよく磨かれたサックスがある。

菜々が中学に入学して間もない頃だった。たまたま吹奏楽部の練習を目にした。そこで、一人の先輩が手にしていたのがサックス。ソロで奏《かな》でるその演奏に思わず足が止まった。

音色《ねいろ》に託された迸《ほとばし》るような感情。それが叩きつけられるように心を震わせた。気付けば、目尻に涙すら溜まっていた。

気持ちを上手く言葉に出来ない自分。心の声を心の中で押し殺してしまう自分。そんな自分でもこの楽器なら表現できる気がした。勇気を出して入部届を出した。珍しく両親に懇願してサックスを買ってもらった。毎日、毎日、部室で練習した。その甲斐《かい》あってか、奏でられる曲はどんどん増えた。まるで、サックスが自分の感情や心の声を表現してくれているようだった。それが嬉しくて、さらに練習に没頭した。

でも、それすらも今は叶わない――。

「二十三万⁉」

行雄は思わず絶句する。

「はい。車検に通らないところだけ直しても、そのぐらいですね。なんせ十九万キロも走ってますし、年式もかなり前の型ですから……」

整備士は申し訳なさそうに言う。十万ぐらいで済むだろうと高《たか》を括《くく》っていたが、実際はその倍以上だった。行雄は預金残高を思い出す。三十万は残っていたはず。車検代を払ったら残り七万。

「二十三万ですか……」

行雄は現実が受け止められず、何度もその金額を繰り返す。

「うーん、いつもうちでやって頂いてるんで、お値引きしたとしても二十二が限界ですね」電卓を叩きながら整備士が言う。

「なんとか二十で！」行雄が手を合わせる。

「無理です」

結局、二十二万で車検をお願いすることになった行雄は、銀行でその金額を下ろし、通帳残高を見て呆然《ぼうぜん》とする。冬のボーナスまであと三か月、どうにか凌《しの》がなければならない。老後のための貯金など不可能と言わざるを得ない。自動車整備士の資格も取っておけば良かったと後悔する。

車検が終わるまでは時間が掛かるので、一旦帰宅することにした。いつもなら一日だけ代車を借りるのだが、今回はそれも控えた。一日千円だったが、それすらも惜しい。まだ残暑は厳しい時期。汗だくになりながら一時間かけて家に帰り着いた。

行雄が住むのは郊外の一戸建てで最寄り駅からは徒歩二十分弱だった。十年前に中古で購入した。

色あせてきたポストを見ると、自分宛てのハガキが来ていたので取り出す。

ハガキの差出人は、住宅ローンを借りている金融機関からだ。首を傾げる。家に入り、ハガキを端から剝《は》がして見開きにした。そこに記載されている内容に行雄は凍《こお》りつく。

来月から金利が上がり支払いが増えるというのだ。金利は固定であったが、当初十年の支払いを下げるステップローンを利用していたのを思い出す。

――今より返済が厳しくなる。

懐《ふところ》は寒さで凍傷にすらなりかけているというのに。どうやら、氷河期は現在も継続中のようだ。やはり、由香里が言っていたように死ぬまで働くしかない。

そう覚悟を新たにしていると玄関の開く音がした。パートに行ったはずの、その由香里が帰ってきた。険しい顔をしてリビングに入ってくる。そして、心なしか足を引き摺《ず》っている。

「ど、どうした？　まさかお前、菜々の同級生に焼きを入れに行ったんじゃないだろうな。そして、返り討ちにでもあったのか？」

「違うわよ。腰、痛めたのよ、仕事で」

「そうか、なら良かった」

「よかねーよ！　あ痛《い》ったたたたたたた――」

「ごめん、病院でも行くか？」と言いながら、行雄は車が無いことを思い出す。

「大丈夫よ。ちょっと寝てれば治るわ」

由香里はそう言うと、「痛《い》え、痛《て》え」と言いながら二階へと上がっていった。

「本当に大丈夫か……」

由香里はよく、変なやせ我慢をする。特に体の不調に関しては限界まで医者に行こうとしない。ある時など、脂汗《あぶらあせ》を流しながら腹痛を我慢すること数日。ようやく病院に行った時には腸閉塞《へいそく》と診断され、危《あや》うく命に係わるところだった。そもそも、由香里が「痛い」と口にすること自体が尋常じゃない場合が多い。行雄は寝室で寝ようとしている由香里の様子を見に行った。

「どうだ、痛みは？」

布団を重そうに敷く妻に行雄は声を掛けた。

「今、気づいたんだけど、足が痺《しび》れて力が入らない気がする」

「ええ？　それヤバくないか。ヘルニアじゃないのか。どうしたらそうなったんだ？」

「ペットボトルのお茶を持ったのよ」

「ペットボトルのお茶？　一本？」

「まさか！　五百mℓ、二十四本入り」

行雄は計算する。

「十二キロか？」

「それを四ケースいっぺんに」

「嘘だろ！　四十八キロだぞ。俺だって持てないよ、そんなの。どうして、そんなことしたんだ」

「アパートの二階に配達だったんだけど、往復するのが面倒だから、いっぺんに持った」

行雄はあんぐりと口を開ける。

「今から病院に行こう」

行雄はタクシーを呼び由香里とともに病院に行った。レントゲンを何枚か撮られた結果、医師から告げられた病名は、行雄の見立て通り「椎間板《ついかんばん》ヘルニア」。重いものを持つ仕事をしばらく休むように、と宣告されたのだった。

行雄は由香里とともに病院から戻ると、ひとりで車検屋への道のりを歩いていた。

それにしても、多難な休日だった。浮き沈みは世の常《つね》。明日はきっと良いことがあるだろう。行雄はそう願わずにはいられなかった。

三

翌日。由香里は打った注射が効《き》いたのか、痛みは治まったようであった。しかし、しばらく仕事は休まざるをえない。そして、次女の菜々はこの日も学校に行く気配を見せなかった。

行雄がコンビニで買ったコーヒーを片手にアパート営業課に入ろうとすると、勢いよくドアが開いた。角田が上着を羽織りながら部屋から出ようとするのとかち合う。いつになく厳しい表情だ。

「おお、小山内か。とうとう来たぞ！」

「な、何がですか」

「石破《いしば》社長だよ！　今日、来店されるかもしれない。本社からの情報だ。昼頃から夕方にかけてが、最大限の警戒らしい」

角田はまるで台風でも上陸するような言い方をした。

「本当ですか？　確かなところからの情報なんですか？」

何を思ったか、角田は突然にふざけるな！　という顔をすると、

「『人したことないじゃないですか』だって⁉　大したことだよ！」と勝手に聞き間違えて勝手に怒りだす。

「いえ、『確かなところからの情報なんですか？』って言ったんです」行雄は声のボリュームを上げる。

「ん？　……すまん、すまん。確かなところからだ！　支店長が秘書課に賄賂《わいろ》を贈っている。不測《ふそく》の事態が起こった場合、二十四時間いつでも通報が来る」

「そ、そこまでしてるんですか……」行雄は俄《にわ》かには信じられない。

「当たり前だ！　社長のご機嫌次第でこんな支店、簡単に潰せる。俺や小山内など即クビだぞ！」

「そうなんですか？　流石《さすが》に、経営的な側面も考慮するんじゃないですか？　そうでないと、横暴すぎると思います」

　すると今度は、角田は突然に笑いだす。

「ああ、眉毛《まゆげ》か。確かにボーボーだけど、剃《そ》ったら悪人面《づら》になって余計に怖いと思うぞ」

「え？　眉毛を剃る？　どうして？」

「眉毛のことじゃないのか？　小山内が今、『剃らないとボーボーすぎる』って言ったんだぞ」

　行雄は自分の言葉を思い出す。

「『そうでないと、横暴すぎる』って言ったんです！」

「ん？　すまん。また聞き間違えた。今日はなんかだめだな。とにかく行ってくるよ」

　角田は耳の穴を穿《ほじく》りながら部屋を出て行った。

　やはり角田の聞き間違いはストレス性のものだろう。今日は特に酷《ひど》い。

　部屋に入ると、角田以外はまだ誰も出勤してきていないようで、極めて静かなものだった。まさに嵐の前の静けさだ。ふと、行雄は壁に掲げられた社是《しゃぜ》を見る。

『自らが会社を支える気概《きがい》を持ち、会社の声を聞け。さすれば、継続的利益拡大は絶対であり、目標未達は衰退を意味することを知る』

現社長の人生観そのもののような社是であった。

社長である石破倫太郎《りんたろう》は、新卒で昭櫻住宅に入社すると、一介《いっかい》の営業職から上場企業のトップにまで登りつめた人物である。

常に目標以上の結果を出し、管理職となってからも赤字が常態化している支店を軒並《のきな》みV字回復させた。しかし、その管理手法は強引であり有無を言わさぬものであった。

ノルマは絶対であり、ノルマ以上の数字を作ってこそ、石破の支配する支店では、ようやく呼吸が許された。そのせいか、心身を病《や》む者や退社に追い込まれる者は数知れず。その強権的な支配から「石破帝国」と揶揄《やゆ》されるほどであった。

そんな石破倫太郎は八年前から昭櫻住宅の社長の座に就《つ》いている。

社長に就任すると石破はある目標を掲げた。それは、昭櫻住宅を「業界一位」に躍進させるというものであった。その手始めとして年商一兆円達成を当初の目標とした。

それまで、昭櫻住宅は年間売上高五千億円程度であったが、それを一気に二倍にするというのである。そのために、創業以来掲げられていた社是も前述のものにあっさりと変えてしまう。

石破は大規模な構造改革も行なった。新卒、中途を問わず積極的に採用を進め、支店も増やした。新商品も続々と発表し、競争力を高めた。

石破は攻勢に出る一方、内側を固めることにも抜かりがなかった。自身に刃向かう恐れのある者は一掃し、取締役以下全てを子飼いの者で固めるという徹底ぶりを見せた。文字通り「石破帝国」の完成であった。

石破は現場主義を謳《うた》っているだけに自ら定期的に支店に現われる。といっても現場の管理者までがお目通りが許されているだけで、末端の平社員たちは社長を見たことがないのが実際であった。アパート営業課で実物の石破を目にしたことがあるのは、課長である角田だけだった。


夕刻のアパート営業課。行雄と伊澤も外回りから帰って来ていた。

行雄は営業日報を書いていた。岡庭は経費精算を纏《まと》めている。伊澤は営業補助の仕事も兼ねている吉永に、何かを質問していた。先日の飲み会以来、伊澤は吉永に積極的に話しかけるようになっていた。吉永はいつものように小声であったが、その都度、丁寧に教えている。行雄は若い二人を見ていると、営業所内に小さな明かりが点《つ》いたようだと思う。

そのとき、静かにドアが開き、やつれ切った角田が部屋に入って来た。角田は無言のまま自身のデスクにつくなり大きな溜息を漏らす。せっかくの明かりを吹き消す。

アパート営業課の全員が角田に視線を向けた。角田の表情から察するに、芳《かんば》しくない

結果だったのだろう。石破社長に無理難題を言われたに違いない。こういう時の岡庭は頼もしい
「どうだった、社長」

岡庭が角田の表情が冴えないことなど関係なしに訊く。こういう時の岡庭は頼もしいと、今更ながらに行雄は思う。

角田は背もたれに体を委《ゆだ》ねると、魂《たましい》までも吐き出すように大きく息をつく。

「やばい、感じ？」

岡庭がたたみかけるように訊くと、角田はゆっくりと頷いた。

「今期、あと一億、売上を出せと……」そこで角田は事切れそうになる。

「あと一億？　なんで⁉　ちゃんとノルマも達成してるじゃない！」

岡庭の憤慨《ふんがい》が、ＡＥＤばりに角田を瞬時に蘇生《そせい》させる。

「ここの営業所はいいが、他がよくないらしい。アパート事業部として利益を残さなければならないそうだ。そのためにあと一億やれと命じられた。勇気を振り絞って『さすがにあと一億は――』と、泣きついてみたのだが……」

「泣きついてみたのだが？」岡庭はじれったそうに先を促す。

「『課長が替われば出来るか？』と言われた」角田が泣きそうな顔で打ち明けると、部署内に窒息しそうなほどに悲壮感が充満する。

「一億っていうと、どうなの？　先月、行雄ちゃんが決めた物件が六世帯一棟で五千九百

万だから、同じ規模のをあと二棟ぐらいってこと？」岡庭が睫毛《まつげ》をグイッと上げて目算する。

「グレードにもよるが、大雑把《おおざっぱ》にはそれぐらいだな。今、俺が提案しているお客さんが、四世帯一棟と六世帯一棟で一億五百万の見積もりを出しているから、それが決まればなんとかなる」

「さすが課長、自分の首は自分で守るのね」

「ただ、問題があって競合が入っている。それがよりによって、峰嶺ハウスなんだ！」

「出た！　王者、峰嶺。で、どうなの？　勝てそうなの？」

「分からない。ただ、最終的には一億前後で決まると思う。値引きして一億以下で提案できればインパクトはあるが、社長が一億売り上げて来いと言ってきやがったから困っている」

「そうすると、どうしてももう一棟は必要になる訳ね」

「そうなる」角田が乾いた声で同意する。

「やるしかないですよ。伊澤君も加わったことだし、まだ今月は始まったばかりです。あと一億ぐらい何とかなりますよ！　うちの営業課の力を見せてやりましょう！」行雄が皆を鼓舞《こぶ》する。

「そうね、みんなで頑張るしかないでしょ！」

岡庭がフレグランスの香りをふりまきながら拳《こぶし》を掲げる。今日はラベンダーのようだ。

「そうだな、頑張ろう。伊澤君、小山内係長と一緒にまわって、だいたいの仕事の流れは分かったかな？」角田は伊澤に問いかける。

「はい、あとは場数を踏むだけだと思います」

「そうしたら明日からオーナーさんをまわってみよう。一人で！」

「でも課長、伊澤君はまだ社用車の許可が下りてませんけど」

「現地までは俺か小山内が連れて行って、あとは徒歩でやってもらおう。その方が件数もまわれるはずだ。若いから大丈夫だろ。なあ伊澤君」

全員が伊澤に視線を向ける。吉永もそっと伊澤に視線を向けている。

「全然、大丈夫です！」

伊澤は顔を引き攣《つ》らせながらも、慌てて頷いた。

「よし！　明日から俺を含めた営業部隊三人は徹底的にオーナーさんを訪問しよう。何かしら引っ掛かるかもしれない。ジュリコとあおいちゃんはＤＭの発送を頼む！」

なんとか息を吹き返した角田が全員に号令すると、皆が一様に気合の入った返事をした。

四

伊澤は行雄の車から降ろされると一軒の豪邸の前で立ち尽くしていた。角田の指示により今日から既存顧客をすべて回らなければならない。その中で新たなアパート建設の話を頂いてくるというのが伊澤に課された使命であった。

――こういう場合はまず行動してみることだ！

考えてみれば、そんなに緊張する必要もないではないか。既存顧客なんだから。昭櫻住宅とは既に人間関係が出来ているはず。先日の小山内さんの飛び込み訪問のように無下《むげ》に扱われることもないだろう。伊澤はそう自分に言い聞かせると、震える指でインターホンを押した。

応答がないので伊澤は再度押してみる。心のどこかで留守であってくれたら嬉しいと思っている自分がいることは否定できない。

留守か。

伊澤が胸を撫《な》でおろし、その家を去ろうとした時だった。

「はい」

突然の声。年配の男性のようだ。伊澤は慌ててインターホンの前に顔を近づける。

「おはようございます。昭櫻住宅の伊澤と申します。この度は、担当替えがございまして、新任のご挨拶に伺《うかが》いました」

伊澤は途中で噛みながらもなんとか来意を告げることが出来た。

「なんの用?」冷淡な声が返ってくる。

「ですから、ご挨拶に……」

「いま、忙しいんだよ！　挨拶だけならハガキでよこせよ。どうせまた、アパート建てませんかって言うんだろ。見え見えなんだよ！　じゃあな！」

「あ、いえ、けっして、そういうわけでは……」

慌てて取り繕《つくろ》う伊澤であったが、既にインターホンは切れているようだった。こういった訪問が多いようで相手もブチ切れていた。

初めての訪問。しかも既存顧客。しかし伊澤にとってそれは、心的外傷《トラウマ》すら負いかねないほどに惨憺《さんたん》たるものであった。


一方の行雄は伊澤を途中で降ろすと、自身の担当エリアで訪問を重ねていた。行雄の目の前には大地主でもあり、このあたりの名士でもある金山《かなやま》が腕を組み、「んー」と唸《うな》り声を上げている。

行雄は以前に提案した学生用のワンルームアパートの計画について再検討をお願いして

いた。

「そりゃあ、建てるなら行雄に頼むけど、すべてはあれ次第だよな」と、金山は顎《あご》で山の方を指《さ》す。二人が目を遣る先には丘の上に並ぶ東京栄才大学の建物がある。

「箱は出来ています。土地もまだありますから移転か増設はあるんでしょうけど、それがどの程度の規模か、ですよね」

行雄が後を引き取った。金山は頷く。

「それによって私鉄が延びてくるかどうかも決まるだろう。もし延びてきて新駅が出来れば学生用のワンルームだけでなくファミリータイプの間取りの需要も出てくる」

「たしかにそうですね」

二人はしばらくの間、丘の上に聳《そび》え立つ大学の建物を眺めていた。校舎と校舎の間に架けられた橋梁《きょうりょう》は夏の強い日差しに晒《さら》されていて人の影はない。まだ、大学は夏休みであることを行雄は思い出す。街中にも学生の姿は少ない。

大学へ行くには隣の区にある最寄り駅からバスが出ていた。長期の休みでない時は、かなりの本数が出ている。朝などは学生たちが寿司詰めになっているバスを何度か見たことがあった。

「行雄、実はな……」

そこで、金山は改まったように声を落とした。

「なんですか」

「実は、定例の会合が来月あるんだけど、どうもそこで具体的な話があるらしいんだ。アレに関して」金山は再び顎を動かす。

「いよいよ、動きがありそうですか?」

「ああ、良《よ》きにしろ悪《あ》しきにしろ、必ず動きがある」

金山は自信ありげに頷いた。


アパート営業課の長である角田は、六葉信託銀行《ろくようしんたくぎんこう》の応接室にいた。伊澤がかつて在籍していた関東六葉銀行のグループ会社だ。目の前では行員の足立《あだち》が見積書の詳細を確認し終えて、テーブルに戻したところであった。足立は顔を上げると驚いた表情を見せる。

「角田さん、随分頑張ってくれましたね、金額」

「精一杯やらせて頂きました。うちとしましてはこれ以上ない金額です。先日、地盤調査の結果が出ましたので、その補強工事の費用も入っています」

「やはり、補強が必要ですか?　もともと田んぼでしたもんね」

「はい。今回は地盤の固い支持層まで杭《くい》を入れます。その費用も入っての金額です!」

角田は自信満々に自らの腹を叩く。

「本当に助かります。いつも無理ばかり言ってしまって申し訳ないです。いちおう流れで、峰嶺ハウスさんの見積もりが出てからのご回答になってしまうのですが、今月半《なか》ばくらいまでにはお電話出来ると思います。ただ、僕的には昭櫻さんを推《お》すつもりです」

足立は笑顔をどこまでも絶やさない。相見積もりこそ取られているが、角田はこの青年に対しては悪感情が湧《わ》かないのだった。逆に親近感すら覚えてしまう。年の頃は三十前後であろう。伊澤と同世代のはずだ。そこで角田は少し迷っていたが話に出してみることにした。

「話は変わりますが、うちに関東六葉銀行に勤めていた方が来てくれているんですよ」

「ほー、それは珍しいですね。本社経理とかでなく、支店の営業課にですか？」

「はい。少し前まで本社経理にいたんですが、突然うちに。しかも営業担当として」

「おいくつぐらいの方なんですか？」

足立は興味を示したらしく目を大きく見開く。

「三十手前でしたかね。銀行時代はＭ＆Ａを手掛ける部門にいたそうですけど」

「そうすると、本店の営業二課ですね。グループ内でも異動はあるんで存じています。あそこはエリート集団のはずですけど、そんな方が昭櫻さんに、それも営業課にですか？　あ！　いや失礼しました。気を悪くしないで下さい」

足立は慌てて取り繕うが、嫌味ではなく心底《しんそこ》驚いているようであった。

「ええ、本人も言っていましたが、何でも左遷《させん》されそうになって辞めたとかで。何をしたのかまでは分からないのですが……」

角田は自分で話を振っておきながら言い淀んだ体《てい》を装《よそお》う。

「だとすると、よっぽどのことでしょうね。なんていう方なんですか？」

「伊澤勇誠君というんですけど、ご存じですか？」

「いやあ、存じ上げないですね。不祥事がらみの噂って結構流れてくるものなんですよ。そんな話だったら話題になりそうですけどねえ……」

足立は不思議そうに何度も首を傾げる。

「え！　不倫がらみの噂って結構流れてくるものなんですか？」と、角田の声は震えを帯《お》びる。

「いえ、『不祥事がらみの噂って結構流れてくる』と言ったんです」

「……失礼いたしました！」


夏は過ぎてもまだ残暑は厳しい。

午後四時。太陽は西に傾きつつあったが、まだ強い陽射《ひざ》しが照りつけていた。伊澤は、やっとの思いで公園のベンチに腰を下ろした。

そこは木陰になり、幾分か涼しい。安堵《あんど》の溜息を漏らして落ち着くと、蜩《ひぐらし》が鳴いているのに気付いた。そこに柔らかい風が吹く。蜩の声と相まって伊澤の荒《すさ》んだ心を癒してくれるようだった。

「疲れた……」

インターホンを押して既存顧客を訪問しているだけなのに、こうも精神的にこたえるとは思わなかった。朝から三十度越えの猛暑の中、二十軒ほど訪問してみたがほぼ門前払い。まともに話を聞いてくれた家など一軒もなかった。とても二十一軒目に踏み出す気力など湧いてこない。そう考えると、既存顧客でもないところを平然と訪問し続けたあの中年オジサンの精神力は尊敬に値するかもしれない。

しかし……。

あまりに不甲斐《ふがい》ない人間と思われては、彼女に近づくことが出来ない。それでは、わざわざこんな末端の部署に落ちてきた意味がない。それこそ、あのブランドおばさんの言う通りだ。

こんなところで感傷《かんしょう》に浸っている暇《ひま》などない。彼女に認められるためにも何かしらの成果を上げなくてはならない。伊澤はそう自分に言い聞かせると、勢いよく立ち上がった。

五

それから数日が経った、ある日の夕刻。

「岡庭さん、これ交通費の精算書類です。よろしくお願いします」

伊澤は経理担当である岡庭の机の前に立ち、書類を手渡した。

「それにしてもあんた、焼けたわねえ」

「はい。ここまで焼けたのは人生で初かも……」

白目が目立つほどに日に焼けた伊澤が頭に手をやる。

「しかも痩《や》せたんじゃないの？　色黒になってもやっぱりイケメンだけど――。でもあんた、汗臭いわよ」岡庭が鼻を摘まむ。

「自分でも何となく分かります。汗でワイシャツに塩の跡が出来るんですよ」伊澤が珍しいものでも披露《ひろう》するように背中を岡庭に向ける。

「本当だ。白い線が出来てる」

「でも、臭いの原因はシャツよりも靴《くつ》だと思います」

「靴？　あら、ボロボロじゃないの。踵《かかと》も減ってるし。夏は革靴だと蒸れるのよね」

岡庭は鼻を摘まんでいるので鼻声で言う。

「蒸れるのもそうなんですけど、昨日、ゲリラ豪雨に見舞われまして」

「ああ、昼頃でしょ」

「はい。ずぶ濡れになった挙句《あげく》、靴の中も浸水してしまって。でも、暑いからすぐに乾いたのは良かったんですが、その後から異臭を放つようになってしまって……」

かがんだ岡庭が、摘まんでいた鼻を伊澤の靴に近づける。

「うえ！　あんた、その靴すぐに捨てなさいよ！」

岡庭が手で追い払うので、伊澤は後ずさる。

「ところで、僕の社用車の使用許可って、どうなってるんでしょうか？」

「ああ、そろそろじゃないかしら。社長が来た日に申請したから、もう一週間になるわね。来週には下りてくると思うけど――」

「そうですか、了解しました。もうしばらく徒歩で頑張ります」

伊澤はそう言うと、自分の席に戻りながら吉永を一瞥《いちべつ》する。吉永は既存顧客や土地所有者に向けたDMの発送準備を行なっていた。一枚一枚宛名ラベルを封筒に貼っている。

「手伝いましょうか？」

伊澤ははにかみながら、吉永に声を掛けた。

「大丈夫ですよ。もうちょっとで終わりますから……」

吉永はいつもの寂しげな笑顔を向けた。

「何かお手伝いできることがあったら遠慮なく言って下さい」

「ありがとうございます」吉永は小さく頭を下げる。

伊澤は先日の飲み会以来、吉永に積極的に話しかけるようにしていた。ところが、当の吉永は最低限の言葉を返してくれるだけであった。

決して嫌われているわけではないと伊澤は思っている。なぜなら、吉永のその寡黙《かもく》すぎる態度は誰に対しても同じだったからだ。仕事のこと以外で、吉永の方から誰かに話しかけている場面を伊澤は見たことがなかった。誰かから話しかけなければ吉永が口を開くことはなかった。やはり、心は常に閉ざされているようであった。

社長来店から十日あまりが経っていた。その間にも三人の営業課員は、一億という新たなノルマを達成すべく、取引先や既存顧客などを中心に連日営業を掛けていたが、目ぼしい成果は得られないままであった。

そんなある朝のこと、見たことのない婦人が営業課の部屋に入ってくると、何食わぬ顔で空《あ》いている席にバッグを置いた。婦人がバッグを置いたのは、よりによって岡庭の席だ。

行雄と伊澤、そして吉永が見ず知らずの婦人に視線を注ぐ。角田は支店長に呼ばれて離席していた。

皆がやきもきする。そろそろ出社してくるはずの岡庭が自身の席を占有されていることに激怒して、この婦人と一悶着《ひともんちやく》起きないかと心配になる。すると、そこに角田が戻ってきた。

「ん？　ジュ、ジュリコか？　な、何やってるんだ、す、す、すっぴんじゃないか！　おっとこれは何ハラになるんだ？」角田は、言った後から口を手で押さえる。

「うるさいわね。そんなに驚くんじゃないわよ！　昨日、怖くて全然寝られなかったの。寝不足のあまり化粧を忘れてきただけよ」

そうだと思って見ると、婦人には確かに岡庭の片鱗《へんりん》がある。だが、目の下には隈《くま》ができ、髪も使い込んだジュリアナ扇子《せんす》のようにボサボサであった。

婦人が誰なのかという疑問は解決したが、次の疑問が皆を襲う。

「怖くてって――。ジュリコさんにも怖いものがあるんですか？」

代表して行雄が問うかたちとなった。

「ええ、ご推察の通り、あんまり怖いものはないんだけど、あたし、地震だけは駄目なのよ。昨夜の一時頃、結構揺れたでしょ」

岡庭は力なく答える。地震と寝不足が心底こたえているようだ。

「たしかに、揺れましたね。朝起きたら、うちもサイドボードの上にある写真立てが倒れてましたから」

「でしょ。しかも、あたしの家、四十五階だから揺れ方がすごいのよ」

「高層マンションだと独特な揺れ方をするって言いますすもんね」

「ほんと、生きた心地しなかったわ」

「地震が怖いのにそんな高層階に？」

伊澤が不思議そうに訊く。

「別れた旦那がくれたのよ。景色は最高だし、セキュリティーも万全だから、地震の揺れ以外では満足してるんだけどね」

「夜景を見ながらワイングラスを持つジュリコさんって絵になるなあ」

行雄は妙な具合に納得する。

「すごいぞ！　まるでホテルのスイートルームみたいだぞ！」角田が口を挟む。

「え？　課長、泊まったことあるんですか？」

伊澤が訊くと、角田がしまったという顔をする。その表情を見て行雄は苦笑する。

「いや、ない！　ない！　ない！　想像、想像！　俺の想像！」

「そうですよねえ、課長がスイートルームに泊まったことがあるとは思えなくて」

伊澤は伊澤で肝心なところをスルーして、変なところを忌憚《きたん》なく納得する。

「でもね、あのマンション売って、身軽になって地震のない国に移住したいわ」

岡庭は大きな欠伸《あくび》をするとそう呟いた。

「マンションだけでなく、普段、ガチャガチャ身に着けているアクセサリーも売れば、正真正銘、身軽になれるぞ」角田は性懲《しょうこ》りもなく再び口を挟む。

そんな角田の軽口もいつもなら十倍にして言い返す岡庭であったが、今日に限ってはチラッと睨《にら》みつけるだけだった。よっぽど昨晩の地震がこたえているらしい。

そんなアパート営業課の不毛な遣り取りの最中だった。電話が鳴り、吉永が取る。吉永は二言三言話すと受話器を置いて行雄に目を向けた。

「小山内さん、川口《かわぐち》様の奥様からお電話です」

行雄は吉永に返事をすると受話器を上げた。

『朝早くからごめんね、小山内さん。大変なんだよ。うちの母屋《おもや》の裏にある、こないだ建てたアパートなんだけど……』

「はい。『ロイヤルレジデンス川口』ですか？」

『そう。昨日の地震で壁にヒビが入ってるのよ。入居者さんが知らせてくれたんだけど、けっこうすごくて』

川口はひどく心配そうな声音《こわね》だった。よほど、ヒビが深いのかもしれない。

「分かりました。もう少ししたら営業所を出ますので、一時間ぐらいで着くと思いますが、川口さんいらっしゃいますか？」

『大丈夫よ。待ってるわ』

行雄は、『ロイヤルレジデンス川口』と書かれた看板の横を、苦い顔をして見上げていた。三年前の春に入居を開始したばかりの比較的新しい建物だ。

「クラックが入ってますね」

「住むには問題なさそうだけど、長い目で見て雨とかが入ったらいけないと思って……」

なるほど、川口が朝一番で電話してきたのも頷ける。一ミリほどのヒビが軒下から建物の真ん中あたりまで入っている。長さにして二メートルはありそうだ。

いわゆるメゾネットタイプ。各住戸に内階段があり、居住者は一・二階を占有でき、戸建てに住んでいる気分が味わえる。『ロイヤルレジデンス川口』は専用庭まで設け、他の賃貸物件と差別化されていた。それが東西に三戸連なっている。ヒビが入ったのは西側の住戸と真ん中の住戸の間であった。

「たしか、このアパートって地震の揺れを吸収してくれる造りだったわよね」

川口は建設当時の記憶を手繰《たぐ》る。

「ええ、『プロードス』という商品なんですけど、構造体の中に地震の揺れを吸収する部材が使われていて、地震の被害を最小限に抑えてくれるはずなんですけど……」

「でも、こんなにヒビが入っちゃったんじゃね。かっこつけて仰々《ぎょうぎょう》しい名前つけたから、罰《ばち》が当たったのかしら」川口は申し訳なさそうな顔をする。

「名前は関係ないと思いますが、どちらにしても、このままでは良くないので、私の方で工事課に連絡しておきます。築年数も浅いので、もちろん保証の範囲内でいけますので」

「そうしてくれる？　入居者さんも安心するだろうから」

川口はひとまず胸を撫でおろしたようだが、行雄は妙な胸騒ぎを覚えるのだった。


翌日、行雄は『ロイヤルレジデンス川口』の前で工事担当の桐谷《きりたに》と話していた。

桐谷は行雄とそれほど歳が変わらない。行雄は中途入社であったが、桐谷は大学卒業後すぐに昭櫻住宅に就職した。社内では先輩であったが、長いこと一緒に働いているうちに、そんな上下関係もなくなっていた。

「ヒビ入ってるね。プロードスなのにかよ。制振構造も役立たずかあ。もしかして、プロードスの制振って、五重塔みたいに建物が揺れることによって地震のエネルギーを分散させてるのかなあ？」

「それって制振になってなくないか？」

「そうだな。プロードスの場合、柱と柱の間にある筋交《すじか》いや柱受けにうちで開発した特殊なゴムが使われているはずだけど……。ひょっとすると、あの噂は本当なのかもしれないな？」

桐谷は意味深長《しんちょう》な笑みを浮かべる。

「あの噂って、あの噂か？」行雄は馬鹿馬鹿しいと言わんばかりに鼻で笑う。

「ああ、プロードスに潜む隠された不具合！」

「まさか……。だいたい、どんな不具合なのか想像もつかないし――」

「いや、俺はだいたい想像がついてるよ」

桐谷は声を落とすと、したり顔で言う。

「どんな不具合だよ」

「たぶん、突貫工事だよ。思い出してみろ。プロードスは売れに売れたから、途中から他の商品より三週間も工期を短く設定してたじゃないか。工場の方での工程を増やしたからというのが理由だったけど、実際はそうじゃなかった」

「え？　違ったの？」

昭櫻住宅において、着工した現場に関しては工事担当が主導して進める。営業担当は会社から告げられている工期を顧客に告げるのみだった。

「違うよ。今までの商品と何ら変わらなかったよ。なのに、会社が工期を一方的に縮めてきたんだよ。少しでも早く、少しでも多く売上を立てたかったからだろ。だが、その結果、知らず知らずのうちに職人は作業が雑になり、チェックする俺たちもうるさくは言えなくなってた。たぶん、それが原因だな」

桐谷は開き直ったように言う。

行雄は桐谷に不信の目を向ける。もし工期短縮が原因だとしたら、それは工事担当の責任だろう。それを、さも会社が悪いように言うのはどんなものだろうか。だが、行雄はそれを言葉には出さなかった。というのも、現場無視の体質が昭櫻住宅にあるのも否《いな》めないからだ。

「とりあえず、川口さんも心配してるからよろしく頼むよ」

「ああ、任せてもらっていい。それより、アパート営業課に入った新人さん、熱心だね」

桐谷は思い出したように話題を変えた。

「伊澤のことか?」

「そうそう、伊澤君。このあいだなんて、建設中の現場に来ていろいろ勉強して行ったよ」

「写真パチパチ撮ってただろ」

行雄は先日のことを思い出す。

「いや、写真は撮ってなかったけど、余ってる部材が欲しいとか言って、何個か持っていったよ。勉強するんだって言って」

「部材を持って帰った?」

「ああ、予備を考えて部材は少しだけ多めに注文しとくんだ。部材が無くて工期が遅れる方が痛いからね。でも、特に問題が無ければ余っちゃうから、それらは普通、工場に返すんだけど、その幾つかをあげたんだ」

「具体的には何を伊澤は持って帰ったんだ？」

「いろいろ。小さいものは釘《くぎ》から、大きいものは壁材に使ったサイディングの切れ端や、屋根に使うカラーベストとかも……。何か、まずかったかなあ？」

行雄があまりに怪訝《けげん》な顔をしたせいか、桐谷は途中で言い淀《よど》んだ。

「いや、なんでもない……」

行雄はそれ以上を訊かなかった。そもそも、行雄の価値観では計り知れないところの多い伊澤だった。単に勉強熱心なだけだとも考えられる。だが、この妙な感じは単なる思い過ごしなのだろうか。行雄は自分でもよく分からなくなっていた。

六

午後十一時半。行雄は帰宅した。小山内家のリビングは明かりが消され、台所の常夜灯だけがぼんやりと点《つ》いていた。

行雄は鞄《かばん》を置くと椅子に腰を掛けた。風呂に入り食事をとらなければならないが、その気力が湧かない。抜けない疲労が両肩にのしかかっている。考えてみれば社長来店以来、休む暇もない毎日だった。

　そこで、リビングの明かりが点いた。

「わあ！　何やってるのそんなところで！」

　驚いた声を上げたのは長女の芽結だった。芽結は受験勉強の途中なのか眼鏡をかけたまだ。

「ちょっと一休みしてた」

「もー、ビックリしたあ。なんかお父さんのにおいがするから帰ってるのは分かったけど、真っ暗の中で座ってるとは思わなかったよ」

「すまん、すまん」

　そう言いながら行雄は服のにおいを確認する。

「一休みって、これからどこか行くの？」

「風呂」

「すぐそこじゃん、早く入ってきなよ！」

　芽結は行雄を追い払うように言う。

「うん。ところで、こんな時間まで勉強か？　明日も学校なんだろ」

「こんな時間って、あたし受験生だよ。まだまだ、これからが佳境《かきょう》ですよ」

　芽結はそう言うと、冷蔵庫を開け、麦茶をコップに移してグビグビと飲む。飲みっぷりがいい。なんだか、こっちまで活力が湧いてくる。

「そうだな、でも無理すんなよ」

「分かってる。お父さんもね」

芽結はそう言うと肩をグルグル回し、二階へと上がっていった。

その後、行雄は風呂に入り食事をとり、諸々《もろもろ》終えて寝室のある二階へと上がった。時刻は既に午前一時をまわっていた。芽結の部屋からはまだ明かりが漏れている。

——それにしても、あいつ頑張るなあ。

次女の菜々がおとなしいのに反して、長女の芽結は活発な性格だった。

三年生で引退こそしたが、つい先日までは女子陸上部のキャプテンを務めていた。種目は一万メートル。今年、県大会で決勝まで進んだが、全国大会への切符を僅差《きんさ》で逃してしまった。本人は泣いて悔しがり、「ラスト千メートル、自分に負けた」と涙ながらに漏らしていた。

ところが翌日には、「受験勉強に集中する。もう自分には負けない」と言って、猛勉強を開始した。

もともと子供の頃から成績は群《ぐん》を抜いていた。このあたりのトップの公立高校に入学しても、上位をキープし続けていた。小山内家にとって、芽結に関してはまさに突然変異だった。だが、そこには本人の負けず嫌いの性格と相まった人一倍の努力があった。

ふっと、行雄の眼間《まなかい》に九十九折《つづらおり》の坂道が現われる。

――いいや、思い返してみろ。自分にもそんな頃があったではないか。せめて自分には負けない。そう心に決めて、あの壁のように立ちはだかる坂を登っていたではないか。

行雄はいじめられるのが嫌で中学生の時こそ柔道をやっていたが、高校、大学と自転車《と》競技部に青春を捧《ささ》げた。中でも、長く急峻《きゅうしゅん》な坂道を登るヒルクライムが得意だった。登攀《はん》中はまさに自分との戦い。それに打ち勝ち、登りきった後の達成感は何ものにも代えがたかった。あの時に養った精神力と体力は今現在も糧《かて》となっているはず。

俺も自分には負けない。

行雄は抜けなかった疲労がいつの間にか、どこかに消えていくような気がした。

午後七時。アパート営業課の室内。

角田は気もそぞろだ。席に座っていたかと思うと、室内をうろちょろし、それでも気が紛れないのか、部屋から出て行く。そして、すぐに戻ってくる。そんなことを一時間余りも続けていた。行雄はその度に目で追う。

「ちょっと、落ち着きなさいよ」

見るに見かねて、岡庭が牽制球を入れてくれた。

「すまん。でも俺が果報は寝て待てないタイプなの知ってるだろ」

角田はデッドボールでも喰《く》らったかのように痛々しい顔を向ける。

「知ってるけど、多少は値引きしたんだから大丈夫でしょ。これで契約を取れなかったらしょうがないわよ」

「おいおい、不吉なこと言うなよ。あれで取れなかったら、俺はお役御免だ。その後に、どんな運命が待ち構えているか……」

この日は、角田に物件を紹介した六葉信託銀行から回答が来る日であった。担当の足立の話によれば、午後五時から社内会議があり、結果が出次第すぐ電話をくれるという。

「結局、見積もりいくらで出したんですか?」

行雄も気が気でなかったので、この日は早めに外回りから帰っていた。目の前にデスクのある伊澤はまだ帰って来ていない。

「ん? 九千四百九十万……」

角田の声は尻すぼみになる。

営業課内も静まりかえる。岡庭は目を伏せ、行雄は口を真一文字に結ぶ。そして、それまでパソコンのキーボードを叩いていた吉永の指も止まる。

それもそのはずだった。当初、一億を超えていた物件だ。五百万以上値引きしたことになる。原価率ギリギリであり、角田の本気度が滲《にじ》み出た金額だった。

「本当ですか……」

行雄はそれ以上の言葉が出てこなかった。

「ああ、相手は天下の峰嶺ハウスだ。ナンバーワンのブランドがある。多少、うちが安いぐらいでは心もとないと思い、限界まで値引いた。取れなければ意味がないだろ」

角田は同意を求めるように言う。

「たしかに、取れなければ意味がない。取れても社長の言う一億には届かない。ですがあと五百万なら、残り半月で何とかなりそうですからね」

「うん。あと五百は頼む」角田はバトンを繋ぐように言葉に力を込める。

その時だった。営業所の電話が鳴った。

脊髄反射の速度で岡庭が受話器を上げた。受け答えする岡庭の声が室内に響く。岡庭は受話器を置くと角田に顔を向けた。

「六葉信託銀行の足立様からよ」

角田は黙って頷くと受話器を上げた。

その場にいた全員が電話に耳をそばだてる。

角田は相手の話を一方的に聞いているようで、相槌《あいづち》のみをしていた。何を話しているのかは全く分からない。しかし、角田の表情が俄《にわ》かに険しくなっていくのは感じられた。

「いや、そこを何とかお願いできないでしょうか――」

最初に発せられた角田の言葉は、悲壮感を含んでいた。

岡庭が苦い顔をして、行雄は表情を引き攣《つ》らせる。角田は再び相槌を繰り返す。

「分かりました……。また何か良いお話がございましたらお願い致します」

角田はそう言うと受話器を静かに置いた。

皆が言葉を失う。電話が鳴る前と同じ部屋のはずだったが、ずしりと空気が重い。最悪の結果だ。信じがたいがそれが目の前にある。

「駄目だったあ」

角田は心なしか笑っている。

もともと気が大きい方ではない角田だった。社長来店から二週間、毎日、気が休まらなかったのに違いない。いや、もっと以前からそうだったのかもしれない。売上至上主義の昭櫻住宅。その数字のプレッシャーは半端《はんぱ》ではない。いち営業担当でしかない行雄にもそれはよく分かる。課長である角田は行雄以上のそれと、日々、闘っていたに違いない。

時間が経つにつれ、課内の空気は霧が晴れて澄んでいくように感じられた。

「しょうがないよ。やるだけやった結果だもの。次、頑張ればいいじゃない」

岡庭も笑いながらフォローする。

「次……ないけどな」

角田があっけらかんと言う。

「そうだったわね。忘れてたわ」

「有終《ゆうしゅう》の美でないところが俺らしい」

行雄と岡庭が思わず笑ってしまう。

「それを言うなら私もよ。いつも負けて終わり。相手に負けたんだか、自分に負けたんだか分からないけどね！」岡庭が手を挙げる。

「…………」吉永も小さく手を挙げると、同意するように笑みを浮かべる。

営業所内に笑い声が溢《あふ》れる。

「似た連中の集まりだったわけね」

岡庭が寂しげに、そう言った時だった。営業課の扉が開く。現われたのは、外回りから帰って来た伊澤だった。

「あれ、皆さん楽しそうですね。どうしたんですか？」

それまでの顚末《てんまつ》を知らない伊澤は、誰にともなく問う顔をした。

「あ！　同志がもう一人いたわね。銀行から落っこちてきた人が」

「え？　なんですか、いきなり。酷い言いようですね」伊澤が口を尖《とが》らせる。

「ごめん、ごめん。ちょっと良いことがあってね」

「そうですか、実は今日は僕も収穫があったんです」

「へえー、どうしたの？」

岡庭はどんな面白いことがあったのかと興味ありげな顔をする。

「なんと、図面と見積もりの依頼を頂きました！」

伊澤以外の全員が表情を一転させ、真剣なそれに変わる。

「おお、すごいな！　どんな内容だ？」

そう尋ねた角田は、言葉とは裏腹に冷静を装う。期待しつつも、過度に期待してしまわぬように自分に言い聞かせているのだろう。

「今現在は、古い平屋が九棟建っているんですけど、それを全て取り壊して三階建てのアパートを建てたいというものです」

「三階建て！」

角田が思わず席から立ち上がる。

「建設予定地の図面はあるのか？」

行雄も興奮を抑えられず訊く。

「はい、あります」

伊澤は自分のデスクに鞄を置くと、中からＡ４の封筒を取り出した。封筒ごと行雄に差し出す。行雄は封筒を一瞥する。

「薄暮地所か？」

「はい。今日、訪問したら、『こんな話があるんだけど』って言われて――」

「それで、地主と薄暮地所の要望は？」図面を広げながら行雄が尋ねた。

「現在建っている平屋を全て取り壊して、三階建て十二世帯です。しかも、地主さんが競争力のある物件をということで、インターネット無料や宅配ロッカーはもちろんでして、防犯カメラやオートロック、さらには二十四時間いつでも捨てられるゴミ置き場も付けて欲しいとのことで……」

「それは、本当か！　一億は楽に超えるぞ！」

角田が息を吹き返したように言い、岡庭も吉永も目を輝かせる。

「この話、社長からか？」行雄が訊く。

伊澤の表情に躊躇《ためら》いの影が差す。

「いいえ、奥さんです」

「また、シュークリーム持って行ったのか？」

「はい。それを一緒に食べながら奥さんと世間話をしていたら『実はね』って紹介してくれたんです」

行雄は突っ立っている伊澤を上から下まで見る。なるほど、前任の三枝が言っていたことは本当だ。奥さんは甘いものとイケメンに滅法《めっぽう》弱い。甘いものをぶら下げた伊澤は、まさに鬼に金棒だろう。

「ただ問題があって、九世帯のうち八世帯は退去済みなんですが、残り一世帯にまだ入居者がいるそうです。しかも、その方がまったく退去に応じてくれず――」

「退去からか……」角田が表情を曇《くも》らせる。

「薄暮地所さんも地主さんも、ほとほと手を焼いていて、その入居者を退去させることが出来たら、そのメーカーにお願いすると言ってくれました」

「ということは、他のメーカーにも話してるのか？」

「はい。峰嶺ハウスには既に半年前に話してるそうですけど、入居者を翻意《ほんい》させることが出来ず、最近では担当者も諦めているということです」

「どんな入居者なのか分からないのか？」角田が訊いた。

「年配の女性です」

「連敗の女帝？　なんだそれ？　強いのか弱いのか分からないな！」

「いえ、年配の女性です！」

「ん……？　年配の女性か！　なるほど！　話が繋がった」

「繋がってなかったのは、あんただけよ！」岡庭がキレ気味に言う。

「まあ、どちらにしても、伊澤君が摑《つか》んできたこの物件に賭けるしかない」

行雄が仕切り直すように言った。

「よし、全員で伊澤君をフォローしよう！　あおいちゃんは籾さんに設計依頼を！　ジュリコは退去に関する法務関係を調べてくれ！　小山内は伊澤君に同行して全面的にバックアップしてあげてくれ」

「ちょっと待って下さい」

伊澤が言いにくそうに手を挙げる。

「どうしたの？　言ってみな」優しく促したのは岡庭だった。

「ちょっと気になることがあって――。実は、その場に社長はいなかったんです。僕、奥さんとしか話してなくて、後で社長にうちが入ったことなんて聞いてないとか言われないでしょうか？」

「なんだ、そんなことか……。大丈夫だ。あそこは奥さんの方が偉いから」

行雄が余裕の顔で言う。

「それは家庭の話でなくてですか？」

「いいや、あの奥さんは旦那よりも名実ともに偉い」

「え？　そうなんですか」伊澤は半信半疑を拭《ぬぐ》えない。

「なぜなら、あの奥さんが薄暮地所の創業者であり、代表取締役会長だからだ！」

伊澤はあんぐりと口を開ける。

第五章　天邪鬼《あまのじゃく》

一

翌日、行雄の運転する社用車は住宅街を走っていた。

「どうやら、ここみたいですね」

助手席に座る伊澤は、開いていた住宅地図と外の景色を見比べながら言う。

車を邪魔にならない場所に停めると、二人は九棟の平屋が並ぶ敷地の前に立った。

平屋は南向きに間隔を空けて三棟、それが東西に三列並んでいる。広い敷地にゆったりと建てられている印象だ。しかし、九棟とも築年数がかなり経《た》っているのは否《いな》めない。大家である老夫婦が火災や地震などを心配するのも頷《うなず》けた。

話の起こりは、平屋の入居者募集と管理をしていた薄暮地所からだったようだが、大家にしても長いこと抱いていた不安の種であり、建て替え話は闇夜の提灯《ちょうちん》だったようだ。

そもそも、九棟のうち五棟は空《あ》き家となっており、依頼を受けた薄暮地所は残りの四世帯に対して文書などで退去を斡旋《あっせん》した。といっても、入居者からしてみれば青天《せいてん》の霹靂《へきれき》であり、現行の借地借家法も借主を保護している。そのため、大家は引っ越し費用と数か月分の家賃を退去費用として入居者たちに提示したのだった。

そして、薄暮地所も各居住者たちの希望に応じた転居先を探し出したうえに、仲介手数料や敷金礼金を免除した。その結果、三世帯はすんなりと退去に応じてくれたのだが、残り一世帯が頑《がん》として動かないという。

そこに先日の地震だった。貸家に大きな被害こそ見られなかったが、大家の憂慮《ゆうりょ》は大きくなった。そんな折に伊澤が薄暮地所を訪問したのだ。

行雄は建物や敷地の状況などを矯《た》めつ眇《すが》めつ眺める。この日は、あえて最後の入居者には接しないで、現場の様子だけを把握し対策を講じる予定だ。時間はないが最後の望みである。慎重の上にも慎重を期したい。

「本当だ。一軒だけ洗濯物が干してありますね」

伊澤が中央にある貸家に目を向けた。

「お庭も綺麗に手入れが行き届いているな」行雄も応じる。

「まだまだ住み続けますよと言わんばかりですね」

「うん。あの薄暮地所の奥さんが根負《こんま》けするぐらいだから相当な方なんだろうな」

「でも、大家さんが心配するように、先日よりも大きな地震が来たら恐いですよね。大家さんも相応以上の退去費用を提示しているのに首を縦《たて》に振らないなんて、強欲だって薄暮地所の奥さんが言ってました」

「まあ、何か理由があるのかもしれないしな」と行雄が呟《つぶや》いた。その時だった。

「こんにちは。ここに、何か建つんですか？」

　急に背後からかけられた声に驚いて振り返ると買い物袋を持った女性が佇《たたず》んでいた。歳の頃は六十代と思われるが背筋がピンとしていて、どこか気品が感じられる。

「突然にごめんなさいね。近所の者なんですけど、ここ、気になっていて……。物騒《ぶっそう》でしょ、ほとんどが空き家だから……」

　女性は心配そうな顔をすると、伊澤に顔を向けた。

「こ、ここですか？　今はまだ具体的に決まってませんけど、将来的には――。でも、現在住んでいる方もいらっしゃるので……」

　伊澤が突然のことに慌《あわ》てふためきながらも答える。

「ああ、あそこの家ね。明子《あきこ》さん。一筋縄ではいかないわよね」

「ご存じなんですか？　そちらに住まわれている方を」訊いたのは行雄だった。

「ご存じも何も――。この辺りでは明子さんは有名人ですからね」

「どう、有名なんですか」行雄は興味をそそられましたというように目を見開く。

「うーん、一言で云《い》うなら天邪鬼《あまのじゃく》ってところかしらね。ひとを困らせるのが大好きなの。本当に困ったものよ」

「それは厄介《やっかい》ですね」伊澤が苦々しい顔をする。

「大家さんも、ここを管理している不動産屋さんも、ほとほと手を焼いているようよ」

「ええ、退去費用の上積みを狙《ねら》っている強欲ババアだって言ってました」

伊澤が声を潜めながら言う。

「ハハハハハ。そうね、その言葉がピッタリね」

「大家さんがいい人だから強い手段に出ないのをいいことに、その弱みにつけ込んでいるそうですよ」

「フフフフ。あなたたちも気をつけなさいね。明子さんは手強《てごわ》いわよ〜」

女性はそう忠告するとそのまま貸家が立つ敷地の中に入っていった。行雄は不思議に思い、女性を目で追う。伊澤の話では九棟の貸家のうち八棟はすでに誰も住んでいないはずだ。

行雄たちに話しかけてきた女性は中央の洗濯物が干してある貸家の玄関先に立つと、買い物袋を置いて鍵《かぎ》を開ける。家に入る前に行雄たちの方に一礼して中に入っていった。

行雄と伊澤は顔を見合わせる。

「もしかして、今の人があそこの入居者さんだったのではないでしょうか」

伊澤が顔を引き攣《つ》らせる。

「しまったな。このままじゃ帰れなくなっちまったぞ。今のことを大家さんや薄暮地所に言われたら、この話は棚上げにされるかもしれない」

行雄と伊澤は平身低頭謝るつもりで、最後の入居者が住む平屋の前に立った。

玄関先は掃《は》き清められ、庭先には草花の香りが清々《すがすが》しい。入居者が日々を丁寧に過ごしているのが窺《うかが》える。玄関脇には木製の表札が掲《かか》げられ、「桂木《かつらぎ》」と書かれてあった。

「なんか緊張しますね」伊澤が小声で呟く。

「うん。一言でもお詫《わ》び申し上げておいた方がいいだろう。俺たちが話を拗《こじ》らせたとなったら洒落《しゃれ》にもならん」

行雄は一つ深呼吸をすると、音符のマークが刻まれた玄関ベルを押した。しばらくして、先刻の女性が現われた。

「あら、先ほどのお二人。奇遇《きぐう》ね。どうかなさったの？」

女性は意地悪そうな笑《え》みをたたえながら行雄と伊澤を交互に見る。

「今しがたは大変失礼なことを申し上げてしまったかと思いまして、お詫びにお伺《うかが》い致しました。この度《たび》は誠《まこと》に申し訳ございませんでした」

二人は頭を下げる。

「あら、ぜんぜん気にしなくていいのよ、本当のことだから。人のいい大家さんの弱みにつけ込んで退去費用の上積みを狙っている強欲なババアですから、あたしは」

桂木はババアというところを殊更《ことさら》に強調しながら伊澤を見る。

「申し訳ございません」

伊澤は地面に頭がつきそうなほど頭を下げる。角度にして百四十度。そんな伊澤を傍《かたわ》らに見ながら、行雄は場違いにも伊澤の成長を感じる。

「それよりも、あなたたちはなに屋さんなの？　いよいよ弁護士さんがいらっしゃったのかと思いましたけど、胸につけているバッジは違うようだし」

「申し遅れました。こういうものです」

行雄は名刺を差し出す。慌てて伊澤も差し出す。桂木はしげしげとそれを見ると口を開いた。

「あら、建築屋さんだったのね。ちょうど良かったわ。お仕事を一つお願いしてもいいかしら、中へ入って」

桂木はそう言うとさっさと家の中に入って行く。行雄と伊澤は顔を見合わせた。二人はどうしたものかとたじろいだが、行雄が先に「お邪魔させて頂こう」と玄関へ足を踏み入れた。伊澤も後に続いた。

玄関を入るとすぐ台所になっていて、奥に二間続いている。室内も外回り同様に綺麗に片付いていた。

二人は台所を抜け、居間を抜ける。桂木が案内したのは奥の一間であった。六畳の和室で寝室として利用しているようであった。

「押し入れの襖《ふすま》が突然に動かなくなったのよ」

桂木は襖を押したり引いたりしてみるが、うんとすんとも言わない。

伊澤は思わず笑いをこらえる。てこでも動かない襖は、まるでこの平屋に住み続ける桂木本人のようだ。

そんな伊澤の前で行雄は襖を調べだした。

しかし、何が原因か分からないようで、襖を外してみようとするものの、なかなか外れない。そこに遅れればせながら伊澤も加勢すると、襖はようやく外れた。

行雄は襖をひっくり返したりし、丹念《たんねん》に調べた。次に襖が嵌《はま》っていた桟《さん》を見ていく。敷居を指でなぞるが掃除が行き届いているようで埃《ほこり》は溜まっていない。行雄は立ち上がると少し離れた位置から押し入れ全体を見た。原因が分かったのか桂木に顔を向けた。

「大きな原因は、これですね」

行雄が指をさしたのは鴨居《かもい》であった。

「鴨居が曲がっています。あと、襖の下に取り付けられている戸車《とぐるま》も壊れていました」

「あらそう。お金は出すから修理をお願いしてもいいかしら」

「たいした修理ではないのでお金は結構です。鉋《かんな》と金槌《かなづち》があればすぐ取り掛かれるのですけど、お持ちではないでしょうか？」

「昔、主人が日曜大工で使っていたものがあるかもしれないわね」

桂木はそう言うと襖の外れた押し入れの中から工具箱を取り出した。

「あるとすれば、この中だけど、見てみてくださる」

「ちょっと失礼します」

行雄は工具箱を開け、中の物を丁寧に取り出していく。

その間、伊澤は多少の手持ち無沙汰《ぶさた》から室内を今一度見回してみた。

六畳の和室には和箪笥《わだんす》が一棹《さお》と仏壇が置かれてあるだけだった。仏壇の横には桂木の夫と思われる男性の遺影が飾られている。

居間として使っているであろう隣室に目を移すと、テレビと腰の高さほどのテーブルと椅子、他にサイドボードが一つ置かれてあるだけだ。どこか寂しいほどに片付いている。

退去を拒《こば》みつつも、いつでも出ていけそうなほどだった。

「ありましたね」行雄の声であった。

「使えるかしら？」

「大丈夫だと思います」

行雄は鉋の歯を金槌で叩《たた》き刃を調整すると、鉋を襖の上縁《うわべり》にあてがう。そして勢いよく滑らせた。紙テープのような薄い削《けず》りかすが宙に舞った。

「あら、上手ね」桂木が感嘆の声を上げる。

「いえ、ご主人が道具をきちんと手入れしてらしたからです」

行雄はその後も数度、鉋を動かした。一通り削り終えると今度はプラスドライバーを手にし、襖の下から破損した戸車を外した。

「これで、どうですかねえ」

行雄はそう言うと襖を桟に嵌《は》めた。すんなりと収まる。行雄が片手で左右に引いてみると何事もなかったように動く。

「戸車が一つないのでスムーズとは言えませんが、とりあえずの応急処置です。戸車は後日新しいものに交換しましょう」

「戸車のお金出すわよ」

「そうですか。でも、百円ちょっとで買えますので後日で結構ですよ。それより、突然に襖が動かなくなったということでしたけど、もしかして先日の地震の後からじゃないですか？」

「そう言われれば、そうかもしれないけど……」

「んー。そうですかあ。次、大きいのが来たら危険かもしれませんよ」

行雄は口を真一文字に結んで鴨居を注視する。

「築四十年だからね。強い風が吹いただけでギギギッて音がするのよ、この家。でも、この家の下敷きになって死ねるなら本望《ほんもう》よ」

桂木はそう言うと自嘲《じちょう》の笑みを浮かべた。

「そんな縁起《えんぎ》でもない」行雄は悲しげな表情で応じた。

「そんなことより、なんか突然にお願いしてしまって済まなかったわね。今、お茶を淹《い》れるから召《め》し上がっていって」

桂木は話を変えるように、いそいそと台所に向かった。襖が直ったのが嬉《うれ》しいのか心なしか声が弾んでいる。どうしますか、と言うように伊澤が行雄を見た。

「せっかくだから頂いていこう」

行雄は桂木にも聞こえる声でそう言った。

桂木が淹れてくれたお茶は、心なしか苦みが強く感じられた。行雄と桂木は、伊澤からすればどうでも良いことを延々《えんえん》と話し続けていた。それは、桂木がここに移ってきた頃のことや、もう退去してしまった住人たちのこと、近所に出来たスーパーのことなどであった。

退去に関することを話したい伊澤であったが、一方の行雄は一切そのことには触れず桂木の話を楽しそうに聴いていた。桂木は話してみると、本人が言うような変人でもなく、どこにでもいる普通のお喋《しゃべ》りなお婆《ばあ》さんにしか思えない。伊澤は少し歯がゆさを感じながら、行雄と桂木の話を聞き、時折振られる話題に答えていた。

「すっかり長居してしまいました。そろそろ夕飯のお支度《したく》の時間でしょうから、今日はこの辺りでお暇《いとま》させて頂きます」

話が途切れた頃合いを見計らって行雄がそう言った。柱に掛けられた時計を見ると午後四時をまわっていた。桂木の家にかれこれ二時間以上もいたことになる。

「ありがとうね。突然のお願いにもかかわらず」

「いえいえ、本当に大したことはしていませんから。戸車が手に入りましたら、またお伺いします」

「悪いわね。でも、ここからは出ていかないわよ」

桂木はお生憎様《あいにくさま》と言わんばかりの笑顔を見せる。

行雄はそれには答えず、ただ口元を緩《ゆる》ませただけであった。

それから、行雄と伊澤は深々と礼をすると桂木の家を後にした。二人は平屋が建ち並ぶ敷地から出ると再び顔を見合わせる。どちらからともなく、大きく息を吐きだす。

「えらい人が相手だなと思いましたけど、話してみると普通のお婆さんですね」

先に口を開いたのは伊澤だった。

「ああ、そうだな」

「でも桂木さんの不退去の意思は揺るぎないですね。どんな地震も臆《おく》するに値《あたい》せずって感じですもんね。それに、退去をお願いしに来た僕たちにリフォームをお願いするなんて、すごい根性ですよ」

「ふふふ、そうだな。でも、このままあそこに一人で住み続けるのは良くないな」

「やはり倒壊の危険が大きいですか？」

「それもそうだが、それ以外の理由もある。伊澤君には教えないけど」

行雄はそう言うと車に乗り込む。

「え、それ以外ってなんですか、ちょっと教えてくださいよ、小山内さん！」

伊澤はふくれっ面《つら》で助手席に乗り込んだ。

二

帰社した行雄と伊澤は角田のデスクの前にいた。

「そうかあ、なかなか手強いか」

角田は小さく舌打ちをすると渋面《じゅうめん》をつくる。

「で、現存の建物はそんなに老朽化しているのか？　退去の正当事由になりそうか？」

「ええ、かなり鴨居が曲がっていましたので」行雄が答える。

「ハハハハッハ、そうか、かなり臍《へそ》が曲がっているか、でもそれは退去の正当事由にならないな、ハハハハハッハ」

「かなり曲がっているのは臍でなく、『鴨居』と言ったんです！」

「鴨居か！　……それは、やばいんじゃないのか。すぐにでも出ていった方がいいだろ」

「ええ、そのレベルだと思うんですけど――」

「鴨居が曲がっていることは、その桂木とかいう婆さんには言ったのか？」

「はい。でも、退去する気持ちには全然ならないようで……」

「平屋と心中でもする気なのか？」

「もしかしたら、そうかもしれません」

行雄の返答に角田は笑う。

「やっぱり、臍も曲がってるわけかあ。困ったなあ……」

「それにしても、どうして出ていかないのかなあ？」行雄は首を傾《かし》げる。

「それは、薄暮地所が言うように強欲ババアだからなんじゃないのか。ギリギリまで粘《ねば》って取れるだけ取ろうという腹なんだろう」

「んー、そうなんですかねえ。そんな感じの人には見えなかったんで……」

「人間は金が絡むと、違う人格が出てくるものだ」角田は決めつける。

「とりあえず、襖の戸車も取り替えて差し上げないとならないので、近日中にもう一度お伺いします」

「そうか、頼む。もし金が目当てそうなら言ってくれ。多少なら経費で何とかしてしまおうと思っている。時間もないことだし、その方がお互いにメリットもある」

「はい。もし、そのようでしたらご相談させて頂きます」

行雄が頭を下げると、隣で黙って立っていた伊澤も頭を下げる。

「でも昨日の今日で、入居者とコンタクトが取れたのは、かなり前進だ。幸先はいいと思う」

角田は表情を和《なご》ませる。

「まあ、偶然ではありましたけど」

「この仕事は、けっこう運によるところもある。この物件に関しては、それに恵まれている気がする」

「たしかに」行雄も頷く。

行雄と伊澤が自分の席に戻ると、吉永が伊澤に書類を差し出した。

「この書類に署名捺印《なついん》してください」

「なんですか、これ？」

「設計依頼書です。この『営業担当』のところにお願いします」

「あ、ここですね」

伊澤は署名捺印をすると書類を吉永に返そうとするが、その手が止まる。伊澤は書類に気になるところがあったのか注視している。

「申請者は吉永さんになるんですね。どうしてですか？」

「あくまで社内的な流れです。営業担当から上がってきた申請を設計課に流す前に私の方で諸々《もろもろ》チェックします。主には建築の可否や抵当権の有無などです。問題がなければ設計課に流します」吉永がか細い声で説明した。

「なるほど、そういう流れなんですね」

吉永の説明に納得したようだったが、伊澤はまだ書類を返そうとしない。

「もう一点、お伺いしてもいいですか？」

「はい」吉永が小さく頷く。

「吉永さんって、この字でアオイって読むんですか？」

「え？　は、はい。そうです」想定外の質問だったのか吉永は困惑した表情を見せる。

「この字って『向日葵《ひまわり》』っていう字ですよね」

「はい……」

恥ずかしいのか吉永は顔を赤らめるが、伊澤は感心したように何度も頷く。

「いい名前ですね」

「ありがとうございます……。両親が付けてくれました」

小さな声でそう言った吉永の表情はどこか嬉しそうだった。

角田が突然に立ち上がった。

「よし！　今日は火曜日だからこのへんにして、もう帰ろう。明日は休みだ。早く帰って、しっかり休んで、明後日から全力で行こう。ということで、俺は帰るぞ！」

角田は鞄を持つと、自分が帰らないと皆帰りづらいだろう、と言うように、さっさと営業課を出て行ってしまった。

「よし。あたしも帰ろ」

岡庭は角田の発言を予想していたように、すでに机の上は綺麗に片付いている。角田に遅れじと部屋を出て行ってしまった。

時刻は午後六時。営業課は行雄と伊澤と吉永の三人だけとなる。

「岡庭さん、今日は早く帰りたかったんですかね。課長が帰ると言うのを待っていたようでしたね。帰りたければ、さっさと帰ればいいのに」伊澤は無人となった岡庭の机を見ながら、ゆとり世代的な発言をする。

「いいや、早く帰りたかったのはジュリコさんだけでなく、課長もだよ」

行雄が鼻で笑いながら言う。

「そう言えば、そんな感じでしたね」

伊澤も言われてみればと頷く。

「不潔です……」

吉永が吐き捨てるように言った。伊澤は驚きの目を向ける。

「不潔？　課長がですか？」

伊澤は聞き返さずにはいられなかった。お世辞《せじ》にも小綺麗にしているとは言えない角田だったが、それほど汚らしいとも思えなかったからだ。それよりも、そうした発言をする吉永が意外だった。

「二人とも……」

そう言うと、吉永も帰ることにしたのか、自身の机の上を片付けだす。

「二人とも？　え？　誰と誰ですか？」

伊澤はまったく飲み込めないようで、ヒントを求めるように吉永と行雄を交互に見る。

「失礼します」

吉永は小さくお辞儀《じぎ》をすると部屋を出て行ってしまった。伊澤は答えの分からぬまま吉永を見送る。

「吉永さん、本当に不愉快そうでしたね。あんな吉永さんは初めて見ました」

伊澤は驚いた顔をする。

「ていうか、君、けっこう鈍《にぶ》いね」

行雄が少し呆《あき》れ気味に窘《たしな》める。

「え？　僕ですか？」

「そう。もう二週間もここにいるんだから分かるでしょ。普通」

「え？　何がですか？　ぜんぜん分かりません」

伊澤はぜんぜんと言いながら首を左右に振る。

「付き合ってるんだよ。あの二人」

「二人って？　もしかして課長と岡庭さんですか？」

伊澤は何に怯《おび》えているのか小声になる。

「正解！」

「えええええ！　ちょっと待ってください。じゃあ不倫じゃないですか。課長、家庭持ちですよね。しかも子供三人いるんじゃなかったですっけ」

「そうなんだけど。あの二人はそういう関係になってるね」

行雄は今更何を言っているんだという口ぶりだ。

「本当ですか？　いやあ信じられないです。信じません！」

伊澤は頑固《がんこ》に首を振る。

「まあ、信じる信じないは君の自由なのでお任せします。それより、みんないなくなったから俺たちも帰るか」行雄も机の上を片付けだす。

「そうですね……。ちょっと早いですけど」

「そうだ……」

行雄はそれだけ言うと伊澤を見る。

「なんですか」

「一杯行く?」

行雄はエアでグラスを傾ける。

「小山内さんとですか?」

「うん。少し早いし、明日は休みだからどうかなと思って。あおいちゃんも誘ってあげればよかったけど、たぶん、来ないだろうから……。でも最近の人は終業後に会社の人と飲むなんて時間の無駄なんだったっけ？　しかも、こんなオヤジと」

行雄は伊澤と二十歳近く離れていることを思い出す。

伊澤は行雄の誘いに答える代わりに目を瞬《しばた》かせ、返答に窮《きゅう》しているようであった。

「ごめん、ごめん。変な言い方してしまって。気にしないで。また今度、よかったら行こう」行雄は椅子を机に仕舞うと鞄を手にして帰ろうとした。

「行きましょう！　飲みに」

伊澤は自分に言い聞かせるように声を張る。

「無理しないでいいんだよ」

驚いた行雄は伊澤を宥《なだ》めるように言った。

「いや、行きましょう！　飲みニケーションしてみたいんです、小山内さんと」

「そ、そうか。ありがとう」

行雄はなぜか自分でも分からないが謝意を述《の》べていた。

三

飴色《あめ》のカウンター席に通されるとお通しが並び、注文したビールと日本酒が目の前に置かれた。

そこは、会社近くの居酒屋。店の造りもメニューも純和風でまとめられている。日本酒しか飲めない伊澤のために、行雄はこの店を選んだのだった。

何もめでたいことはなかったが、とりあえずの乾杯をすると伊澤はちびりと日本酒を口に含んだ。

「よく来るんですか、このお店」

店の雰囲気が気に入ったのか、伊澤は嬉しそうに店内を見まわす。

「たまにな。課長がここの牛筋煮込みが好きで、誘われて来るぐらいだな」

「へえ、じゃあ折角《せつかく》ですから僕も食べてみたいですね」

そう言うと、伊澤はメニューを広げる。

伊澤は肴《さかな》にするものも日本酒に合いそうなものを選択する。最近、揚げ物を食すると胃もたれを起こす行雄だけに、伊澤が漬物や刺身などを選んでくれたのはありがたかった。

一通り注文した料理が揃う。牛筋煮込みも到着する。伊澤は最後に出てきたブリの照り焼きを見ると、思い出したように言った。

「そう言えば、昭櫻住宅の『昭』の字って、一時だけ、この照り焼きの『照』っていう字だったって本当ですか?」

「ああ、よく知ってるね。でも、十五年も前の話だよ。すぐに昭和の『昭』に戻ったけど」

「なんでまた、そんなことに?」

行雄は一つ笑うと胸元からボールペンを取り出して箸《はし》入れの裏に「照之」と書きつけた。

「当時の会長の名前が照之《てるゆき》という名前だったから」

「え! それだけの理由でですか?!」

伊澤は信じられないとばかりに口を開ける。

「ああ、いかれてるだろ。本人の意向というよりは周りの忖度《そんたく》らしいけどな」

「でも、また昭和の『昭』に戻したんですね」

「その会長の一派が失脚させられた暁《あかつき》に戻された」

「はあ……」

伊澤はまだ半信半疑のような顔つきだ。

「笑っちゃうのが、その時に、この「昭」の字の行ったり来たり騒動で掛かった費用が五億だそうだ」

「ご、五億ですか！」

「小さいものは名刺から、大きいものは看板まで全てが二度直されたからね」

「社員が稼《かせ》いできたお金をそんなものに使うだなんて、本当に無駄遣いですね」

「まあな。経費節減が聞いて呆れるよ。でも、会社ってそんなものだろ」

そこで行雄はブリの照り焼きを摘まむ。

「そうですか？　俄《にわ》かには信じられないですね」

伊澤は狐《きつね》につままれたような顔をする。

「銀行はやっぱりちょっと違うの？」

「まあ、僕のいた関東六葉銀行も幾つかの銀行が合併や吸収してできた銀行なんですけど、やはりその際は名前が変わっています。それに伴《ともな》って費用も掛かっていたと思います。でも、それは金融業界で生き残るためのものでしたから」

「そういう理由ならしょうがないけど、雲の上の下らない派閥《はばつ》争いが理由だからな、うちの場合」

「でも、派閥争いなら銀行の方がえげつないと思いますよ」

伊澤はそう言うと悲しげな表情をする。

「そうだったね……」

行雄は伊澤が派閥争いの余波《よは》で昭櫻住宅に来ていることを思い出す。

「それより、課長と岡庭さんが付き合っているというのが、どうしても信じられなくて」

伊澤は取り繕《つくろ》うように話題を変えた。よほど、触れられたくないのだろう。行雄もそれ以上はあえて訊くつもりはなかった。

その後、二人は角田と岡庭のことから始まり、四方山話《よもやまばなし》に花を咲かせていた。そこに、後ろのテーブル席でどっと笑い声が起こる。見ると若い男たちが盛り上がっていた。「ゼミ」や「単位」という言葉をパスし合っている。どうやら大学生のようだ。

伊澤も一瞥《いちべつ》する。

「楽しそうですね。僕も以前はああだったんでしょうけど、なんか遠い昔のことのように感じます」

そこで、しみじみと日本酒を啜《すす》る。やはり爺《じじ》くさい。

「俺なんか昔過ぎて覚えてないよ」

そう言いながらも、勉学はそこそこにして父親の会社でアルバイトをしては、稼いだお金を自転車競技に充《あ》てていたのを思い出す。

「彼ら、まだ未来が明るく見えているんでしょうね。怖いものなんて何もないし、何にでもなれる。人生でどんな花を咲かせようか期待に胸を膨《ふく》らませているんでしょうね」

「う、うん」

行雄は伊澤の目を見る。すこし酔っているのか？　伊澤は日本酒で唇《くちびる》を濡らすと続けた。

「銀行にいた時、つくづく思いました。多くの犠牲を払って、時には家族をも蔑《ないがし》ろにしてようやく花は咲くものだと……。しかし社会は諸行無常《しょぎょうむじょう》。ようやく咲かせた花もあえなく散ってしまう……」伊澤は何もない一点に目を据えると、嘲《あざけ》るような笑みをたたえた。

行雄は少したじろぐ。なんなんだ、この悟り具合は。ほぼ仙人レベルだぞ。

「そ、そんなことはないだろう！」

行雄は反射的にそう否定してしまった。だが、伊澤の中では行雄は何も咲いていない人であろうことに気づくと、ひとり恥ずかしくなる。二人の会話はすっかり暗礁《あんしょう》に乗り上げてしまった。

すると突然に伊澤が「彼ら、教職課程を取っているようですよ」と差し障りのない向きへ話の舵《かじ》を切ってくれた。

「へえ、よく分かるなあ」行雄も助け舟に乗る。

「母校実習がどうのとか言ってたんで多分そうです。僕も教員になりたかったので——」

行雄はそれまでのことも忘れ、やや意外の念に打たれる。

「伊澤君、先生になりたかったんだ?」

「ええ、本当は――。高校の時の担任に憧れて、こういう大人《おとな》になりたいと思ったんです。教職課程も修了したんですけど、土壇場《どたんば》で自信が持てなくてやめました」伊澤は苦笑する。

「そうなのか? 伊澤君の頭ならいけるだろ」

「勉強を教えるのは問題ないと思いますが、人として自信がありませんでした。何というか……教育実習に行った時に、罪悪感みたいなものに襲われてしまって」

「罪悪感?」行雄は目を瞬かせる。想定外の言葉だ。

「自分みたいな世間知らずで情に薄い人間が、無垢《むく》な子供たちの将来に携《たずさ》わっていいのか、そう思ってしまったんです」

「それで、銀行に?」

「ええ、自分の性分《しょうぶん》に合っているような気がしたんです。でも、他人の人生を左右するのは銀行も同じでしたけど、ただ相手は大人なんで――」

「本当にやりたかった教師に再度チャレンジしてみようとは思わないんだ。自信もそうだけど、情も次第に育っていくものだと思うよ」

「そうなんでしょうか……。でも、やってみても、どうせ無理だと思います。自分みたいな人間は教師には相応《ふさわ》しくない」

「そうかなあ。俺が自分の子供を託すなら、自信満々の先生より、経験が浅くて手探りでも、伊澤君みたいに子供の将来を真剣に考える気概《きがい》のある人に委《ゆだ》ねたいけどね」

行雄は自宅に引き籠《こも》っている娘の菜々のことを思い出す。

「ありがとうございます。そんなふうに言ってもらったのは初めてです。もし、学生時代に小山内さんに出会っていたら、僕の現在は違っていたかもしれませんね」

伊澤は嬉しそうな笑みをたたえた。

「なんて偉そうなことを言ったけど、俺も自分で選んだ道を歩んでいるわけではないし、自信がなくてサラリーマンになったんだけどね」

「へえー、そうなんですかあ。小山内さん、本当は何になりたかったんですか」

「本当は父親の会社を継ごうと思っていたんだ」

「電器屋さんでしたっけ」

「うん」

行雄は再び箸入れの裏に『押さない電気』と書きつける。

「なんですか、これ？」

「親父がやってた電器屋さんの名前」

「もしかして、シャレでつけた名前ですか？」

「それもある。でもいい仕事をすれば、お客さんの方から仕事を持って来てくれる。だからゴリ押しする必要などない。そんな意味もあると親父は言っていた」

「どんな電器屋さんだったんですか？」

「普通の街の電器屋さんだよ。家電を扱いながら、ちょっとした修理や工事もやってた。街の便利屋さんみたいな感じかな。従業員も数人いてけっこう繁盛《はんじょう》してたと思う。俺も高校生の時からアルバイトで手伝ってた。親父にも『後は頼むぞ』なんて度々言われてたんだけど、結局は継がなかった」

「どうしてですか？」

「自信がなかった」

行雄はグラスに付いた水滴を眺める。

「なるほど、僕と一緒ですね」

伊澤は相好《そうごう》を崩す。

「でも会社員も甘くはなかった」

「それはそうですけど、小山内さんの場合、アパート営業が天職のように見えますけど」

「そんなことはない。たどり着いたのが、今の仕事なだけだよ」

「たどり着いた？　と、言うと？」

「世間の荒波になす術《すべ》もなく、揉《も》まれに揉まれた挙句《あげく》、今こうして昭櫻住宅に漂着しただけってこと」

「ずいぶん、受け身な表現なんですね」

「ああ、受け身も受け身。このあいだ、テレビでもやってたんだけど、俺たちが大学を卒業した年は就職氷河期なんて言われてた時代だったからね」

「ええ、聞いたことあります」

「それでもどうにか内定をもらって就職することが出来たんだけど、俺が社会人三年目の年にその会社が倒産してしまったんだ」

「それは辛《つら》いですね……」

伊澤は行雄の半生が想像以上に不遇なのに驚いたようだ。

「その後、居酒屋でアルバイトをしながら再び就職活動をしたんだけど、なかなか再就職出来なくてね。そのうち、その居酒屋の店長が突然に失踪してしまって、代わりに店長として社員にならないかと言われたんだ。給料も悪くなかったんで快諾したのはいいんだけど、まあブラックでね。ほぼ毎日、店で寝泊まりしてた」

「体、壊しそうですね」

「体もさることながら、先に心が折れた」

「小山内さんでもですか」

伊澤の中で行雄はメンタルが強い部類の人間に入っているようだ。

「前任の店長が失踪するのも頷けたよ。とにかく、ノルマがすごくてね。クリアしても次から次へノルマが上がっていった。終《しま》いにはクリアするには自分の身銭《みぜに》を切るしかないところまで要求された」

「それで居酒屋を――」

「うん。失踪こそしなかったが、逃げるように辞めた。情けないだろ」

「いえ、そんなことは……。会社の方がおかしいことって多々あると思います」

「それから、また就職活動さ」

「お父さんの会社は継がなかったんですか？」

「うん。それは違うかなと思って。世間の荒波に負けてきた自分なんかが継ぐべきではないと思った。親父にも従業員にも失礼だと思った」

「うーん」

どう答えてよいか分からないらしく、伊澤は酒を啜る。

「でも、そんな時、ずっと付き合っていた、かみさんと結婚したんだ。定職にも就《つ》いてないのに。それで何でもいいから職を探した。手当たり次第に受けた。そしたら昭櫻住宅が拾《ひろ》ってくれたんだよ」

「拾って……ですか？」

「ああ、拾ってくれた。俺にとって世間は荒波だよ。そしてこれからもきっとそうなんだ。よっぽど力がなければ自由に泳ぐことなんて許されない。沈まずに、どうにか浮かんでいるのが精一杯だよ。どうせ、漂流者だよ、俺は……」

そこで、なぜか伊澤はクスクスと笑いだした。

「どうした？」

「なんか似てるなあ、と思いまして」

「何が？」

「いや、僕と小山内さんが」

「そうか？　ぜんぜん違うだろ。君は優秀な人間だよ。まだまだ選べる未来がたくさんある」

「いや、似てますよ。『どうせ、どうせ』って、なんか諦めちゃってるところがです」

「ああ……そうかもしれないな」

行雄も苦笑する。

そこに、新規の客が来たのか「いらっしゃい」という店員の声がした。行雄と伊澤は何の気なしに入口の方を見る。

男女の二人組で女性が男性の腕をとっている。仲睦《なかむつ》まじい。女性は赤いワンピース。男性はスーツ姿であったが腹が見事に大きい。

「先生、また牛筋煮込みの禁断症状が出てきてしまったのですが」男性が女性に言った。

「また食べ過ぎると、痛風《つうふう》にさわりますよぉ」女性が優しく諭《さと》す。

「え！　やめて下さい、先生〜、こんな所で〜。でも、少しだけなら触ってもいいですよ」

「は？　『痛風にさわる』って言ったのよ！　何に触るって聞こえたの？」

「え！　そ、それは、ここじゃあ言えません！」

二人はそんなことを話しながら店内に入ってきた。

「あ、課長！　それに岡庭さんも」伊澤が声を掛けた。

同じ課の四人が顔を合わせる。角田と岡庭は時間が止まったように硬直する。後ろの暖簾《のれん》だけがふわりと風になびいていた。数秒後、二人は何事もなかったように踵《きびす》を返すと、店から出て行った。

「あれ、帰っちゃいましたね」

「うん。それにしても、想像以上にイチャイチャしてたなあ」

第六章　最後のリフォーム

一

数日後。行雄と伊澤は桂木明子の住む貸家の前にいた。

行雄の手には小さな戸車がある。襖の下に取り付けるものだ。先日、ホームセンターで購入してきた。行雄はそれを背広のポケットにしまうと、インターホンを押した。ほどなくして、桂木が玄関先に現われた。

「あら、先日の建築屋さん」

突然の訪問にもかかわらず、意外にも桂木は顔を綻《ほころ》ばせて出迎えてくれた。

「このあいだお話ししました、襖の戸車をお持ちしました」

「本当に来てくださったのね。さあ、どうぞ上がって、上がって」

桂木は愛想よく、二人を招《しょう》じ入れる。

和室に通されると、行雄はさっそく襖を外して新しい戸車を取り付けた。襖は以前にもまして、滑らかな動きになる。

「せっかくだから、他の襖も見ておきましょうか？」

「そう、悪いわね。そっちの襖もあまり滑りがよくないからお願いするわ」

伊澤は目を瞬かせる。今月中に退去に合意してもらわなければならないのに……。

行雄は和室にあるもう一つの押し入れに嵌められている襖をずらす。やはり、こちらも動きが悪い。それでも力を入れると、どうにか動いた。

「こっちも、鴨居が少し曲がっているようですね」

「このあいだの地震の後からね。この建物もあたしと一緒でだいぶガタがきてるみたいね。やっぱり、この家と心中することになりそうね」そう言うと桂木は寂しげに笑う。

行雄は何気《なにげ》なく押し入れの下段に目を落とした。

「桂木さん、漫画を読まれるんですか？」

行雄は意外の念に打たれ、思わず口に出してしまった。

押し入れには、数十冊の漫画が綺麗に仕舞われていた。雑誌もあれば単行本もある。贔屓《ひいき》の作者がいるようで同じタイトルの作品が並んでいた。

「あら、見つかっちゃったわね。でも、読まないわよ。勝手に送ってくるから、そこに置いてあるだけよ」

作者名を見ると、『桂木ゆうま』となっていた。

「もしかして、ご親戚の方ですか？　この作者さん」

「息子よ。バカ息子。一人息子なんだけど、甘やかして育てたのがいけなかったわ」

桂木は表情を強張《こわば》らせ、吐き捨てるように言った。

「すごいですね。漫画家さんなんですか」

「どうせ、売れない漫画家でしょ。ぜんぜん大したことないわよ、きっと」

桂木はそっぽを向く。謙遜《けんそん》で言っているようにも聞こえなかった。

「でも、これだけ出されてるんだから、売れてるんじゃないですか」

行雄もお世辞でなく言う。

「さあ、どうだかね。よく分からないわ、漫画のことは。でも、ひとつ言えることは、こいつが描いた漫画なんて読む価値がないってことは確かね」

「そんなことは――」ないでしょう、と行雄が言いかけた刹那《せつな》だった。

「あるわ！　この子はねえ、漫画を優先して自分の父親の最期にも立ち会わなかったばかりか、葬式にも出なかったのよ。あり得る？　実の息子がよ！」

桂木は形相《ぎょうそう》を変えて捲《まく》し立てる。手も震わせ、まだ言い足りないとばかりに続けた。

「どれだけ頼んでも、来なかったの。ほんの数分でもよかったのよ。そうお願いしたら何て言ったと思う？『締切に間に合わないから』って。信じられる？」

桂木の目には今にも溢《あふ》れ出しそうな涙がたたえられていた。行雄は思わず息を呑む。触れてはいけないものに触れてしまったようだった。

「ようやく来たのは何もかもが終わった後だったわ。許せなかった。塩を撒《ま》いて追い返してやったわよ。本当に後悔しているわ。追い返したことをじゃなくてよ。あの子を産んだことをよ！」桂木は肩を震わせながら言い足した。

「……でも、こうしてお母さんに自分の作品を送ってらっしゃるんですね」

行雄は目を落とす。単行本でおよそ三十冊。漫画家となって既に何年も経っているに違いなかった。だが、桂木の口ぶりから察するに、その長い歳月、息子と逢っていないようだった。

「ただ、送ってくるだけよ。追い返してやってから数か月後に一冊目が来てからずっと。手紙が添えられてるわけでもなく、ただ漫画だけ送ってくるのよ。たぶん、私に対する当てつけなんでしょうね。『親の死に目よりも、漫画を優先した結果、俺はこんなに出世したぞ』っていう」言い終えると、桂木は大きく息を吐きだす。

室内は静まり返り、通りを走る車の音が聞こえる。

「そんなことより、もう一つ直してもらいたいところがあるんだけど」

桂木はそれまでの自分を取り繕うように切り出した。

「はい、なんでしょう」

行雄も何事もなかったように応じる。

「和室の蛍光灯が調子悪いのよ。点《つ》くは点くんだけど、チカチカ明るくなったり暗くなったりするのよ」

「それはたぶん蛍光管の寿命だと思います。交換した方がいいですね」

「あら、そうなの。これももう寿命なのね」

居間は笠のある昔ながらのペンダントライトだが、和室の天井にはシーリングライトが取り付けられていた。

「ちょっと、見てみましょうか。椅子をお借りしてもよろしいですか」

行雄はそう言うと椅子に上がりシーリングライトのカバーを外す。蛍光管が露《あら》わになった。

「やはり、ちょっと黒ずんでますね。まもなく切れてしまうと思います」

「そう。それは困るわね」

「交換しましょう。幸い二つ蛍光管が入ってるので一つが消えても真っ暗になることはありません。今度来る時までに買っておきますよ」

「そう、助かるわ。まだまだ、この家に住み続けなければならないから！」

「部屋は明るい方がいいですからね」行雄も同調する。

伊澤は耳を疑う。耳だけでなく、自分の価値観をも疑わずにはいられなくなる。

——退去に同意してもらわなければならないというのに、どんどん住みやすくしてどうするんだ！　桂木さんにしたって、退去に応じて新しいアパートに移り住んだ方がどれだけ良いことか。退去費用もでる。それで新しいものを買えばよい。折角だからＬＥＤにすればコスパも良いではないか。そう口に出してしまいたい伊澤であった。

一方の行雄はシーリングライトのカバーについた埃《ほこり》まで丁寧にティッシュペーパーで拭《ふ》き取ってから本体に嵌めこんでいた。

その後、先日のように桂木がお茶とお菓子をふるまってくれたので、二人はそれを頂いて桂木の家を後にした。

「また、修繕してしまいましたけど大丈夫ですか？　今月中に退去に同意してもらわないとならないのに」

帰路の車内で思わず伊澤が口を開いた。

「あのぐらいならいいだろ。困っているんだから」

「しかも、また宿題を頂いてしまいましたけど」

「蛍光灯か、それぐらいいいだろ」

「そうですかねえ。今度行ったら、また違うところを直してと言われますよ、きっと。もしそれが大家さんや薄暮地所に漏れたら、よろしくないかと——」

「大丈夫だよ。それに、俺はもっともっと直してあげるつもりだぞ」

行雄が冗談めかして言うと、伊澤は呆れたように鼻をならす。

前の信号が赤になり車が止まった。

「それより、桂木さん、えらい剣幕でしたね」

「ああ、息子さんのことか。あの様子だと、長いこと疎遠《そえん》なんだろうな」

「そうでしょうね。『産まなければよかった』ぐらい言ってましたからね」

「まあ、本心ではないだろうけどな……」

「そうですかねえ。あれは本心のような気がしましたけど」

伊澤がせせら笑うと、行雄はその伊澤を横目で見遣《みや》る。

「自分の子供を産まなければよかったなんて思う母親はいないよ！」

行雄には珍しく厳しい口調だった。

「す、すみません……」

「うん」行雄は視線を前に戻した。

「でも、息子さんはどうして漫画だけを送り続けているんでしょうか。手紙も添えずに。それとも、桂木さんが言うように葬式で追い返された腹いせなんでしょうか」

「だとしたら、寂しすぎるな。実の親子にもかかわらず。桂木さんはあんなことを言っていたが、やはり息子さんの出世を喜んでいるはずだよ。その証拠に漫画を大事に押し入れに保管してあったじゃないか」

「たしかに、そうですね。言っていたことが本心なら、漫画を捨ててもいいはずですからね」

「息子さんもきっと、お母さんのことを想っているはずだけど……」

「そう願いたいです」伊澤も頷く。

「ところで、漫画の単行本って一年に何冊ぐらい出るんだろうか」

「僕が好きだった漫画は三か月に一冊ぐらいのペースで出てましたよ」

「もし、そのペースなら一年で四冊。押し入れにあった桂木ゆうまの単行本は三十巻まであったな」

「ええ、ありましたね」

「すると、八年近くも親子は会っていないことになるのか……」

信号が青になり車は動き出したが、二人の会話はそこでピタリと行き詰まってしまった。どちらも次の言葉が見つからない。まるで、退去に応じる様子のない桂木に対してなす術のない現状を投影しているようだった。気付くと、会社が入るビルが少し先に見える。

「寄ってみたいところがあるんだけど。一緒に来てくれないか」

「はい」行雄の不意の提案に、伊澤は反射的に同意してしまった。

行雄は右ウインカーを出すと、車をゆっくりとUターンさせた。

二

角田はデスクの後ろにある窓から外の景色を見ていた。

それは景色と呼ぶには、あまりに無機質で味気ないものであった。

見えるのは隣のビルの屋上に並べられた室外機と、さらに隣のビルの壁。時折、ビルの間をノラ猫が行き来しているのも見える。決まって大きな白猫で、幾度となく目撃していた。きっと、このあたりのボス猫に違いないと角田は勝手に決めつけていた。

「お前ともお別れか……」

せっかく、伊澤が拾ってきてくれた案件であった。だが、一年以上も退去に応じなかった住人を半月やそこらで翻意《ほんい》させるなど、冷静に考えればあり得る話ではない。やはり、あの時は少し気がどうかしていたのかもしれない。角田は今更ながらに自戒すると、各人の行動予定が書かれたホワイトボードに目を移した。

小山内と伊澤の欄には「図書館」となっている。なんでも、退去に関することで至急調べなければならないことがあるとのことだった。角田は行雄を信頼しているだけに、突っ込んでは訊かなかった。そのとき、突然にアパート営業課のドアが開いた。

入ってきたのは支店長の高藤《たかとう》であった。高藤は誰かを伴っているようで「どうぞ、こちらになります」などと下にも置かぬ様子だ。高藤が連れてきた男は高藤が子供に見えるほどに背が高い。

「ここか。思っていた以上に狭いなあ。しかし、隣の倉庫も潰して、ワンフロアにすればそれなりの広さになるか」

「はい。間仕切りを取り払っても支障ないか、管理会社に確認しておきます」

高藤は怯えた表情で言い添える。

「お、おはようございます！」

角田はハッと気付くと頭を下げる。岡庭も吉永も誰だか分からないが本社の上席であることは間違いないので角田の後に続いた。

「すみません、散らかっておりまして。取締役がいらっしゃると知っていれば掃除なども致しましたのに」

男は傍らにあった椅子を引き寄せるとそれに座って足を組んだ。足も長い。

「それで、どうだ、状況は？　あと一億、売上を上乗せできそうか？　分かっていると思うが、社長は本気でおっしゃっているからな」

そう角田に尋ねたのは、昭櫻住宅取締役の倉木《くらき》誠輔《せいすけ》であった。

「はい。不動産業者からの紹介で、一棟十二世帯、一億以上の契約金額になりうる案件を摑みました」

「そうか！　すごいじゃないか。それが決まればお前の首も繋がりそうだな」

倉木は嬉しそうに笑みをたたえる。

「ただ、建て替え案件で、既存の建物に入居中の方がいらっしゃいまして、その方を退居させられればの話なのですが、それが、なかなか厳しそうで……」

角田が現状の阻害要因を補足すると、倉木は何もない天井を見上げる。長いことそうしていたかと思うと、何度か頷く。すると、何か思い当たったように表情を和ませた。

「実はな、ここだけの話にとどめて欲しいのだが、お前が更迭《こうてつ》された後に、この部屋にサーバー室を作る話が持ち上がっているんだ」

「え、こ、ここにですか⁉　私が更迭された後に！」

「それで俺が下見に来たわけだが、もしその一億の物件が決まれば別の場所にした方がよさそうだな」

「は、はい」

「任せておけ。サーバー室は別の場所に作ればいい。ノルマに上乗せで一億も作れるような課長なら、大事にしなければいけないと思う。お前なら出来る！　最後まで自分を信じて頑張れ」

倉木はそう言うと立ち上がった。それから角田の肩に軽く手をあてると、高藤を従えて部屋を出て行った。室内は嵐が去った後のように静けさを取り戻す。

「だれ？」

小声でそう訊いたのは岡庭であった。吉永も角田を見る。

「倉木取締役だよ」

角田は溜息とともに疲労感たっぷりに答える。

「あの人が倉木取締役なんだ。次期社長とか言われてる人よね」

「ああ。社長のお気に入りで、社長は何かと倉木取締役を伴う。ちなみに、俺の同期だ」

「へええ、すごい人なのね。でも、ずいぶん差をつけられたものね」

岡庭は可笑《おか》しがる。

「ああ、なんたって、あの『プロードス』の開発責任者だからな。そりゃ出世するよ。商品開発室長から一気に取締役に伸《の》し上がった」

「同じバブル期の入社でも実力のある人は、やっぱり違うのね。それにしても、ここをサーバー室にするとか言ってたわね」岡庭が口をへの字に曲げる。

「言ってた。俺も初めて聞く話だよ」

「でも、伊澤君が摑んできた案件が決まれば、話は流れそうね」

「決まればな」

「行雄ちゃんが付いてるから大丈夫よ！　それに、あの取締役さんならなんとかしてくれるわよ、きっと。いい人そうだし。天井を見ながら考える仕草も可愛《かわい》いわ。ねえ、あおいちゃん」岡庭はさも感心したように頷きながら、吉永に同意を求める。

「ええ」

吉永は普段よりも低い声でそう答えると、倉木の出ていったドアに鋭《するど》い視線を送った。


その頃、行雄と伊澤はネットカフェにいた。

昨日、桂木の家を辞した後も五時間ほどこのネットカフェに籠っていた。この日も朝礼を終えると直行し、蟄居《ちっきょ》すること二日目である。

「ところで小山内さん、ネットカフェってよく来るんですか？　会員でしたけど」

伊澤は周囲を気遣って、小声で話しかける。

「よくは来ないけど。一年に一回、一人旅の宿として利用させて頂く」

「一人旅？」

「一年に一回、自転車で旅をするんだ。今年は下関《しものせき》まで行ってきた」

「え？　下関って山口県のですか？」

「そう」

「何のために？」

「自分探し」

「なるほど……」

伊澤は行雄を不思議な目で見る。飛行機や新幹線なら数時間で着くところを、なぜわざわざ自転車で行く必要があるのか？　しかも五十近い中年男が。四十にして惑《まど》わず、五十にして天命を知るというが、まだ自分が見つからないとは、そもそも探す気があるのか？　仏像鑑賞が趣味である自分を変人呼ばわりしていたが、このオッサンの方がよっぽど変わっているではないか。今日も昨日に引き続きネットカフェで漫画を読んでるし。角田課長が知ったら、祭り太鼓のように腹をボンボン叩いて憤激するに違いない——。伊澤がそんなことを思っていると行雄は背伸びをして漫画の続きを読む。

行雄と伊澤の間には桂木ゆうまの作品が積み上げられていた。ネットカフェに入ってから、二時間が経っていた。

「小山内さん、面白いですか？　この漫画」

「面白いじゃないか！　ネットでもすごい反響だぞ」

行雄は目の前にあるパソコンに「桂木ゆうま」と入力し、さらに「ラスト・マウンド」と作品名を入力する。ずらっと検索結果が現われ、販売サイトでの評価も星五つのうち四つ以上であるのが分かる。

「たしかに、一般的には高評価のようですけど、どうも僕はこういうガチガチのスポ根《こん》ものは好きになれなくて……」

「どうしてだよ！　野球嫌いか？　青春もの嫌いか？」

「嫌いでも好きでもないです。ただ、興味がないだけです。汗水流して苦しみに耐えるのが美徳とは思えません」

「そんなことはないだろ、努力こそ最高の美徳だろ」

「いいえ、単なる自己満足ですね」

伊澤は悟ったように言う。

「……もしかしてさっき俺の趣味が自転車旅だって言った時、密《ひそ》かに馬鹿にしてた？」

行雄は冷たい視線を伊澤に向ける。

「いえいえ、そんなことはないですよ。僕も自転車旅をしてみたいとさえ思いました。さあ、続きを読みましょう」

伊澤はこれまでの話をはぐらかすように漫画に目を落とす。行雄も腑《ふ》に落ちないながら漫画に目を戻す。

それからさらに五時間、二人は漫画に没頭した。三十巻すべてを読み終えてネットカフェを出ると、空は暮色《ぼしょく》を帯《お》びていた。

「疲れましたね」伊澤は目を瞬かせる。

「うん。でも分かったな」

行雄は疲労感をたたえながらも、晴れ晴れとした表情をした。

「何がですか？」

「知りたかったこと、だよ！」

行雄はそう言うと、グングンと前を歩き出す。

「日本でも結果を残せれば、メジャーリーグで通用するってことですか？」

伊澤は慌てて行雄を追いかける。

「そうじゃないよ」

三

数日後。行雄と伊澤は再び、桂木の家の玄関先にいた。インターホンを押すと程なくして桂木が現われた。

「あら小山内さんと伊澤君。電球を持って来てくれたのね」

桂木は先日と同じように二人を笑顔で迎えてくれた。この日が来るのを待ちわびていたかのようである。

「ええ、蛍光灯を持参しました。長寿命のものにしてみました」

「そう、それは助かるわ。この家には死ぬまで住むつもりだから」

そんな冗談とも取れない桂木の言葉に、行雄はあくまでも笑顔で応じる。

「でも、取り替えるのは僕たちではないんですけど……」

「あら、自分で取り替えろってこと？　シーリングライトのカバーだけ外してもらえれば私にもできると思うけど」桂木は少し表情を強張らせる。

「いえ、今日は代えて頂ける方も一緒なんです」

「あら、そう。電器屋さんを頼むほどのものではなさそうだけど――」

「どうぞ」

行雄は斜め後ろの空き家の方に声を掛ける。するとその空き家の陰から一人の男性が現われた。その瞬間、桂木の表情が硬直する。

「どういうこと？」

「お願いして来て頂いたんです。やはり、私たちよりは実の息子さんにお願いした方が良いのではないかと思いまして」

行雄がこの日伴ったのは、桂木の実の息子である悠馬《ゆうま》であった。行雄はネットカフェで桂木ゆうまの漫画を全て読み終わった後、出版社に電話をしてどうにかコンタクトを取ることに成功したのだった。

「ご無沙汰しています」

悠馬は母親に小さく一礼するが、声はどこまでも小さい。

桂木は視線を戻すと、行雄を鋭く睨《にら》みつけた。

「ははあ、分かったわ。あなたたち、いろいろ修理してくれていたけど、本心は私をここから退去させたいんだったわね。でも、私がまったく応じる気配がないからって、息子に説得させようと思ったのね。でも、言っておくけど、それは逆効果よ。この子がどういう子なのかを、このあいだも言ったわよね！」

桂木は行雄を睨みつけたまま指だけを息子である悠馬に向ける。悠馬の表情に憤《いきどお》りの影が差すが、固く口を閉ざし感情を押さえつけている。

「ええ、それで読ませて頂いたんです。息子さんの作品をすべて」

行雄も桂木の剣幕に動じることなく、言葉に力を込める。

「それで」

桂木は息子を視界から外すようにそっぽを向く。

「最近、歳とともに涙腺が弱くなったせいか、何度も涙と鼻水で漫画を汚してしまい、私の後に読んだ、この伊澤に度々怒られてしまいました。出版社の方にも聞きましたが幅広い年齢層に人気の作品だということですよ」

「ふーん、物好きね。私があれだけ読む価値がないって言ったの、聞いてなかったの？」

悠馬の口元がピクリと動いたが、それを制するように行雄が言葉を続けた。

「いえ、桂木さんのお話を聞いて、実の息子さんが手紙も添えずに、漫画だけを送ってくるというのは変だと思ったんです」

「この子は昔から変わってるところがあったからね」

桂木は顎《あご》で悠馬を指す。当の悠馬は下を向いたまま何かを我慢しているようだった。

「でも、三十巻すべてを拝読して分かりました」

「何がよ！」

「悠馬さんが手紙も添えずに漫画だけを送り続けていた理由です」

「理由なんてある訳ないでしょ！　単なる当てつけに決まってるんだから！」桂木は声を荒らげる。

「それは違います、桂木さん。少し悠馬さんの作品の話をさせて頂いてもよろしいですか」

　行雄は穏やかに訊いた。

「どうぞ、ご自由に」

　桂木は勝手にしろという雰囲気だ。

「第三巻です。高校三年生の夏、県大会の決勝の日。主人公の豪太《ごうた》は父が危篤だという知らせを受けます。豪太は父の元に行くべきかマウンドに立つべきかギリギリまで葛藤します。しかし、幼い頃に、父が野球を指導してくれたことや、それまでの親子の思い出を回顧するうちに、主人公は父と約束したことを思い出します。それは、甲子園に行きプロになるということでした」

「それで?」桂木は何が言いたいんだというように鼻で笑う。

「豪太は父の枕元に行かず、マウンドに立つことを選びます」

「へぇー、誰かさんと似てるわね」

「そうです。主人公は悠馬さん自身を投影したキャラクターだったんです。悠馬さんにも聞きました。お父さんの最期や葬儀に立ち会わなかった理由を。それは、やはり桂木さんが仰《おっしゃ》っていたように締切があったからだそうです」

「そうでしょ。この子はそういう子なのよ」

「しかし、悠馬さんも豪太のように、幼い頃お父さんに告げたことがあったそうです」

「告げたこと?」

「ご主人も絵が上手だったそうですね。悠馬さんは絵の描き方をお父さんから手解《てほど》きされたと教えてくれました」

「じれったいわね! それで悠馬はあの人に何を告げたのよ?」

「将来、漫画家になると」

「そう」

桂木は、そんなことかという顔になる。

「その時、お父さんは『本になったら最初に読ませてくれ』と言ってくれたそうです。その約束を守るために、最期にも立ち会わず、葬儀にも悠馬さんは参列しませんでした。当時、悠馬さんは漫画家になることを諦めかけていたそうです。そんな中で初めて編集者の方の目に留まったのが『ラスト・マウンド』だった。雑誌への掲載が確約され、その締切に間に合わせるべく悠馬さんは昼夜を問わず漫画を描き続けた。だから、お父さんの最期はおろか、葬儀にも間に合わなかったんです」

「………」桂木は答える代わりに口を真一文字に結ぶ。

「結果として、ご主人に悠馬さんの漫画を読んで頂くことは叶いませんでした。しかし、雑誌に載った悠馬さんの作品は、亡きご主人にとってはどんな手向《たむ》けの花よりも嬉しかったんじゃないでしょうか」

「それなら、お墓にでも供えればいいでしょ。なんでわたしに送ってくるのよ。しかも手紙を添えるわけでもなく、漫画だけを」

「悠馬さんが手紙も添えずに自身の作品だけを送り続けていたのは、作品自体が手紙にもなっていたからではないでしょうか」

「作品が手紙？」

「桂木さんと亡きご主人に宛てた手紙。桂木さんも本当はそれに気づいていたのではないのですか？」

桂木は答える代わりにあさっての方を見る。

「と言っても、悠馬さんがご主人の最期にも、葬儀にも立ち会わず、漫画を描くことを選んだというのは、ぬぐえない事実です。悠馬さん本人もあの時の選択が本当に正しかったのかという後悔は現在もあるそうです。とくに桂木さん、あなたに対しては申し訳ないことをしたと仰っていました。最愛の夫を亡くした母に寄り添うことも助けることもせず、自分のことだけをしていたことに違いはないし、償《つぐな》いようがないと言っていました」

桂木は固く唇を結ぶと実の息子である悠馬に目を向ける。悠馬も落ち着きを取り戻していた。

「悠馬さんとお父さんの間に交わされた会話には続きがあったそうです」

「どんな続き？」桂木は絞り出すように訊いた。

「それは、子供らしい約束でした。漫画家として頂いたお金でお父さんとお母さんに大きな家を建てて上げるというものでした」

「そう……」

「桂木さん、悠馬さんを許してあげてくれませんか。悠馬さんの作品にはご両親への感謝が溢れています。それは決して作品の中だけのものではないと思います。ご両親に宛てたメッセージだったと強く感じました」

桂木は自分を納得させるように何度も頷く。

「分かったわ」

「ありがとうございます」行雄は深々と頭を下げる。伊澤も、そして悠馬も頭を下げた。

「分かったわ。悠馬の気持ちも、そしてあなたたちの気持ちも……。私も、意固地《いこじ》になっていたのがいけなかったの。本当に反省しているわ。済まなかったわね、悠馬」

桂木は母親らしく慈愛《じあい》に満ちた笑みを向けた。

「いや、俺の方こそ……」

「いいのよ。悪いのは全部、私。でもしょうがなかったのよ。悠馬が出て行って、あの旦那《ひと》が亡くなって、ずっと一人だった。いい歳して、これが孤独なのかと初めて知ったわ。でもある日、決めたの。幸せだった頃の思い出が詰まったこの家と共に死のうって。だから、この家からは出て行かないし、死ぬまで住むつもりよ。そういう訳で、全員お引き取り頂いてよろしいかしら」

「え？」行雄は思わず聞き返す。

「最初に言ったわよね、私が天邪鬼だって。今更なんなのよ！　ふざけんじゃないわよ！あとで不動産屋にも電話しておくから、絶対に出て行かないって！」

桂木はそう叫ぶと、バタンとドアを閉めてしまった。行雄は何が起こったのか分からぬまましばらく呆然としていたが、慌ててノックし、インターホンを押す。しかし中からは一切応答はなかった。

あたりは悲しいほどに静寂が支配する。すると悠馬は行雄の傍《かたわ》らまで歩み寄った。

「小山内さん、伊澤さん、今日はありがとうございました」

悠馬は深々と一礼した。

「いや、かえって話を拗らせてしまったようで……」行雄は力なく答える。

「母の最後の言葉がすべてを物語っていたと思います。やはり、母にひとり寂しい思いをさせていたことは取り返しのつかない事実です」

悠馬は自分の言葉を噛みしめるように言った。

「でも、あなたは遅ればせながらも、ちゃんと謝罪に戻られた。今日も突然であり、見知らぬ我々からのお願いにもかかわらずこうして来てくださっている。お母さんもそれに応えてほしかったんですが」

「似たもの同士なんですよ」悠馬は頬をゆるめると打ち明けた。

「似たもの同士？」

「ええ、私も母も意固地な性格なんです。私は顔こそ父親似ですが、性格は母譲《ゆず》りで、二人ともガチガチの頑固者なんですよ。母がこの家で死ぬと決めたように、葬儀のあと母に追い返された時、私も二度とこの実家の敷居を跨《また》ぐまいと決めました。お恥ずかしい話です」

「そうでしたか……」

「でも、やはり実の母親ですから、何かと気になります。母からすれば言い訳でしかないかもしれませんが、私の気持ちも伝えたい」

「それで、漫画に託したんですね」

「ええ。でも、かえってそれが火に油を注いでいたようです」

「いや、そんなことは……」

「だから、似たもの同士だけに、母が今こうして家に戻ってしまったのも分かるんです」

行雄が頷くと悠馬は続けた。

「あとは私に任せて頂けませんか。私たち親子のことでこれ以上ご迷惑をかけることはできません。少し時間が掛かるかもしれませんが、いつか母も分かってくれる日が来ると思います。私はそれまで何度でも通うつもりです。プライドが邪魔して自分の本音を、漫画を通してしか伝えられませんでした。でも、やっぱり、私自身の口から伝えなければならなかったのかもしれません」

行雄は手に持っていた蛍光灯の入った箱を悠馬に差し出す。

「これは貴方《あなた》に渡しておきますね」

「ありがとうございます」

悠馬は白い歯をのぞかせると、それを受け取った。

四

行雄と伊澤は会社に戻ると、これまでの経緯を営業課の全員に話した。

桂木の退去が暗礁に乗り上げた以上、今月中の契約は難しい。角田の更迭は逃れようがないだろう。

考えてみればどだい無理な話だったのかもしれない。半年以上、退去に応じなかった桂木であり、八年間も実の息子と絶縁していたのだ。それを翻意させるにはあまりに時間がなさ過ぎた。悠馬が言うように長い時間が必要なはずだった。

「そうかあ、ご苦労だったな」

話を聞き終えた角田は行雄と伊澤を労《ねぎら》った。角田も淡《あわ》い期待を抱きつつも、この日が来るのを覚悟していたようだ。

「今日、お店やってるか？　みんなでパーッと行こう！」角田が突然に岡庭に訊いた。

「やってるわよ。やってなくても開けてもらうわ。盛大に送別会をやろうよ」

「早いよ！」角田がそう応じると皆が笑い出した。

そこで営業課の外線が鳴る。ワンコールも終わらないうちに岡庭が受話器を上げると、ほどなくして伊澤に視線を向けた。

「伊澤君、薄暮地所の奥さんからよ」

「え？　僕ですか。ヤバ！　桂木さん『出て行かないって電話する』って言ってたけど、本当にしたんだ」伊澤は悲痛な声を上げると、怯えた表情のまま受話器に耳を当てた。

　行雄もしかめっ面で耳をそばだてる。

「え？　ちょ、ちょっとお待ちください」

　伊澤は保留を押すと、行雄を見た。

「薄暮地所に桂木さんから電話が先ほどありまして、近日中に退去するそうです」

「えええええ！　本当に⁉」

　行雄を筆頭に営業課の全員が驚く。

「はい。薄暮地所の奥さんも『どんな手を使ったんだ』って驚いています。大家さんも感謝してくれていて、さっそくうちと契約したいそうです」

「嘘だろ。なんだか分からんが。よし、すぐに契約の準備をしよう！」

　角田は息を吹き返すと、指示を出した。


　数日後。行雄と伊澤が桂木の家を訪れると、マスクとほっかむりをした桂木が玄関先に現われた。

「本当に退去するかどうか実際に見てきて欲しい」

角田の心配を含んだ指示であった。行雄もどちらにせよ、一度、桂木に挨拶《あいさつ》がしたいと思っていた。

先日追い返したのを忘れてしまったかのように、桂木は快く二人を家の中に招じ入れてくれた。

なるほど、室内はだいぶ片付いている。引っ越し業者のロゴの入った段ボールが幾つも積み上げられていた。

桂木は押し入れの中を整理している最中だったらしく、封をされていない段ボールが押し入れの前に二つほど置かれていた。

「何かお手伝いできることがあったら言ってください。男手も必要でしょうから」

行雄が申し出た。

「大丈夫よ、悠馬が明日も来てくれるから」

「すっかり仲直りされたんですね」

「ふふ、そうね。あの子、あのあとずっと玄関先に立っててね。何度もドア越しに謝るのよ。昔は私に似て意固地で、人に頭なんて下げるような子じゃなかったんだけどね……」

「悠馬さんも自分の性格はお母さん譲りだって仰ってましたよ」行雄は表情を崩す。

「でも、すっかり大人になってたわ。漫画家も大変なのね」

「そうでしょうね」

「あの子ねえ、小山内さんが持って来てくれた蛍光灯も取り替えてくれたのよ」

「でも、無駄になってしまいましたか?」

「そうね……。でも、あたしの気持ちに明かりを灯《とも》してくれたわよ。……なんちゃってね」

　桂木の弾んだ声を聞くと、行雄も嬉しさがこみあげてくる。

「息子さんとご一緒に住まわれるそうですね」

「ええ。都内のマンションなの。昨日見てきたんだけど、何か落ち着かないわね。あんなところで地震でもあったらさぞ揺れるんでしょうね」

「そうですね……。まあここよりは揺れるかもしれませんね」

　行雄は岡庭のことを思い出す。

「小山内さん、実を言うとね、私も分かっていたのよ」

　桂木は改まったように話しだした。

「何がですか?」

　行雄が首を傾げると、桂木は押し入れの中にある漫画を指さした。

「読む価値がないなんて言ってたけど、本当は何度読み返したか分からないほどなの」

「そうだろうと思いました」

「あの子の気持ちも分かってたし、あの人との約束にも気づいてた。心の中ではとっくに許していたんだけどね――。でも駄目ね。いざとなると、自分からは歩み寄れなかった。目の前に来てくれても自分からは歩み寄れなかった。子供だったのは私だけね。あの子はあんなに成長していたっていうのに……」

桂木はそう言うと段ボール箱に目を落とす。中には数冊のアルバムが仕舞われていて、その上には一冊の母子手帳が置かれていた。

名前の欄には「桂木明子」、その下に「桂木悠馬」と書かれていた。

それから、二時間ほど桂木の引っ越しを手伝うと、行雄と伊澤は桂木の家を辞した。貸家が建つ敷地を出たところで伊澤は振り返る。

「なんか嬉しそうでしたね、桂木さん」

「そうだな、よかった、よかった」

桂木の笑顔を思い出すと行雄も嬉しくなる。

「もしかして、小山内さんが本当に直したかったのは襖などではなく、桂木さんの親子関係だったんですか?」

伊澤は問うような顔を向ける。

「そんなに格好のいいものじゃないよ。結果的にそうなっただけだよ」

「そうなんですか? 最初から家族関係が原因だと分かっていたんじゃないんですか?」

「どうだったかなあ。ただ、桂木さんが一人で寂しそうだとは、最初から感じてはいた。初めに声をかけて俺たちをからかってきたじゃないか」

「やはり、孤独は人を卑屈《ひくつ》にするんでしょうか」

「そうかもしれない。だから、桂木さんが、あの家の下敷きになって死ぬなら本望って言ったときは、どうにかしてあげたいと思った」

「そう考えると、理由はともあれ、悠馬さんは確かにお母さんを一人にしてしまっていました」

「うん、どちらかが歩み寄れば良かったんだろうけど、二人してプライドが邪魔していたんだろうね」

「それは悠馬さんも認めてはいましたけど、八年は長かったですね」

「そうだな、でも彼は立派だと思うよ。自分の非を認めてお母さんに歩み寄ったんだから。そして何より――」そこで行雄は言葉を詰まらせる。

「何より？」伊澤が聞き返した。

「自分を見限らずに、自分の夢を実現させたんだから。そして、お父さんとの約束も守った……。俺には出来なかったことだよ」

そう言うと行雄は寂しく笑った。

九月末日。行雄の所属するアパート営業課は、その長である角田の続投を決定づける契約を成し遂げた。一棟十二世帯の大型物件だ。受注金額、一億二千四百万。それは社長である石破から課せられた金額を大きく上回るものであった。

契約は昭櫻住宅の営業所で行なわれ、土地所有者であり平屋の大家であった老夫婦と、立会人として今回の物件の紹介者である薄暮地所の会長である夫人も同席した。昭櫻住宅側は営業担当である伊澤勇誠と、不動産の契約行為に必要な宅地建物取引士の資格を持つ角田が同席した。

その頃、行雄は作業着姿になり、なぜか黄金色の稲の中にいた。お世話になっている地主さんが腰痛で動けず、人手が足りないということで稲刈りを手伝っていたのだった。残暑はまだ厳しい。額《ひたい》から滴《したた》る汗を拭《ぬぐ》いながら見上げる空は、雲一つない秋空であった。

幕間　正義

　窓には都心の街並みが広がっている。そこは新宿《しんじゅく》駅西口から徒歩数分にある関東六葉銀行の本店。最上階に近い一室。関東六葉銀行専務取締役である武岡敏和《たけおかとしかず》の執務室であった。その窓を背に革《かわ》張りの椅子に体をゆだねた武岡は、慈愛《じあい》に満ちた表情で目の前に立つ伊澤勇誠との再会を楽しんでいるようだった。

「それにしても、焼けたなあ」

　武岡は目を丸くする。

「はい、毎日、炎天下を外回りしていましたので――」

「そして、瘦《や》せたんじゃないのか？」

「いろいろと神経を使いますからね」

　伊澤は屈託《くったく》なく言う。

「悪いな。で、どうだ？　真偽《しんぎ》のほどは？」

「念のために調べましたが、現在販売している商品に明らかな瑕疵《かし》は認められません。しかし、ご報告してある通り、『プロードス』に瑕疵があることはまずもって間違いないと思われます。しかも、問題のある箇所は構造体の内部、もしくは構造体そのものではないかと……」

「それならば、その構造体を調べればいいんじゃないのか？」

武岡はさも簡単なことのように言う。

「構造体を調べるには、現存する建物を一部解体しなければなりません。すべてのプロードスは引き渡し済みです。現在、入居者のいる建物を解体することは現実的に不可能です」

武岡は表情を引き攣《つ》らせる。

「ちょっと待った。だとすると、不正があった場合、部品の補修や交換では済まないということか？」

「おそらく建物の解体と建て替え。さらには入居者への補償なども生じてくるかと思います」

「当該商品の累計販売数は何棟だ」

「戸建《こだ》てと貸家合わせて、三年間で一万五千棟です」

「一万五千棟！　それの平均単価は？」

「概算《がいさん》ですが、四千万円です」

「仮にすべてを建て替えるとしたら……」

武岡は傍《かたわ》らにある電卓を引き寄せる。『6・E11』という英数字が表示される。六千億。

「なるほど、昭櫻住宅では、どうこう出来る金額ではないな……」

武岡は無表情に呟《つぶや》く。

「昭櫻住宅も必死に隠蔽《いんぺい》しているはずです。調べたところ、開発資料などは全てもう存在しないと思われます。当時の開発担当者すらこの世にはおりませんので」

「そうすると、頼みの綱はその女性か？」

伊澤は頷《うなず》く。

「物証にもなり得るものを所持しているはずなのですが、女性は完全に自分の殻《から》に閉じ籠ってしまっていて……」

「その容姿でも落とせない女性がいるというのか」

武岡は目を眇《すが》めるとニヤつく。

「僕をどんな人間だと思っているんですか。僕はただ、業務の一環で真実を明らかにするだけですよ」

「でも、その女性がキーマンなんだろ？」

「はい。私だけでは難しいかもしれません。現時点で、あまり公《おおやけ》に出来る話ではないので、出来る限り私一人で解決するつもりではいるんですが、場合によってはある人物に協力してもらおうと思っています」

「そんな人間がいるのか？」

「協力を得られるかどうかは分かりません。ですが、彼女の心を開けるのはその人物しか思い当たらないんです」

「分かった。とにかく、お前に委ねた仕事だ。健闘を祈る。しかし、睨んだ通りだなあ。歪《ゆが》んだ体質というのはなかなか変えられないものだが、ここまでとは……」

武岡は呆れたように声を尖《とが》らせた。

「おっしゃる通りですね。顧客を無視しているだけでなく、そこで働く者をも蔑ろにしている。そんな会社が事業を継続すれば不幸しか生まれない」

「正義の鉄槌《てっつい》だ」

武岡は拳《こぶし》を固く握るとそう言った。伊澤も深く頷く。

第七章　陰影

一

外はすっかり暗い。ペンダントライトの柔らかい明かりが窓に映《うつ》し出されていた。

支店から少し離れた場所にある喫茶店。商業ビルの二階にある隠れ家的な店で、調度品から内装までアンティーク調でまとめられている。この日は、顎鬚《あごひげ》を生《は》やした店主と、吉永あおいの他に一組の若い男女の客がいるだけであった。

毎週火曜日、仕事が終わるとこの店でしばらくの時間を過ごすのがあおいの習慣となっていた。あおいのテーブルにはティーカップが一つだけ置かれている。頼むのは決まってミルクティー。

壁に掛けられた古時計が午後八時を知らせた。あおいは虚《うつ》ろな目を上げると、すっかり冷めてしまった残りのミルクティーを口にして席を立った。

そのあと、駅前のスーパーで簡単な買い物をして、自宅マンションに着いたのは午後九時を過ぎた頃だった。

十四階建ての都市公団のマンション。その一室をあおいは数年前から借りていた。

エレベーターがちょうど一階に止まっていたので、一人で乗り込むとドアは静かに閉まりだした。

すると、閉まりかけのドアが開き、若い男女が乗り込んでくる。お互い小さく会釈《えしゃく》をする。顔は知っているが話はしたことがない。同じ階に住むカップルだった。

「あー疲れた。風呂入って、飯食ったら速攻寝よ」

男性が呟《つぶや》く。手にはブランドのロゴが入った紙袋をいくつか持っていた。

「どーでもいいけど、ちゃんと片付けてから寝てよ」

女性はあおいを気にしているのか少し小声で言う。

「分かってるよ」

扉が開くと、二人は楽しげに日中のことを話しながら先に降りていった。あおいも後から降りる。玄関ドアを開けようとしている二人の後ろを通り過ぎ、自宅に帰り着いた。

明かりを点《つ》けると、玄関で立ちつくしてしまう。

静かすぎる。

それは、五年間、あおいにとって何も変わっていない現実そのものだった。五年前のあの日、あおいの生活に温《ぬく》もりをくれたあの声の主は、この世界から突然に消えてしまった。代わりに聞こえるのは、自分自身のすすり泣く声だけだった。目を閉じると、玄関で泣き崩れた五年前の自分の姿があった。

五年前のあの日――。

黒いハンドバッグと香典《こうでん》返しの入った紙袋を置くと、崩れ落ちるように座りこんでしまった。温めるようにして膝《ひざ》を抱えた。嗚咽《おえつ》とともに顔を埋《うず》めた。とめどなく流れる涙が、黒いパンプスにも落ちた。喪服と一緒に買ったものだった。

「あおいも社会人なんだから礼服ぐらいは誂《あつら》えておいた方がいいよ。突然、必要になるものでしょ」

洋《ひろし》はさも自らの経験から学んだような言い方をしていた。

「洋は持ってるの？　礼服」

「もちろん」

「へえーそうなんだあ。自分で作ろうと思ったの？」

行き当たりばったりの多い洋にしては意外すぎた。

「いや、偉そうに言ったけど、俺の場合は親が就職祝いに買ってくれたんだけどね」

「だよね！　おかしいと思った！」

たまたま通りがかった紳士服店の前での会話。洋は突っ込まれて、顔を赤らめていた。

そのあと、あおいが礼服を作るのに付き合ってくれた。でも……。

最初に袖《そで》を通したのが洋のお葬式だなんて、洒落《しゃれ》にもなってなかった。

本当に自分勝手……。

「ずっと一人で生きてきた」

そう言ったよね？　なのに、どうしてまた一人にするわけ？　意味が分からないんだけど。それなら、わたしも一緒に連れて行って欲しかった。

でも、悪いのはわたし……。

顔を上げると部屋は暗くなっていた。手を伸ばし玄関の明かりを点けると、郵便受けの中にハガキと宅配業者の不在票が入っているのに気付いた。お葬式に行っている午前中の間に来たものらしかった。

ハガキはショッピングモールのオータムセールのもの。それと一緒に、折りたたまれている不在票を手にした。

『吉永向日葵』

お届け先の欄に自分の名前が書かれていた。何かを注文した記憶はないし、何かを送ってくれる親戚もいない。

『新田《にった》 誠《まこと》』

送り主の欄には、名前だけ聞いたことのある洋の同僚の名前が書かれていた。

再配達を依頼し、届いた荷物に貼られている伝票を確認したとき、思わず目を疑った。癖のある角ばった字。それは、会いたいのに、もう絶対に会うことの出来ない、洋本人の字だった。

二

十月一日。朝礼前のアパート営業課。角田は自分の机で新聞を読んでいる。岡庭はコーヒーを飲みながらスマホを弄《いじ》っている。伊澤は隣に座る吉永に、先日見に行った寺の話を一方的にしている。行雄は顧客から依頼を受けたリフォーム工事の見積もりを精査していた。

定刻の九時になると角田が自席から立ち上がり机の前に出た。そして腹をさする。この日は機嫌がいいのか普段以上に多めにさする。営業課の面々は既に整列していた。

「おはようございます。月が変わり十月になりました。というか新しい月を迎えることが出来ました。これもひとえに、皆さんのお陰です……」

そこまで言うと角田は言葉に詰まる。耐えきれなくなり、ハンカチを取り出して目に溜まったものを拭《ぬぐ》う。

「泣かないの、いい大人が」

岡庭が窘《たしな》めると、行雄と伊澤は表情を綻《ほころ》ばせた。

「すまん、つい……。こうして、みんなと仕事を続けられることが本当に嬉しいよ」

角田は洟《はな》をすすりながら、自分の言葉を嚙《か》みしめるように頷《うなず》く。

「でも、本当に起死回生の逆転劇だったわね。正直言うと諦めてた。伊澤君が今回の案件を持って来た時も、難しそうだなって思ってたのよ」

岡庭も珍しくしんみりした口調で言う。

「実を言うと僕自身も、桂木さんと最初に接したとき、無理かなあって思いました」

伊澤は頭に手をやり本音を吐露《とろ》する。

「今回は小山内係長の執念勝ちだな」角田は潤《うる》んだ目を行雄に向けた。

「いえいえ、そんなことは――」行雄は首を振る。

「そこで、お知らせがあります。今回の大型物件の受注を社長も喜んでくれているらしく、直々《じきじき》にお越しになり、お褒《ほ》めの言葉を頂けるかもしれないとのことです」

「え！　社長が、ここに来るの？」

岡庭が驚きを交《まじ》えながら訊《き》くと、角田は誇らしげに頷いた。

「来週の火曜日にいらっしゃるそうです」

「本当に？　このあいだも来たばかりじゃないの。社長ってそんなに暇《ひま》なの？」

岡庭は疑いの目を向ける。

「いや、とてもお忙しい方のはずだが……。たしかに、このところ頻繁《ひんぱん》にいらっしゃるな、何かあるのかなあ」角田の表情に不安が滲《にじ》む。

「わざわざ、社長が来るっていうのは妙ですね。ちなみに社長来店は誰情報なんですか？」行雄が手を挙げて訊いた。

「高藤支店長から昨日、直接言われた。それまでに、室内をしっかり整理整頓しておくようにと仰《おお》せつかった。日曜日に、清掃業者がこの部屋に入る」

「清掃業者？　もしかして、社長がいらっしゃるからですか？」

伊澤は信じられないとばかりに訊く。

「そうだよ。石破社長はとにかく綺麗《きれい》好きなんだ。前回は急遽《きゅうきょ》だったので無理だったけどね」角田は至極《しごく》当然のように言う。

「そ、そうですか……」

伊澤はどこか釈然としない。

「支店長の話では、特別ボーナスも期待できるかもしれないそうだ！」

角田は、驚いただろうと言いたげに課員を見回す。

「よーし！　次の日は休みだから今回の受注の祝勝会やろうよ。店、予約しておくね。みんな空《あ》けといてよ！　あおいちゃんも一曲たのむわよ」

岡庭が隣に立つ吉永にも声を掛けると、吉永は小さく頷いた。

「あら？　あおいちゃん、なんか顔色悪いわよ、大丈夫？」

岡庭がそう言うと、皆が心配の目を向けた。

「ええ、大丈夫です」

吉永はどうにか笑顔を作るが、すぐに元の寂しげな表情に戻っていた。

そんな吉永の様子に、これまでとは何か違うものを行雄は感じた。


その日の午後、行雄と伊澤は設計課を訪れていた。先日契約した三階建てアパートの敷地の地盤調査結果が出たというので、籾山に呼ばれたのだった。

伊澤が籾山に会うのは先日の歓迎会以来だった。宴席で色々なことを気さくに教えてくれた籾山に伊澤は密《ひそ》かに親近感を覚えていた。しかし、それは一方的なものだったようだ。

「柔らかい！」

籾山は唐突にそれだけ言うと調査結果がまとまった冊子を行雄に渡す。後ろに立つ伊澤には目もくれない。行雄は調査結果をめくり確認した。

「たしかに、緩いですね。補強が必要なレベルですよね」

「鋼管杭《こうかんぐい》」と、ぶっきらぼうに地盤補強の方法が返ってきた。

「そうですか、まあ仕方がないですよね。地主さんと不動産屋にも伝えます。金額的にどのくらい上乗せになりそうですか？」

籾山の淡白な態度に臆《おく》することなく行雄は質問をぶつけていく。行雄の後ろで聞いている伊澤は、籾山が何に不機嫌なのか不思議でならない。

「三百弱」籾山はだるそうに答えた。

「了解しました。あとで依頼流しておくんで、見積もりお願いしてもいいですか」

行雄が頭を下げると、籾山は頷いた。

籾山との打ち合わせは正味《しょうみ》、五分ほどで終わった。

二人は設計課を後にし、エレベーターに乗り込むと、それまで黙っていた伊澤が口を開いた。

「籾山さん、なんか怒っていませんでしたか？」

「ああ、あれが本来の籾山さんだよ。そうか、初めて会ったのが酒の席だったから知らないのか。籾山さんは素面《しらふ》の時は常にあんな感じだ」

「そうなんですか！　それにしたって、別人のようですね。あれだけ愛想《あいそ》がないなら、むしろ業務中でもお酒飲んでた方がいいのではないのかと思ってしまいます」

「面白いこと言うな。伊澤君だって、最初、あんな感じだったじゃないか。とっつきにくい感じだったぞ」

行雄はそう言いながら、伊澤の表情を窺《うかが》う。

「いや、あれはまだ小山内さんのことが分からなかったからです。ただのうだつの上がらない中年男にしか見えなかったので、まるで興味が持てませんでした」

伊澤は朗《ほが》らかに応じるが、行雄は返答に窮《きゅう》している。褒められているのか、貶《けな》されているのか分からない。そんな行雄に構うことなく伊澤は続けた。

「ところが、初日から同行させていただくうちにメンタルの強さとコミュニケーション能力に目を見張るものがありましたので、お付き合いを深めても良いかなと思った次第です」

「そ、そうか、ありがとう」

困惑げな行雄の表情に、思わず笑みを浮かべてしまう。中年男に親しみの念を覚えつつある伊澤であった。

三

休日。行雄はまだ床の中から出られない。少し開けた窓からは小鳥のさえずりが聞こえていた。外はいい天気のようだ。その小鳥が一斉に羽ばたいていく音がしたのと同時だった。

「開けなさい！」

怒声《どせい》とともにドアを叩く音。声の主はどう考えても妻の由香里だ。朝寝坊をとがめられたのかと思った行雄は、慌《あわ》てて起き上がり寝室のドアを開けた。

次女の菜々の部屋の前で鬼の形相《ぎょうそう》と化した由香里が仁王立《におうだ》ちしていた。思わず特攻服に身を固めた若かりし頃を思い出す。菜々は危険を察知してか、部屋の鍵《かぎ》を掛けたままのようだ。

「どうしたんだ」

行雄が恐る恐る訊く。由香里は行雄に一瞥《いちべつ》をくれると菜々の部屋のドアノブに手を掛けた。

「訊きたいことがあるから、開けろっつってんだよ！」

再びの由香里の咆哮《ほうこう》。今度はドアノブを破壊せんばかりに上下させる。

「やめろ！　どうしたんだ」

行雄は由香里を羽交《はが》い締《じ》めにして寝室へと連行した。そして魔物でも封印するようにドアを閉めた。由香里の双眸《そうぼう》が行雄を捕らえる。

「どうもこうもあるかよ！　あの根性なし、クラスメイトにいじめられたからって、引き篭《こも》りやがってたんだよ！　あたしがそいつら全員ぶち殺したるから名前言わせるところだ！」

由香里は絞り出すように小声で言った。興奮が収まらないようで声が震えている。悔しさからなのか目尻に涙すら溜まっていた。

「……本当なのか、菜々がいじめられているっていうのは」

行雄の表情も険《けわ》しくなる。

「たぶん本当よ。さっきゴミ出しに行ったら、菜々の小学校からのお友達の胡桃《くるみ》ちゃんに会ったから訊いてみたのよ。そしたら、クラスの子、数人にいじめられてるみたいだって、教えてくれて――」

「そうか……。担任の先生には？」

「欠席の電話をするついでに話したわよ。そしたら、担任もショックだったみたいだけど、生徒にヒヤリングするんで少しお時間を下さいって、悠長《ゆうちょう》なこと言うのよ」

「まあ歯痒《はがゆ》いけど、先生としては事実関係をまず確認するだろうな」

「菜々も菜々よ。ウジウジと引き籠りやがって。やられたら、やり返すのが筋でしょ。落とし前つけないでどうすんのよ？　あああああ！　考えるだけで腹が立ってくる」

由香里は憤然と行雄を払いのけるとドアノブに手を掛けた。

「やめろって！　菜々が悪いわけじゃないだろ！」

行雄は由香里を行かせまいとドアを強く押さえる。

「いじめる野郎も悪いけど、黙ってる菜々にも腹が立つ！」

行雄は首を振る。

「責められるべきなのはそいつらだ！　ひとりを数人でいじめてたんだろ！」

「大勢だからって黙ってたら……」由香里は目をむく。

「みんながみんな、由香里みたいに勇気があるわけじゃないんだぞ！」

気づくと行雄は声を張り上げていた。

「……それも、そうね……」

そう言うと由香里は、その場に座り込んで大きく息を吐きだす。

夫婦の間に沈黙が落ちる。時折、由香里の洟をすする音だけがしていた。

サイドボードの上に置かれた娘たちの写真が目にとまる。芽結が五歳、菜々が二歳の時の写真だった。二人とも着物姿で笑顔を向けていた。

「仕事行くわ」

しばらくして由香里はそう言うと立ち上がった。

「送っていくよ。今から出たら遅刻だろ」

「うん」

由香里の職場である運送会社までは車で十分ほどの距離だ。由香里は普段そこまで自転車で通っていた。

助手席に座っている由香里は外に目を遣《や》ったまま黙っていた。

途中、中学生が数人連れだって学校に向かっているのと、幾度かすれ違う。それは、ごくごくどこにでもある、当たり前の風景だった。しかし夫婦の間で、今それは当たり前ではなくなっていた。

「菜々、ずっと自分の中で抱え込んでたのね」

由香里がボソッとそんなことを言い出した。先刻の怒気《どき》は既にどこかへ消えていた。

「うん……。辛《つら》かっただろうな。学校に行かないと言い出した時点で、もっと寄り添ってあげるべきだったのかもしれない」

「うん。どこかで『いじめられてなんかないだろう』って思いたい自分がいたのも確かだわ」

「そうだな……」

行雄の中にもそんな自分がいたのは否《いな》めなかった。

「それにしても、菜々から何かをするとは思えないのよね。きっと菜々が大人《おとな》しいのをいいことにいじめてるのね、よってたかって。でも、そんな卑怯《ひきょう》な人間っている？ 信じられないわ」

由香里は首を傾《かし》げる。

「いるよ、残念ながら。それに、複数というのがよくない」

「そりゃあ相手が多いと、タイマンよりはきついからね」

「それは由香里の場合だが……。そうじゃなくて、相手が複数だと一人の場合より変な集団心理が働いて、より悪い方に暴走する」行雄は言い切った。

「たしかにそう。あなた、詳しいね？」

「知っての通り、俺もそんな奴らにいじめられてたからな」

「そうだったね」由香里は頷く。

「何十年も経った今、思い出しても悔しいし、あの時、何の抵抗も出来なかった自分を情けなくも思うよ。と、同時に、何の理由もなく人に暴力を振るうことの出来る人間の心理が未《いま》だに理解できない」

「そうね……。あ！　ここでいいわよ」

　車はいつの間にか運送会社の近くまで来ていた。車を止めると由香里はドアを開けて降りる。そして、ドアに手を掛けたまま行雄に笑みを向けた。

「でも、最後にぶっ飛ばしてたじゃない、あなた」

「それは、由香里が――」

　行雄がそう言いかけるとドアは閉められた。

　由香里は行雄に手を振ると、職場へと歩いていった。

家に戻った行雄は菜々の部屋の前に立っていた。部屋のドアには『NANA』と書かれたルームプレートが下げられている。まだ、菜々が幼稚園生だった頃に、動物園の土産物《みやげ》売り場で作ってもらったものだ。小動物が好きな菜々は象やキリンなどには興味を示さず、モルモットやウサギと触れ合えるコーナーにずっといたのを思い出す。

行雄は小さくノックする。トントン。

「菜々、入ってもいいかな?」

行雄はドア越しに菜々に問う。中からは返事がない。ドアの隙間《すきま》を見ると鍵は掛けられたままだった。

行雄は再びノックしようとした手を止めた。今、親として何かかけてあげられる言葉があるわけでもなかった。いじめを解決する方法や、学校に行くべき理由も行雄の頭の中にはなかった。むしろ、そんな場所に菜々を行かせたくはない。今は多くの子と違う道を歩いているかもしれないが、ただ、菜々がいてくれれば行雄はそれでよかった。

「菜々、涼しくなったら、動物園に行かないか」

行雄はおよそ自分でも何を言っているのか分からなかったが、ただそう思ったから口に出していた。やはり、中から返事はない。もしかしたら寝ているのかもしれない。ゆっくり寝かせてあげよう。行雄はそう思い部屋の前を去ろうとした。

「うん」

かすかな声がドアの向こうから聞こえた。

「ありがとう」

行雄はそう言うと部屋の前を後にした。

四

午前十時過ぎ、支店の車寄せに黒塗りの高級車が到着した。既に支店長の高藤をはじめ数十名の社員が入口で出迎えている。

後部座席のドアが開くと、中から出てきたのは取締役の倉木誠輔だった。倉木は小走りに反対側の後部座席に向かうとドアを開けた。

よく磨《みが》かれた靴がエントランスの御影石《みかげいし》の上に降りる。中から現われたのは白髪《しらが》のオールバックの老人。逆立った眉毛《まゆげ》の下にのぞく鋭《するど》い眼光《がんこう》が出迎えた社員たちを一瞥すると、彼らは雷にでも打たれたように平身低頭する。それは社長という肩書がそうさせている以上に、老人の放つ空気がそうさせているようだった。

この人物こそ昭櫻住宅代表取締役社長である石破倫太郎であった。石破は高藤に案内されながらビルの中へと入っていった。

時を同じくしてアパート営業課では社長を迎えるため、課長の角田を先頭に全員が部屋の入口で整列していた。

岡庭は待つ間の無聊《ぶりょう》から綺麗になった室内を見まわす。この日のために床は鏡のように磨かれ、壁紙は新しいものに張り替えられていた。

「ちょっと、やりすぎなんじゃない」

岡庭は信じられないとばかりに、開いた口が塞《ふさ》がっていない。

「いや、このぐらいやって丁度いいと思うよ。もしご気分でも害されたら、これまでのみんなの苦労も台無しになる」

角田は緊張からなのか歯をガタガタいわせている。

「ちょっと、あんた震えてるの？」

「ああ、何度お会いしても緊張する。昨日も眠れなかったぐらいだ」

「大袈裟《おおげさ》よ、ただのお爺《じい》ちゃんでしょ。あ、来たみたいよ」

エレベーターが到着した音がしてしばらくすると、何人かがこちらに向かってくる足音がしたが、なかなか現われない。

「あれ、おかしいわね、どこ行っちゃったの？」

岡庭が角田に訊いた。角田は恐る恐る部屋から顔を出し廊下の先を見ると、すぐに顔を引っ込めた。

「どうやら、隣の部屋にいるみたいだぞ」

「ああ、先日、大きな機械が何台も運ばれてましたね」

角田の隣に立つ行雄が思い出す。

「どうせなら、このままこっちには来ないでいいのにね」

岡庭が小声で言う。すると、廊下がまたざわつきだす。どうやら、隣の倉庫から人が出てきたようだ。

ほどなくして、支店長の高藤が「こちらです」と案内すると、白髪の老人が室内に足を踏み入れた。

「おはようございます」

角田が悲鳴のような挨拶《あいさつ》をすると他の全員も後に続いた。岡庭は頭を下げながらも上目遣いで社長を確認しようとすると、その社長と目が合ってしまった。慌てて目を伏せる。

――怖い。

ちょっと、何なのよ、この人のオーラは。黙っててもパワハラじゃない！　こんな人初めて見た。よく、源ちゃん、この人に嘆願《たんがん》できたわね。岡庭は平伏している角田を数秒前と違って尊敬の眼差《まなざ》しで見る。岡庭はそんな自分の足が僅《わず》かに震えていることに気づいた。

石破は、角田が普段朝礼で腹をさすっている位置に立つと講話を始めた。

話の内容は経営者らしく住宅市場の動向から始まり、その中での昭櫻住宅の現状に及んだ。石破が今回の受注の件に触れたのは講話終盤のことであった。

「私がはっぱをかけてから三週間。一億超の物件を受注したそうだが、よくやった。大したものだ。何事も為《な》せば成るものだということを、今回の件で皆が体感したことだろう。だが、実力がありながら、それを出し惜しんでいたのも否めないな。自分にブレーキをかけてしまっているんだ。なぜ、そうなっていたか分かるか？」

石破は物問い顔を課員に向けるが、誰からも返事がない。

「倉木、分かるか？」

石破は隣に立つ取締役の倉木に視線を向ける。倉木は癖《くせ》なのか、上を向くとしばらくして答えた。

「自らが会社を支え、そのために自分が何をしなければならないかを考えないからです。つまり、会社の声を聴こうとしないからです」

「その通り。社是《しゃぜ》が示唆するように、社員一人一人が経営者とならなければいけない。自分が社長であり会社を支えるという意識を持つ。そうすると行動が変わってくる。さすれば結果も変わってくる。そして、次に自分が何をしなければならないのか、それも自然と分かってくる。あたかも、会社が発する声が自然と聞こえるようになってくる。そうなれば、実力を出し惜しむようなことなど絶対になくなる」

石破はそこで一旦話を切ると、穏やかな表情で社員たちを見る。

「まあ、それでも人間だからモチベーションの上下は付きものであろう。つとにそれは思うところだ。家庭があるものなら猶更《なおさら》じゃないのかと思う。そうだろ？」

石破は目の前に立っている行雄に問うような視線を向けた。振られた行雄はその視線から逃れるように目を伏せた。

「はい。家庭のことを仕事中に考えてはいけないと思いながらも、時折、頭を過《よぎ》ってしまいます。申し訳ありません」行雄は正直に答えた。

「いや、謝らなくてもよい。それが人間だ。かく言う私も社長に就任して八年になる。経営数字の浮き沈みは市場環境などに左右されることもあるが、私自身の仕事に対する熱量の多寡《たか》とも関係がある気がする」

石破は立ち話が辛くなったのか腰のあたりを揉《も》みだした。するとすかさず、倉木がメモをとっていた手帳を閉じ、近くにあった椅子を石破の元に寄せる。石破は皆に断りを入れるとそれに腰を下ろした。その頃になると、石破の空気を一変させるような強い眼光は薄れ、リラックスした表情はどこにでもいる好好爺《こうこうや》を思わせた。石破は話を続けた。

「だが、経営に携《たずさ》わるものとしてそれではいけない、とも常々思っていた。会社を安定して成長させなければいけない。そのためには常に強い向上心を持ち続けられる社員を育てなければいけないと思うが、それはどうも難しいようだ。そう思わんかね？」

石破はそこで笑みを浮かべると、角田に視線を向ける。

「はい。課員のモチベーションをいかに高め、それを維持させるかは管理職として大きな課題です」角田はしゃっちょこばって言う。石破は頷く。

「そこで、どうだろう。感情に左右されることのないAIなら、常に高い意欲を持ち続けられるのではないか。そうプログラミングすれば良いのだから。職場や家庭の人間関係にも左右されることもない。管理部門も含めて、今ほどの人員は不要になってくる。そこで、試験的にアパート営業課の一部を効率化し、AIに置き換えていくことにした。どの営業課にするかの選別において経費率の高いところから閉鎖していく。倉木、資料を」

いつの間にか、再び石破は持ち前の覇気《はき》を漲《みなぎ》らせている。倉木は阿吽《あうん》の呼吸で、石破が所望《しょもう》する資料を素早く渡す。

「今、持っているのは各支店にあるアパート営業課の経営数字が分かるものだ。それによると、ここの営業課が売上に対する経費率でワーストテンに入っている。特に交際接待費が酷《ひど》い。これには何か理由があるのか、角田課長」

石破は鞘《さや》から真剣を抜くように、角田をねめつける。突然のふりに角田は姿勢を正す。

「も、も、申し訳ありません。じゅ、じゅ、受注のために協力業者様を、せ、せ、せ、接待しておりました」

角田は顔を蒼白にさせ、声は裏返ってしまう。

「これだけの交際費を使ってたら、もっと結果を出せ！」

石破は手に持っている書類を床に叩きつけた。

「え？　これだけ交際してたら、もう結婚だろ？」

角田は思わず岡庭を見る。石破の眉毛が超強力磁石で引っ張られたように逆立つ。

「馬鹿もん！　これだけ交際費を使ってたら、もっと結果を出せ！　と言ったんだ！」

「も、申し訳ありません」角田は床に頭が着きそうなほど謝る。

「とにかく、こんな金のかかる部署は必要ない。よって、今週をもって、ここのアパート営業課は廃止。この部屋は隣の倉庫と合わせてサーバー室にする。すぐに出ていく準備をしろ！　そして角田、お前は責任をとって更迭《こうてつ》！」

石破はそれだけ言うと立ち上がり、何事もなかったように倉木に何かを話しかけながら平然と部屋を出て行こうとする。

「ちょっと待ってください」

けっして大きな声ではなかったが、その声音《こわね》には明らかな怒気が含まれていた。思わず石破も倉木も振り返る。

「お話が違うように思います。一億の追加ノルマを達成したら課長は更迭しないお約束だったのではないですか？　今のお話だと経費云々《うんぬん》など、ここにサーバー室を作るための後付けの理由にしか聞こえません。しかも部署を廃止するなんて酷すぎます」

行雄だった。こめかみにも、額にも地割れのように青筋が立っている。石破は刃物のような半眼を向ける。倉木は上を向く。

「貴様、社長に向かって何という口をきいてるんだ！」

そう一喝《いっかつ》したのは倉木であった。

「いくらなんでも横暴すぎると思います。会社や社員は社長の私物じゃない！」

行雄も負けていない。

「お前は子供か？　それで、格好つけているつもりか？」倉木が行雄の前ににじり寄る。

「誰が何と言おうと、おかしいものはおかしい。それを言っただけです」

「貴様――」

行雄と倉木が対峙《たいじ》する。

「もういい、行くぞ倉木」

石破はさっさと部屋から出ていってしまった。倉木も行雄に一瞥をくれると石破を追って部屋を出ていった。


その日の夜。アパート営業課の面々はスナック『はるこ』にいた。

ママである晴子《はるこ》は今日のために饗膳《きょうぜん》を準備し、それらが所狭しとテーブルに並んでいる。

しかし、誰も箸《はし》をつけようとしない。それどころか、運び終えた飲み物すら置かれたままでであった。ビールジョッキからは既に泡が消えている。伊澤の前に置かれた日本酒は表面張力を保ったまま、項垂《うなだ》れる伊澤の顔を映し続けていた。

「どうしたの、みんな元気ないわね。今日は祝勝会なんでしょ？」

晴子は心配げに皆を見回すが、誰も答えようとしない。そこで、今回も幹事である岡庭が重い口を開いた。

「ごめんね、はるちゃん、せっかくご馳走《ちそう》用意してくれたのに、今日は祝勝会ではなく残念会になってしまいました」岡庭は悲壮感たっぷりに答えた。

「残念会？　残念会だっていいじゃない。今までだって、祝勝会より残念会の方が多いでしょ！」晴子は、今更何言っちゃってるの、という口ぶりだ。

「痛いところ突くね。でも今回はかなり深刻な残念会なのよ。それも、最後の残念会……」

「最後？」

「今週で部署が廃止なんだ」ほとんど聞き取れないほどの小さな声で角田が打ち明けた。

「本当に……」これには晴子も驚いた表情をする。

「廃止です。ここまで、よく頑張りました」伊澤が手を合わせながら言う。

「そんな、息を引き取ったみたいな言い方しないでよ」

晴子が力なく突っ込む。

すると、それまで黙っていた行雄が目の前にあったビールを手に取ると、一気に飲み干した。行雄は空《から》になったグラスを持ち上げる。

「晴子さん、もう一杯、同じものを頂いてもいいですか」

「うん、も、もちろんよ」

我に返った晴子は生ビールを注ぐと、カウンター越しに渡した。行雄は受け取ると、それも一気に飲み干す。

「あたしも、飲も」

岡庭が行雄に触発されたように、目の前にある泡の消えたビールを傾けた。

「あー、おいしい！」

すると他の面々も遅れじと飲みだす。

「あのジジイ、ＡＩだのなんだの言ってたけど、最初からうちの部署を潰す気だったんじゃねえか」

そう口火を切った岡庭はジョッキを置くと、目の前にある鶏《とり》の唐揚げを頬張《ほおば》る。

「だから、うちの支店にあんなに頻繁に来ていたのか。一億の契約を取って来いって話も、さしづめ実現不可能だと思って言ったんだろう」

行雄は吐き捨てるように応じると、豚の角煮に食らいつく。

「倉木の野郎も分かってやがったんだな。何が『社長に取りなそう』だ。そもそも、ＡＩ

営業の話も倉木の発案らしい。完全に騙《だま》された」

角田はベルトを緩《ゆる》めると、ビールをあおり、怒りを表現しているのか腹をボンボン叩きだす。

「だいたい、AI、AIって、ロボット漫画の見すぎじゃないのかしらね」岡庭が器用にも咀嚼《そしゃく》しながら舌打ちした。

「いいえ、そんなことはないです。今や飲食店でも配膳ロボットはよく見かけます。初期費用も大卒社員の初任給並みの金額で導入できます」

ここで正論を並べられるのは、さすがの伊澤だった。

「遠い未来のことかと思ってました。でも、私たちは早くもロボットに職を奪われたんですね……」吉永は吉永で皆の存在価値を全否定するように言うと、一人、自嘲《じちょう》の笑みを浮かべる。

「でも、AIには名前に反して愛はないわよ」

岡庭は自分で良いことを言ったと思っているらしく、皆にどや顔を向けた。

「上手《うま》いなあ、やっぱりジュリコは天才だな。座布団一枚だ」

そんな岡庭に昭和な賛辞で諂《へつら》った角田がゲラゲラ笑いだす。

「なにが、『会社の声が聞こえるようになる』よ！　眉毛ジジイめ！」岡庭が社長の真似《まね》をすると、たいして似ていなかったが皆も無理に笑いだした。

「俺なんか、いつも聞き間違えちゃってるけどな！　会社の声！」

角田の自虐ネタに皆がどっと笑う。

「でも、行雄ちゃんが最後に物申してくれたから、少しすっきりしたわ。よく言った！」

岡庭が行雄に拍手する。

「いやあ、でも今考えるとまずかったですよねえ」行雄は渋面《じゆうめん》を作る。

「大丈夫よ。それで報復してくるようだったら、本当に糞《くそ》よ！　さあ飲も飲も！」

アルコールが場に花を咲かせだし、多少宴会らしくなってきたところだったが、チェイサーの如《ごと》き冷水を浴びせたのは、やはりＫＹ《くうきよまない》伊澤だった。

「でも、社長が仰《おつしや》っていた、うちの課が経費率全国ワースト十位内で、交際費に関して特に酷いというのは事実なんですか？」

「ああ、事実、事実。折角だから今日の残念会も経費で落としちゃおっか！」

角田が任せとけとばかりに腹を叩く。

「こちらにお邪魔して一か月ほどですが、そんなに使っているようには見受けられませんでしたけど……」伊澤が銀行員の顔に戻ると、その嗅覚《きゆうかく》を遺憾なく発揮する。

「ん……」角田が突然の貸し渋りにあった経営者のように困惑する。

伊澤は腑《ふ》に落ちないまま周囲を見まわす。行雄は幸せそうに唐揚げを頬張り、吉永は我関せずと一人グラスを見つめている。いつも通りの二人に比べて、なぜか岡庭が視線を落としたまま口を閉ざしていた。

まさか……。

伊澤の明晰《めいせき》すぎる頭脳が危険な結論を導き出す。

まさか二人のデート費用も経費で落としていた——。そう言えば社長に叱責《しっせき》された時も変な聞き間違いをしていた……図星だ。しかも当人たちと自分以外はそれに気付いていない。伊澤は今更ながら、この営業課に巣食う病理を目《ま》の当たりにした。さすがの伊澤も、ここで今それを口に出すことは憚《はばか》られた。

「あれ、そう言えば今日は籾《もみ》さんいないの？」

晴子がやれやれとばかりに話題転換をする。

「来る予定だったんだけど、急ぎの仕事が立て込んでて無理だって、昨日連絡があった」

岡庭が助け舟に乗る。

「そう、籾さんも定年前なのに大変ね。最後の残念会なのにね」

晴子がしんみりとそう言うと、しばしの沈黙が訪れた。

「それにしても、この後、どうなるんでしょうか……」

そう声を漏らしたのは行雄であった。部署が解散というのは社長の決定だけに揺るがないとしても、問題は今後の処遇であった。ただでさえ、子供の教育費、住宅ローンと心配の種は尽きない。特に次女の菜々のことを考えると、転勤も避けたかった。

「分からない。一週間後には解散だから、それまでに辞令が出るだろうけど……」

そこで角田は言い淀《よど》む。

「いきなり、リストラとかもあり得ますかね？」

行雄は冗談めかしたつもりであったが、角田の表情は思いのほか硬い。

「流石《さすが》にそれはないと思う。ましてや小山内は今までの成績から見てあり得ない。でも、今後のことについては、本社の人事部長が同期だからお願いしてみるよ。みんなが不遇《ふぐう》に遭《あ》わないように。人事部長は社長の信頼も厚いから大丈夫だと思う」

「よろしくお願いします」行雄は両膝に手をついて頭を下げる。

「うん」

角田は腹も叩かず力なく頷く。

その後もアパート営業課の飲み会は、どんよりとした空気の中で進み、締めの時刻となった。

吉永は角田からカラオケのリモコンを渡されると選曲する。いつもすぐに決める吉永だったが、この日に限ってはなかなか決まらない。きっと最後の飲み会だけに、相応しい曲を選んでいるんだろう。行雄がそう思っていると、

「ごめんなさい……。今日は歌えそうにないです……」

吉永はそう言うとリモコンを角田に返してしまった。

「どうしたの？　大丈夫、あおいちゃん？」岡庭が心配の声を掛ける。

「大丈夫です。ちょっと喉《のど》が痛くて……」

吉永は喉をさすりだす。

「そう……」

「じゃあ、最後だから俺が歌うか」

そう言うと角田はなぜか昭櫻住宅の社歌を歌いだした。皆は場違いな選曲に苦笑しながらも手拍子で応じる。

行雄は手拍子をしながら、吉永の虚ろな表情が気になった。

第八章　賽《さい》の河原

一

行雄は籾山のいる設計課を訪れていた。

籾山は行雄の存在に気付いていないようでパソコンのモニターを注視している。

「籾山さん」

行雄に呼ばれた籾山は目を上げた。

「明日で最後だと伺《うかが》ったんで――。ご挨拶をと」

行雄は深々と頭を下げた。

籾山は眼鏡《めがね》を外すと、近くにあった丸椅子を行雄に差し向けた。どうやら、座れということらしい。行雄はそれに座ると、籾山の後ろに置かれている製図台が目に留まった。

――懐《なつ》かしい。

現在、設計作業は、CAD《キャド》と呼ばれるコンピューターで行なわれるのが主流だが、以前は製図台での手描きの図面がほとんどだった。行雄が入社した当時はまだ製図台が使われていて、設計士と製図台の前でよく打ち合わせしたものだった。籾山が管理職の業務をこなしながら図面を描いていた頃を思い出す。以前は支店の設計課課長だった。それが三年前に役職定年し、若手の育成もかねて一設計士として図面を描いている。

そんな籾山のサラリーマン人生も残り一日となっていた。

「それにしてもあんまりだな、社長は」

籾山は口を真一文字に結ぶ。素面《しらふ》の籾山はどうしても不愛想《ぶあいそう》に映る。

「売上に対して経費が多い、つまり利益率が低いのが原因だそうです」

行雄は社長から言われたことをそのまま伝えた。

「それは、角田が悪い。経費は使いまくる割に売上が見合っていない。どんぶり勘定で経営感覚がまるでない。それでも黒字を出せていたのは小山内がいたからだ」

籾山は能面のような表情のまま言った。

「そう言って頂けると救われます」

「しかし、経費云々《うんぬん》などというのは、所詮《しょせん》、方便《ほうべん》でしかない」

籾山には珍しく話を広げてきた。籾山は本社で働いていたこともあり、社歴も相まって社内の情報に通じている。それを素面の時に持ち出すのは珍しいことだった。

籾山は続けた。

「アパート営業課の縮小はここだけの話じゃない。全国的に行なわれている。社長の成長戦略の失敗が原因だ」

「どういうことですか」

「つまり、やりすぎだったんだ」

「やりすぎ？」

「業界五位からトップを狙っていくと謳《うた》って、営業所や人員を大幅に増強した。しかし、特に策があったわけでもなかったから、思ったような成果も出ず固定費だけが嵩《かさ》んでいった。結果、アパート事業部単体では赤字。だから一転して事業部の縮小を始めたんだ」

「そうだったんですか……」

行雄は言葉を失う。そんな大波の中に飲み込まれていたとは全く知らなかった。

「無理に業界一位なんて狙う必要はなかった。それ以前も利益は出ていたんだから」

そこで、籾山は壁に掲げられた社是を指さす。

「すべてはこれのせいですか？」

「そうだ。いったい社員をなんだと思っているのか。生活もあれば家族もあるというのに。赤字を生んだあの社長が辞めればいい話なのに、ケツを拭《ふ》くのはいつも俺たち末端の人間だ。それで、今後の処遇は？」と籾山は訊いた。

「一応、課長が全員の希望を聞いてくれて、それを人事に通すと言ってくれてはいます。角田さんは人事部長と懇意《こんい》のようなんで」

「角田の、せめてもの罪滅ぼしだな」

「でも特に多くは望んでいないんです。とにかく収入がこれ以上減らなければよいかなと思ってそれを伝えました。子供たち二人とも受験生でいろいろお金がかかりそうなんで――」

「転勤もありうるぞ」

昭櫻住宅は全国に支店がある。行雄はまだ経験がないが、遠方への転勤は決して珍しいことではない。

「そうですよね……。実を言うと、家の中が少しゴタゴタしていて、出来れば家を離れたくないんですが、そうも言っていられないかと思って、それは伝えませんでした」

それを聞くと籾山は首を振る。

「言うことはしっかり言った方がいい。黙っていたら何でもいいと思われる」

行雄は目を見開く。籾山が言うと説得力がある。普段は無駄口をほとんど叩かない籾山だが、言うべきことは誰であろうが言う。しかも単刀直入に言う。それだけに、一言に重みのある籾山だった。

「そうですね。それとなく伝えてみようと思います」

籾山は、そうしろ、というように頷くと、

「小山内のこれまでの実績からしたらあり得ないが、『賽《さい》の河原』に異動させられたら辞めた方がいいくらいだ」

「賽の河原って？　あの三途《さんず》の川の賽の河原ですか？」

「俺の同期だった奴がそこに配属されて、一か月で辞めた。奴の話だと、賽の河原のように石を積むような単調な作業を延々とやらされる。そいつはＤＭの折り込みを百万枚折らされたそうだ」

「ひゃ、百万枚ですか！」行雄は絶句する。

「しかも、一度、折り終わったら、『折り方が違う』と言われ、すべてをもう一度折り直せと命じられたらしい」

「言い伝えの賽の河原でも、子どもたちがせっかく積んだ石を鬼が幾度も蹴《け》り崩すと言いますけど……そういうことですか？」

籾山はニヒルな笑みをたたえる。

「本社総務部特別管理課っていうのが正式名称らしい。リストラ予備軍を集めた部署だ。その他にも逸話《いつわ》はあるが……今度話そう」

籾山はそう言いながらジョッキを傾ける手つきをする。どうやら、続きは大好きな酒の席でということらしい。

その晩、行雄は業務の引き継ぎのための資料をまとめていた。アパート営業課で成約、着工中の物件は住宅営業部で引き継ぐことが早くも決定していた。先日契約にこぎつけた、桂木が住んでいた敷地に建てる三階建てのアパートも、残念ではあるが引き継がれる。

行雄はその他にも着工中の物件をいくつか持っている。それらを円滑に引き継がなければ、行雄を信頼して任せてくれた顧客に迷惑が掛かる。それは何としても避けたかった。

気が付くと営業所内は行雄と角田だけになっていた。他のメンバーは既に帰宅の途に就いていた。角田は自らが担当する物件の他に、課長としての引き継ぎ業務もある。行雄以上にこなすべき仕事は多いに違いなかった。

その角田が顔を上げると、行雄に話しかけた。

「いやー疲れますね。後ろ向きな作業なだけに余計に。小山内君の方はだいたいまとまった感じですか？」

行雄は狐《きつね》につつまれたようになる。角田が行雄のことを君付けで呼ぶのは初めてだった。しかも敬語で。

「ええ、なんとか。課長の方はどうですか？」

「うん、だいたい目途《めど》はついてきました」

角田はそう言うと頭を下げる。最近の角田はどこかよそよそしい。何かあるのか？　行雄に警戒の念が兆《きざ》す。

そこで、行雄は日中の籾山と話したことが脳裏に蘇《よみがえ》った。転勤も覚悟はしているが、籾山が言うように希望ぐらいは伝えておくべきだと思った。それは今をおいてないような気がした。

「課長、もう人事部長にはお会いになったんですか？」

「いいえ、明日の夕方お会いします。せっかくだから、食事でもしながらっていうことになったんですけど、今回ばかりは自腹を切らなければならなさそうです」

角田は痛そうな顔を作る。

「課長、こんなことを言える状況ではないのは重々承知しているのですが、一つお話ししたいことがありまして……」行雄は改まる。

「どうしましたか？」

「出来ましたら、なるべく転勤のないかたちですと――。家の中がゴタゴタしてまして」

「家の中？」

「ええ、子供のことで、ちょっと……」

角田は「ああ」と思い至ったように頷いた。

「幾つになったんですっけ、娘さんたち」

「上が高校三年生で、下が中三です」

「もうそんなに大きくなったんですか！」角田は驚いた眼を向ける。

「はい」

「昔、部署でバーベキューやった頃を思い出しますねえ。まだ、上のお子さんが小学校低学年ぐらいだったでしょうか。早いですねえ、子供の成長は。こっちも歳をとるわけです。そうすると、お二人とも受験生ですか？」

「ええ、上の子が薬科大学を志望してて、こっちがやばいです」

行雄は親指と人差し指で丸を作る。

「掛かりそうですねえ」角田は苦笑いを浮かべると「下のお子さんは？」と訊いた。

「下は、ちょっといろいろあって学校に行けなくなってしまって……」

「それは心配ですね。上のお子さんは利発な印象で、下のお子さんはお淑《しと》やかな感じだったのを思い出します。まあ、子供を育てていると本当にいろいろありますよね。私も長男のことで何度、警察署に行ったことか。何事もない方が珍しいのかもしれません」

三人の子の親でもある角田はしみじみと言う。

「まったくですね」

二人は嚙みしめるように間をおく。

「分かりました。部長には小山内君のご家庭のことも踏まえて、お願いしましょう」

角田は穏やかな目を行雄に向ける。

「よろしくお願いします」

行雄は両手を机につき頭を下げた。

「ところで課長」

「なんでしょう？」

「どうして、敬語なんですか？」

「ん？　いや、その……。ねー」

角田は気持ち悪い笑みを浮かべると腹をさすりだした。


多忙な一日であったが、行雄の足取りは軽かった。

社長来店により、部署の廃止が告げられてから心が休まらなかった。籾山が言っていたように言うべきことは言って正解だったと思う。角田も前向きに対処してくれそうだ。

「ハハッハハハッハ、君たち面白いねえ！」

家に帰り着くと、テレビと由香里の会話が聞こえた。リビングに入るとその由香里と目が合った。由香里は行雄を認めるとテレビを消し「座って」と自分の前の椅子を指さす。

どうやら、行雄の帰宅を待っていたようだ。

「どうした、一大事か」

由香里はさっきまで笑っていたのが嘘《うそ》のように真剣な表情で頷く。切り替えが早い。

「今日、菜々の担任から電話があったんだけど、出席日数のことを言われた」

「来るものが来たか」

「うん。このままだと公立高校は難しいって」

「この、少子化の時代にか？」

「定員割れする高校もあるみたいだけど、かなり遠いし、荒れてるみたいなのよ。だから菜々ちゃんにはお勧《すす》めできないって、言ってた」

「すると、私立か……」

「そうなるわね。担任から幾つか候補の高校を挙げてくれて、調べてみたんだけど、ヤベーよ！」

「出たな、由香里のヤベーよ！　が」

由香里はスマホを操作しだす。

「例えば、ここ。登校拒否気味の子もケアしてくれる高校みたいなんだけど、年間で百五十万よ！」

「百五十万かあ……」行雄は大きく息を吐きだすが、前回、芽結の薬科大の授業料が年間二百万かかると聞いているので、それほど驚かなくなっていた。変に感覚が麻痺《まひ》している。

「芽結がもし、私立の薬科大に行ったら、合わせて年間三百五十万！　どうやって払うのよ！」

「でも、公的な補助金だってあるだろ？　この少子化の時代、子供への手当てを厚くしてくれてるんじゃないのか」

「あるはあるみたいだけど、それでも三百万くらいは年間払わないとならないわよ」

「恐ろしい現実だな」

「でも、芽結、賢いから気づいてるのよ」

「何に？」

「うちに、そんなお金がないってことによ！」

「あいつ聡《さと》いからなぁ。悲しいけど気づかれたか。それで？」

「志望校を変えようかなとか言いだしてる」

「本当か……」

行雄は表情を歪《ゆが》める。出来得ることなら子供の望む未来を応援してやりたい。しかし、父親として、その甲斐性《かいしょう》がないのが如何《いかん》ともしがたい現実だった。

「何かを売ってお金を作るとしたら、この家ぐらいしかないしねえ」

由香里は家の中を見回す。

「まだまだ住宅ローンが残ってるから、仮に売れたとしてもどの程度手元に残るか分からないけどな」

「やっぱり私、菜々をいじめているガキどもにカチコミ入れようかしら」

「おいおい物騒《ぶっそう》な言い方をするな。それより担任の先生にその後のこと訊いたのか、いじめに関して」

「訊いたわよ！　私が黙っていると思う？」

「……思わない」

「子供たちにヒヤリングしたら、全員、『いじめてなんかいない、見たこともない』って言っていたそうなんだけど、引き続き調査させて頂いてもいいですか、だって」

「まあ、そんな卑怯な連中だ、簡単に認めないんだろうけど。それで、由香里は何て言ったんだ？」

「期限はあと一週間。その後はどうなっても知らねえよ。とりあえず、夜《よ》・露《ろ》・死《し》・苦《く》！って言っておいた」由香里が不敵《ふてき》な笑みを浮かべる。

　行雄は心配げに菜々の部屋がある辺りを見上げた。

二

　行雄は自身の担当エリアで挨拶回りをしていた。この地域を任されて、これまでに受注した建物の数は百棟近い。その大部分がアパートであるが、過去には戸建てや倉庫も任された。その一人である金山の家を行雄は訪れていた。金山は庭先に作ったゴルフ練習用のグリーンでパターの練習をしている最中であった。

「それは、本当か……」

金山はパターを杖《つえ》代わりに体重をかけると、驚いた顔を向ける。

「はい。鶴の一声であっさりと部署ごと潰されてしまいました」

「サラリーマンの悲しい性《さが》ではあるけど、随分だな」

行雄は苦笑いを浮かべる。

「まだ、次の配属が決まっていなくてどうなるか分からないのですが、突然に辞令が来そうなので、ご挨拶できるうちにと思いまして——」

「このへんの人はみんな行雄にお願いしているから、成績だって悪くなかっただろ？」

「個人云々より、部署が赤字のようで……。このような形になってしまいました。申し訳ありません」

金山に、これまで行雄はどれだけ可愛《かわい》がってもらったか——。

「そうかあ……困ったなあ。行雄が来たら知らせようと思っていたんだが、いよいよ動き出すっていうのに」金山はパターを丘の上に向ける。

「学部新設が決定したんですか！」

「うん。東京栄才大学のふたつの学部が引っ越してくる。新設される学部もいくつかあるそうだ」

「それは、想像以上ですね」行雄は驚きを隠せない。

「それにともなって、鉄道も延伸し新駅が出来ることも決定した。まだ、このことは喋らないで欲しいんだがな。これから忙しくなるはずだったのに」

金山は憐《あわ》れみの目を行雄に向ける。

「残念です」行雄は大きくため息をつく。

「辞めちゃえば？」

金山はお道化《どけ》た表情で言う。

「何をですか？」

「会社だよ」

「いやー、この歳じゃ採《と》ってくれる会社もないですよ」

行雄は滅相《めっそう》もないと手を振る。

「そうじゃなくて、自分で会社作ればいいんじゃないか。小山内不動産ってのはどうだ」

「小山内不動産！」

「このへんの人は昭櫻住宅だからじゃなくて、行雄だから任せていたって人、多いと思うぞ」

行雄はあまりのことに思わず固まる。想像もしていないことだった。

「ありがとうございます……」

営業冥利《みょうり》に尽《つ》きる賛辞だった。行雄はその後も四方山話《よもやまばなし》をし、金山の家を後にした。

時計を見ると、ちょうど十二時になっていた。

行雄はこの日、角田からランチに誘われていた。

「いろいろ話したいこともあるから……」と、朝に言われたのだった。角田が人事部長と話したのは二日ほど前のことだから、何かしらの進展があったのだろう。お互い挨拶まわりがあるので、中間地点のファミレスで待ち合わせることにした。


正午をまわった時刻ということもあり、店内は客でごった返していた。角田から、先に着いたので中で待っているという電話が少し前にあった。

行雄が角田を目で探していると、角田の方が先に気付いて軽く手を上げてくれた。

「お疲れ様です。早かったですね」

「ああ、思ったより道が空《す》いてたものだから……」

角田はそう言いながらメニューをテーブルに広げた。その動きに何となくぎこちないものを行雄は感じた。

「何にしようかな」

普段行雄は、由香里が作ってくれる弁当を持参している。今日も持って来ていたが、角田から誘われたので弁当は夜にまわすつもりだ。

ファミレスに来るのも久しぶりだった。行雄にとっては、どれも、なかなかいい値段がする。視線は自然と割安な日替わりランチにたどり着いていた。

「好きなの選んでくれ。今日は俺が持つから」

角田は笑顔を向けるが、行雄はどこか気が落ち着かない。

「いやいや、悪いですよ、出しますよ」

「いや、いいって。ステーキでもいいぞ」

角田は奢《おご》ることを譲《ゆず》らない。

「そうですか……。ではお言葉に甘えて。このランチ美味《おい》しそうだな。これにします」行雄はやはり値段が気になって日替わりランチを指さす。

「それでいいのか？　いいんだよ遠慮しなくて」

「大丈夫です。コロッケ大好きなんです」本当は胃もたれが怖い。

「そうか」角田は呼び鈴を押した。

行雄は八百円の日替わりランチ。角田はナポリタンであった。十分ほどして注文した料理が揃った。

角田はナポリタンが目の前に到着すると、一緒に出てきたパルメザンチーズをこれでもかとかけだした。しかし、タバスコは一滴もかけない。辛いのが苦手なのだ。

角田は粉チーズで雪まつり状態になったナポリタンを美味そうに頬張る。ところが二口ほど食べた時だった。

「痛！」

角田は手首を押さえる。

「大丈夫ですか？」

「ああ、大丈夫だ。このスパゲティーを巻き取る手首の動きが痛風にさわるんだよな。本当なら、カロリーを控えるべきなんだが、欲望には勝てない。昼食も命懸けだよ」

角田はそう言いながらフォークでクルクルとナポリタンを巻き取る。その度に粉チーズがテーブルに散らばった。

食事が済むと角田が立ち上がった。

「コーヒーでいいかな？」

「課長、僕が取りに行きますよ」

「いいよ、いいよ」

角田は行雄をテーブル席に押し戻すと、ドリンクバーの方へ歩いていった。

その間に、前のテーブル席に家族連れが座った。若い夫婦と小さな女の子が二人。上の子は幼稚園年長ぐらいであろうか、席の上でピョンピョンとジャンプし母親に叱《しか》られている。下の子は大人しく座っていた。行雄は幼い頃の芽結と菜々を思い出す。活発な芽結。マイペースな菜々。

ほどなくして、二つのコーヒーを両手に持った角田が戻ってきた。ソーサーの上には砂糖とミルクが二つずつのっている。二つもいらないが、と行雄は思っていると、角田はミルクと砂糖をコーヒーの中に二つずつぶち込んでいく。

角田は一口それを飲むと大きく息を吐きだす。二人の間に沈黙が差す。

「小山内君」

「はい」

いよいよ来たか、と行雄は身構える。

「人事の件なんだけど……」

「はい」

「本社総務部特別管理課って、知ってる?」

行雄は一瞬血の気が引いていくような感覚に陥った。

「賽の河原……。ですか?」

「そうとも呼ばれている。小山内君のこれまでの実績ならあり得ない話なんだが、どうやら、先日の社長への諫言《かんげん》が災《わざわ》いしたらしい」

角田は言いにくそうに口にした。

「仕事の内容はなんでも構いません。貰《もら》えるものが貰えるなら！」

娘たちのためなら何でもやるつもりだ。

「それが……。給与はおそらく少しダウンしてしまうと思う」

「ダウンですか！」行雄の声は思わず上《うわ》ずる。

角田は頷く。

「すまん。力になれなかった。これまで、うちのアパート営業課が存続し続けられたのは小山内君のお陰だ。それにもかかわらず、俺が経費を使いすぎたのが悪かった。本当に申し訳ないと思っている。どうか穏便にお願いしたい。この通りだ」

角田は席から立ち、その場で身を屈《かが》めると額《ひたい》を床に押しつけて土下座をしだした。行雄の眼下には角田の薄くなった頭と丸い背中が震えてそこにあった。

「申し訳ない。本当に申し訳ない。この通りだ、どうか許してくれ」

角田の過剰とも言える懺悔《ざんげ》だった。多くの客と店員の動きが止まる。何事かと、行雄の前にひれ伏している角田を皆が注視した。先刻、飛び跳ねていた女の子も固まる。

「課長、止めてください」

行雄は席を立つと角田に起き上がってくれと、肩に手を遣る。

「どうか、許してくれ」

「分かりましたから、座ってください。これじゃ、僕が悪者みたいです」

角田は席に着いた後も、何度も行雄に謝り続けていた。

三

ファミレスで角田から告げられた二日後、辞令が手渡され、正式に異動が決まった。坂を転がるような、とは、こういうことを言うのだろう。何の抵抗も出来ないまま、何かに畳みかけられているようだった。

さらに二日後、行雄は本社敷地内の喫煙所の隣に設けられたプレハブ小屋の前にいた。

総務部特別管理課。

そう書かれた黄ばんだプレートがドアに貼られている。行雄は大きな溜息を漏らすと、ノックをした。すると、「どうぞ」と、中から意外にも張りのある声が返ってきた。

行雄が引き戸を開けると五十代と思《おぼ》しき男性が、ペットボトルのキャップを握っていた。

「本日よりお世話になります。小山内行雄と申します」

「おお！　新人さんか。どうぞどうぞ」男は席から立つことなく、目の前の席を指さす。

おざなりな歓迎だが、表情はどこか嬉しそうだ。

行雄は室内を見回す。十畳ほどの広さのプレハブ倉庫に窓が一つ、机が二つ置かれている。

「こちらは、現在何名の方がいらっしゃるんですか?」

「つい最近三人ほど辞めたから僕一人だったけど。今日からは二人だね。斎藤《さいとう》といいます。よろしく」

斎藤は行雄に笑顔を向ける。気さくな印象の男だ。窓際のこの部署でも腐らずにいるようだった。

「斎藤さんは、ここ長いんですか?」

「もうすぐ一年が経つね。自分で言うのも何だけど、頑張ってるよ。早い人だと一週間でいなくなっちゃうからね。まあ、長ければいいというものでもないけどね」

そう言うと斎藤はひとり笑いだす。

「以前はどちらにいたんですか?」

「埼玉のアパート営業課で営業をやってました。ここに来る人はほとんどがアパート営業課の人ですよ。一時の大増員から一転、大縮小だからね。ここを通ってみんな辞めていきます」

やはり、籾山が言っていたことは本当だった。アパート営業課の解体は全国的に行なわれていて、一部では既に始まっていたのだ。その大波に行雄たちの部署も飲み込まれたに過ぎない。経費云々などというのは後から付けた理由でしかない。

「それは何をやってるんですか？」

行雄は指さす。斎藤は手袋をしてペットボトルのキャップをいくつか握っている。

「ああ、これ？　ペットボトルのキャップの数を数えているんだよ。このキャップをリサイクルして、その売上の一部が途上国の子どもたちのワクチンになるんだって」

「それはいいお仕事ですね」

「うん。でも数を数える必要はないんだけどね。重さで取引されるから」

「そうなんですか、じゃあ何で数えてるんですか？」

「昭櫻住宅の社会貢献活動の見栄《みば》えをよくするためだって。何キロ寄付しましたより、何万個寄付しましたって言った方がPRになるからだってさ」

「それで、数えてるんですか？」

「そう。でも適当だけどね。僕は数えたふりをしているだけ。一キロ分だけ数えて、あとは重さを量《はか》っておしまいだよ。どうせ正確な数字なんて分かりゃしないからね。でも、会社は一個ずつ数えろって言ってるけどね」

「会社はどうして、そんな無駄なことを？」

「それは、ここが『賽の河原』だからだよ」

「なるほど――」

行雄は妙な具合に納得する。

「ふざけた会社だよ、本当に。給料も手取りで十五万ほど。独身で、副収入もあるからどうにか暮らしてるけど、そうじゃなかったら不可能だね」

それまでの表情から一変、斎藤は憎悪をむき出しにする。

「じゅ、十五万ですか……」

行雄は絶句する。少しダウンどころの話ではない。住宅ローンを支払ったらほとんど何も残らない。

「小山内さんだっけ？」

「はい」

「見切りをつけるなら早い方がいいよ。ご家族のいる方じゃ生活していくのは不可能だから」斎藤は行雄の薬指にはめられている指輪を見る。

「そ、そうですね。前向きに退社を検討します」

「変な言い方だけど、その通り。早いところ辞めた方がいいよ。僕の場合は不幸にも副収入があるんで」

「不幸な副収入も変な言い方だと思いますけど」

副収入などいくらあっても構わない。

「いや、今の僕にとっては微妙な副収入だね。四年前に自分でアパートを建てたんだよ。昭櫻住宅で」

「おお、すごいですね。地主さんなんですか？」

「いや、そんな大それたものじゃあない。親が住んでいた土地を相続したんだけど、駅近だったのと、僕自身が受注低迷していたんで、思い切って建てたんだ。契約者と担当営業マンが自分というパターン」

「自分の住宅ならありそうですけど、アパートはあまり聞かないですね」

「僕もそこに住んでるんだ。つまり自宅兼アパートだね。その上がりがあるんで暮らしていけてる。でも、こんな部署に追いやられるなら、他のメーカーで建ててやれば良かった。昭櫻住宅に儲《もう》けさせてしまったのが残念だよ」

　斎藤は心底自分の会社を憎んでいるようだった。

「斎藤さんは会社を辞めようとは思わないんですか」

「思ってるよ。今でも思ってる」

「じゃあなぜ一年も」

「僕の場合は少し特殊で——。今も話したように、この会社が僕は大嫌いなんだよ。世界中の誰よりも嫌っている自信がある」

「はあ」変な自信だ。

「今の僕の生き甲斐《がい》は、いかに楽して、この会社に寄生し続け、一円でも多く会社から利益を吸い取ってやるかなんだ。それが、僕のこの会社に対する報復であり、この部署で生きていくためのモチベーションだね。定年まで寄生してやるよ」

どうだ、とばかりに斎藤は笑みを向ける。

行雄は黙りこくる。

――歪んでいる。この会社も、そしてこの会社に寄生し続けると言う斎藤も。たしかに現状を生き抜く上で、そして自尊心を守るために、そう斎藤は自らを納得させたのだろう。でも、それではもっと大切な何かを喪失し続けている気がする。そんなふうにして定年まで生きていくことが本当に幸せなのだろうか。

その晩、いつものように駅前のコンビニの前を通るとビールが陳列されたショーケースと目が合った。しかし、購入することはできなかった。

どうしようもない現実を酒で薄めたい衝動にかられたが、どうにか我慢した。帰って、異動のことと今後のことを由香里に話そうと、行雄は決意していたからだった。


「ヤベーじゃん！」

由香里は開口一番絶句する。目の前にはカレーライスとサラダがテーブルに並んでいるが行雄は手を付けない。その前に、この数日間のことを説明した。

「ああ、とてもじゃないけど続けられない」

「どうすんのよ？」

「うーん……。あぁ……。ええと……。そうだなぁ……。でも……うん。辞めようと思う……」

「はあああああ？　辞めるって、てめえ、次の仕事決まってんのかよ！」

由香里は衝撃が半端《はんぱ》ないのか突っかかるように咆哮《ほうこう》する。

「決まってない。とりあえず大至急、次を探す。それまでは、今の部署で大人しくしているよ。十五万円でもないよりはましだから」

「そりゃあそうだけど……。えー？　それにしても、なんでまた社長に物申しちゃったのよ！　わたしじゃあるまいし」

「いや、あんまりだと思って。みんなで協力して、言われた以上の数字を作ったのに、まるで約束と違うから……」

「不器用だねえ」

「すまん……」

由香里は何か言葉を探しているようだったが、何も出なかったようで唇を真一文字に結ぶ。そのとき階段の明かりが点《つ》き、誰かが下りてくる足音がした。

「芽結かしら」

「うん」

「あたしが大声出したから聞こえちゃったかな……」

「驚くのも無理はない。本人ですら整理もつかないんだから」

下りてきたのは、やはり長女の芽結だった。

芽結は冷蔵庫から炭酸水のペットボトルを取り出すとリビングに入る。夫婦間の空気を察してか、問いかける。

「なんかあった？　深刻そうだけど」眼鏡の奥の瞳が見開く。

夫婦は顔を見合わせると、どちらからともなく頷く。

「お父さん、会社辞めるって言うのよ」

「ほお……。それはちとヤバいね」

さすがの芽結も寝耳に水だったようで口を噤《つぐ》む。ペットボトルを開けると、ゴクゴクと四分の三ほど飲む。すると何かを思いついたように瞬《まばた》きをした。

「あのー、あたしのことは気にしなくてもいいからね。国立の薬学部に受かんなかったら浪人するつもりだから。受かった後の学費も奨学金申し込むし。菜々のためにとっといてあげて。大してないかもしれないけど……」

芽結は悪戯《いたずら》っぽく笑う。

夫婦はどう答えてよいか分からず、ただただ唸《うな》り声をあげる。

すると、また階段の明かりが点き、下りてくる足音がする。続いて小さな足音もする。

「菜々も下りてきたわね。あと平助も。あたしの声がデカすぎて、近所に聞こえた？」

由香里は小さく舌を出す。

菜々はすーっと台所に入ると、食器棚を開ける。その後から平助が続く。

「菜々、調子はどうだ？」行雄が問いかけた。

「大丈夫……。ちょっと、お水飲みに来た」

菜々は小さな声で答えると、冷蔵庫からピッチャーを取り出し、愛用の猫の絵が描かれたマグカップに麦茶を注いだ。

「菜々、聞こえちゃった？」

「ちょっと……」

菜々は行雄に答えると一口飲み、マグカップを持って再び二階に上がって行った。平助も後に続く。

「とりあえず、次の休みから本格的に就職活動をするよ」

行雄はそこで初めてカレーライスに手をつけた。すっかり冷たくなっていた。

四

一週間後、行雄は折り紙の束を抱えながら本社一階の廊下を歩いていた。ペットボトルのキャップを数え終わったので、明日は朝から千羽鶴を折らされる。なんでも取引先の役員の孫が肺炎で入院したらしく、お見舞い用に持参するためのものらしい。

「行雄ちゃん」

聞き覚えのある声に行雄は振り返った。立っていたのは本社経理部に異動した岡庭だった。岡庭は簿記二級も持っている。たまたま夫の転勤で退社する女性が現われたので、その穴埋めで入ることが出来た。

「ジュリコさん！　お元気でしたか？」

「なんとかね。行雄ちゃんはどう？」

岡庭は心配の目を向ける。

「元気ではやってますけど……。ここだけの話、転職活動中です。ここだけの話ですよ」

「そうかあ……。でもそうなるわよね。本当に酷いわよ！　行雄ちゃん、あんなに頑張ってたのに。行雄ちゃんの場合は倉木のせいね」

「え？　倉木って、倉木取締役ですか？」

行雄が首を傾げると、岡庭は憐れみを込めた表情で頷いた。

「自分の噂って自分には入ってこないものだけど、社内では皆知ってるわ」

「な、なにをですか」

「今回、行雄ちゃんが賽の河原に飛ばされたのは、倉木が裏で糸を引いてたからなのよ。社長が来た時、行雄ちゃんみんなのために物申してくれたじゃない。私たちは嬉しかったけど、やっぱり会社組織だから……」

――たしかに、人として間違ったことは言っていなかったが、サラリーマンとしては大《たい》過極《かきわ》まりない失言だった。

「でも、転職もありかもよ。やっぱり病《や》んでると思うわ、この会社」

「というと？」

「上司のご機嫌取りだけで組織が動いてる感がすごいのよ。現場のことなんかまるで無視。それに、本社経理部にいるとお金の流れがよく分かるんだけど、役員連中の私的な出費が酷いのよ。そのくせ、社員はリストラでしょ。ちょっと違うんじゃないって思って。あたしが言うことじゃないけど……」

岡庭は突然に心苦しげな顔をしたが、行雄は首を傾げた。

「源ちゃんももたなそうよ」岡庭は取り繕うように話題を変えた。

「どうかしたんですか？」

角田は同期である人事部長の取りなしで海外戦略部なる部署に栄転したはずだった。行雄が窓際に異動させられたのに比べると、厚遇《こうぐう》なように見えた。

「それがさあ、源ちゃんの直属の上司、つまり海外戦略部部長がアメリカ人らしいんだけど、英語しか喋《しゃべ》れないんだって。ていうか、部署の公用語が英語なんだって」

「それは辛いですね。角田さん英語喋れないですもんね」

「喋れる訳ないじゃない。毎日、『ＮＯ！』って激怒された後、ずーっと説教されてるんだって」

「逆に、何言ってるか分からないから、いいんじゃないですか。聞き間違いも無さそうですし」

「源ちゃん曰《いわ》く、言葉は通じなくても相手が怒ってるのは分かるんだって。犬だって飼い主が怒ってるの分かるじゃない」

「たしかに。でも、どうして角田さんが海外戦略部に行ったんですかねえ」

「そこよ！　どうも、噂ではリストラの裏街道みたいよ。海外戦略部だけ完全成果主義なんだって。結果の残せない社員はいずれ――」

岡庭は自分の首を手刀で切る真似をする。

「そ、そうなんですかあ……」

「まだ、行雄ちゃんの部署の方がいいかもよ」

「そ、そうですね……」

行雄は角田がアメリカ人の上司に「バイバイ」と手を振られている様を想像する。

「そうそう、行雄ちゃんに会ったら話そうと思ってたんだけど……」

岡庭はそれだけ言うと口を噤む。

「なんですか？」行雄は気になる。

「やっぱり、やめとこうかな」

「そこまで言ったら、最後まで言わないと！　ジュリコさんともあろう方が」

「そーお！」岡庭は褒められたと勘違いする。「下世話な話なんだけど、あおいちゃんと伊澤君――」

「ああ、あの二人また同じ部署になれたようですね」

　吉永と伊澤は営業企画室なる部署に二人とも異動していた。

「このあいだ、会社帰りに西口をブラブラしていたら二人がいたのよ！」

「えええ！　ちょっと待ってください。すでにそういう関係なのか！　あの二人」

　会社とは駅の反対側になる西口にはラブホテル街があった。岡庭は行雄が何を想像しているのか分かったようで慌てて手を振る。

「いやいや、そうじゃなくて。あたしがイタリアンのお店に一人で入ったら、あおいちゃんと伊澤君がいたのよ。お店よ、勘違いしないで。あと、あたしは一人でブラブラだからね、間違えないでよ」岡庭は訊いてもいないのに自身の潔白も主張する。

「西口のお店に……」

　行雄の頭の中からは、ラブホテル街が離れない。

「二人はあたしの存在には気付いていなかったんだけど、あっちも見られたらばつが悪いだろうからと思って、素知らぬふりをしていたのよ」

「そしたら？」行雄は話を促《うなが》す。

「そしたらね。二人で何かを真剣に話しているみたいだったんだけど、あのあおいちゃんが突然に『もう関わらないでください！』って怒りだしちゃって。他のお客さんも数人いたんだけど、みんな大注目よ。あのあおいちゃんがよ、怒声をあげたのよ。ビックリしちゃったわ、あたし」

「んー、何を話していたんでしょうね」

行雄は話していた内容よりも吉永のことが心配になる。

「分からないけど、伊澤君が最後に『それは彼が望んだことではない』って言ったのよね。そしたらあおいちゃん黙っちゃって――」

「彼？」

行雄が思わず繰り返すと、岡庭は黙って頷いた。岡庭の憐憫《れんびん》に満ちた表情から、「彼」という言葉で、岡庭と行雄が同じ人物を想起していることを確信した。

「まだ、彼のことを思っているのよね。本社からは遠いけど、あおいちゃん、欠かさず火曜日はあそこに行ってるみたいだし――」

岡庭は珍しく声を詰まらせた。

「そうでしょうね。飲み会があっても必ず遅れて来てましたもんね」

「うん。でも、なんで伊澤君が彼のことを知ってるのかしら？　私たちだって、潑溂《はつらつ》としてた頃のあおいちゃんの話でしか知らないのに」

「たしかに……」

「でも、伊澤君って、なんか怪しいところがある子よねえ」

岡庭はそう言うと左右に何度も首を傾げた。

第九章　小山内《おさない》家の女子たち

一

行雄は会社を出ると、近くの公園に向かう。異動してからほぼ毎日そうしていた。行雄には悠長《ゆうちょう》に構えている時間など一秒もなかった。一家の大黒柱として稼《かせ》がなければならない。突然のリストラに憎悪を燃やしている時間も、感傷《かんしょう》に浸《ひた》っている時間もなかった。

公園に着くと既に辺りは仄暗《ほのぐら》い。ベンチに腰を下ろし、スマホを取り出す。開くのは転職サイト。

ここ一週間ほど良さそうな会社に応募しているが、全く反応がなかった。これが現実かと身に染《し》みて感じる日々であった。

『四十二歳まで』年齢制限という断崖絶壁が、まず行雄の行く手を阻《はば》む。

『二十代活躍中』それ以外に年齢のことは書かれていないが、どうも若い人材が欲しいらしい。そう書かれている会社に応募するのは少し気が引ける。

『平均年齢24・5歳！』これも同様に違いない。行雄が入社したら一気に平均年齢を押し上げてしまいそうで申し訳ない。あとは、専門的なスキルと経験を求められる会社。気づくと同じ求人広告によく出くわす。まるで森の中で迷って何度も同じ場所に戻ってきてしまうようであった。

『とにかく稼ぎたい方を大歓迎！』これも、よく見かける文言だ。

『訪問営業。実力次第で年収二千万円以上可能！　みんな高級外車で通勤！』

思わず手が止まる。詳細を見る。

『一般のご家庭を訪問しリフォームをお勧めするお仕事です。営業経験、建築業界経験者優遇。転勤なし、年齢不問。四十代、五十代の方、大活躍中!!』

最高だ！　これで決まりだろ。家族のためにやるしかない！

行雄は『面接を申し込む』をクリックし詳細を入力した。

時計を見ると午後七時になっていた。外灯の明かりが眩《まぶ》しい。

とりあえず一歩前進。当たって砕《くだ》けろ！

行雄がそう決意を新たにした時であった。行雄のスマホが鳴る。見ると知らない番号からだったが、とりあえず出てみた。

『突然のお電話恐れ入ります。平海《ひらみ》ハウスサービスの岩城《いわき》と申します。小山内さんの携帯電話でよろしかったでしょうか?』

今しがた応募したばかりの会社からだった。異常なレスポンスの早さに行雄はたじろいだが、とりあえず謝意を述《の》べた。

『あの昭櫻住宅さんで十年以上も営業をされていて、係長までご経験されていたということですが、弊社も即戦力になる方を求めておりました。小山内さんは是非とも当社に欲しい人材です。大変ご足労おかけしますが、一度ご面接の機会を頂けないでしょうか?』

岩城の口調からは切迫感すら感じられる。人が欲しいのだろう。そんなに人が欲しいということは、裏を返せばそれだけ人が辞めているということだ。やばいところに応募してしまったか。若干の後悔が過《よぎ》る。だが、どんな困難も家族のためなら——。

「もちろんです。こちらこそよろしくお願いします」

行雄は電話口で頭を下げた。その後、面接の日取りを決めて電話を切った。

いい感触。捨てる神あれば拾う神あり。まさにその通りだ。人生捨てたもんじゃない。

行雄は公園を後にすると意気揚々と家路についた。


「え! 面接の日が決まった!」

由香里はテーブル越しに驚いた顔を見せる。

「うん。すごい会社なんだ。頑張れば年収二千万も夢じゃないって」

「二千万！　そんなに貰えたら芽結も菜々も好きな学校に行かせてあげられるわね」

「おお、馬車馬《ばしやうま》のように働くぞ！」

「あたしも、美顔器買えるかしら？」

「買える！　買える！　エステだって行っていいぞ！」

そんなふうに取らぬ狸《たぬき》の皮算用で夫婦が盛り上がっていると、勉強の小休止なのか長女の芽結が二階から下りてきた。

「なんか、盛り上がってるね、どうしたの？」

「やったわよ。お父さん、次の会社決まりそうよ」

「こらこら、まだこれから面接だよ」行雄は一応突っ込むが顔がにやけている。

「へえーすごい。なんていう会社なの」

「平海ハウスサービスっていう会社なんだ」行雄は満足そうに答える。

「ふうーん」

芽結はそう言うと由香里の隣に座りスマホをいじりだす。どんな会社なのかを調べているのだろう。芽結は気になることはすぐにスマホで調べる。五分ほどすると芽結の眼鏡《めがね》が光った。

「なんか、ちょっと、いかがわしい感じだけど大丈夫？」

芽結は、そう言うとスマホを夫婦の間に置いた。

「これなんか、給湯器を替えただけで六百万請求されたとか出てるけど、給湯器ってそんなにするの？」

「しない。安ければ十万円ちょっとで交換できる」行雄はぼそりと答える。

「でしょ。ん？」

「どうした？」行雄はこれ以上何も出てこないことを願う。

芽結は別の検索結果を開く。

「平海ハウスサービスって一年前まで海原《うなばら》リフォーム販売っていう名前だったらしいんだけど、その時に業務停止命令が出てるよ。処分理由となった事例も出てるけど、これエグイよ」

「なになに？」

由香里がこれまでのことも忘れ、面白いもの見たさで食いついてくる。

「『屋根瓦《がわら》が割れている。このままでは雨漏りする』といって、八十歳の女性に修理費用三百二十万請求。のちに調査したところ修理した形跡などなく、屋根瓦も割れていなかった。だって！」

「ヤバくねえ⁉」由香里は仰《の》け反《ぞ》る。

「こっちはもっと酷《ひど》いよ。床下換気扇を付けただけで一千万請求。結果、老夫婦が無理心中……」芽結は途中で読むのを止めてしまった。

「主に老人とかを狙ってるみたいだね」由香里が言い添える。

「お父さんの性格じゃ、絶対に無理じゃない？　こういう他人を騙《だま》してなんぼみたいな仕事。て言うか、仕事と言えるのかどうか……。お父さん少し焦《あせ》ってるんじゃない？　ちゃんとリサーチしてから面接とか申し込んだ方がいいよ」

芽結の心配げな瞳が眼鏡越しに行雄を見つめる。

「そ、そうだな……」

「じゃあ、勉強の続きしよーっと」芽結はそう言うと二階へと上がって行った。

「誰に似たのかしら。あの、しっかり具合」

「俺たちが常に心許ないからかなあ？」

「そうかもしれないわね……」

「とりあえず、振り出しに戻ってしまったけど、就職活動は続けるよ」

「夜露死苦《よろしく》！」

二

外灯に照らされた欅《けやき》は黄色く色づき始めていた。

この日も、公園のベンチに腰を下ろした行雄は人知れず溜息をつく。先日の平海ハウスサービスは丁重にお断りし、その後何社も面接を申し込んだが全く反応がない。そして、とどめを刺すようにこれだ——。

給与明細。今日一日、何度見返したことか。斎藤が言っていたことは真実であった。これでは一家四人を養っていくことなど不可能。教育費云々《うんぬん》の話ではなかった。

行雄の中に焦りが生じる。先日、芽結に指摘されたのにもかかわらず、やはり現実を突きつけられると焦らずにはいられない。行雄が大きく溜息をついた時だった。

「小山内さん」

聞き覚えのある声。頭を上げると長身の男が立っていた。

伊澤だった。

「すみません。突然にお声を掛けてしまって。実は会社からずっと後ろを歩いていたんですけど、小山内さん、ぜんぜん気づかないんで」

伊澤は悪戯《いたずら》っぽく笑う。

——まったく気づかなかった。ずっと考えごとをしていた。ここ最近、転職のこと以外、頭にないのが現状だった。

「元気そうだね。新しい職場はどう?」それでも、どうにか笑顔を作る。

「ええ、なんとかやってます。でも、以前のアパート営業課の方がアットホームで好きでした。今の職場はなんかギスギスしていて」

「そうか……。営業企画室だったっけ？　たしかあおいちゃんも一緒だよね。彼女は元気？」

行雄の頭の片隅には先日の岡庭の話がある。

「包み隠さずに言うと、吉永さんは以前にも増して元気がないです」

「そうかあ……」

「小山内さん……」

伊澤はそこで言い淀《よど》む。

「どうした？」

「ちょっとお話ししたいことがあるんですが、お隣いいでしょうか」

「ああ、いいよ。どうぞ」

伊澤は行雄の隣に座ると、靴で地面の土を弄《いじ》りながら思いつめた表情になる。

「どうした、改《あらた》まって」

「まずその前に、小山内さんに謝らないとなりません」

伊澤はそう言うと行雄に向かって謝罪の言葉とともに頭を下げた。角度にして九十度。伊澤が行雄に対してここまで頭を下げたのは初めてだった。

「なんだよ、突然に。やめてくれよ」

行雄はファミレスで角田に土下座された日のことを思い出す。悪い前触れをどうしても予期してしまう。

「僕は小山内さんをはじめ、皆さんに嘘をついていました。昭櫻住宅に転職してアパート営業課に異動したのには理由があるんです。実はあることを調査するのが目的でした」

「……なんとなく変だなあとは思ってたけど、やっぱり何か調べてたんだ」

行雄はすべてを受け入れるような優しい口調になる。

「はい」

「それで、俺に話とは？」

「小山内さんが信頼できる方だと確信したので申し上げるのですが、お力を貸していただけないかと思いまして……」

「それは内容にもよるよ」

「それは、そうですよね」

「うん」

伊澤は再び地面の砂を靴で弄りだしたが、しばらくしてその足は止まった。

「現段階で申し上げられる範囲で言いますと、昭櫻住宅は大きな不正を行なっている可能性があります」

「本当に？」行雄は表情を強張《こわば》らせる。

伊澤は一つ頷《うなず》くと続けた。

「不正は、昭櫻住宅を信じて建設を任せてくださったお客様を裏切る内容です。小山内さんのお客様も例外ではありません」

伊澤は行雄を信頼しているとは言っていたが、核心は協力の言質《げんち》を取り付けてからのようだった。

「ごめん。唐突すぎて頭がついていってないんだけど、まず、そもそも、そもそもだよ。なんで銀行員だった伊澤君が昭櫻住宅を調査しに来たわけ？」

「関東六葉銀行は昭櫻住宅に数千億規模の融資を行なっています。それは定められた償還日に少しずつ返済されているのですが、間もなく完済を迎えます。完済後にさらなる巨額融資が予定されているのですが、それが妥当《だとう》かどうかを判断するためです」

「なんだか小難しそうだけど、要はお金を貸しても大丈夫かどうかを調べてるってこと？」

「その通りです。ところが、調べていくうちに分かったのですが、昭櫻住宅は不正を行なっている疑いが強いんです」

「なら、お金を貸さなければいいんじゃない？」行雄はあっけらかんと言う。

「いえ、関東六葉銀行は出来ることなら貸したいんです。でも、不正の内容によっては融資を断らざるを得ません。その真偽《しんぎ》を調べているわけです」

「なるほど。だとしても、なぜその話を俺に？　俺なんかどうせリストラ組だぞ」

「短い間でしたけど、一緒にお仕事をさせて頂いて感じました。小山内さんの人柄なら信用できると。曲がったことを許さない方であり、顧客のことを第一に思われている」

「うーん、それで不正って、どんな不正なの？」

伊澤のいつにない熱の入った話ぶりに行雄は圧倒されたが、やはり不可解な部分が多い。

「順を追ってお話ししますと……五年ほど前です。昭櫻住宅の社員が一人、自死しています」

「うん」社員数の多い会社だが、嫌な予感は増した。

「全く公《おおやけ》にはされていません。それどころか、まるで口封じのように、多額の見舞金が遺族に支払われています。金額にして一億」

「一億！」行雄は目を見開く。

「僕が小山内さんたちと働く前にいた経理部で、過去の帳簿を手繰《たぐ》っていた際に、それを発見しました」

「それにしても、すごい金額だな。見舞金の額じゃない。労災だったのか？」

「いえ、労災にもなっていません。それにもかかわらず、なぜ、それほどの金額が支払われたのか？」

「見舞金というよりは和解金みたいだけど」

「おっしゃる通りです。そして、二年前。昭櫻住宅のある商品が世界から消えました」

「もしかして、それって、プロードス？」

伊澤が自身の歓迎会の席で籾山に何かを聞き出そうとしていた時のことを、行雄は思い出す。

「その通りです。このプロードスこそ不正の温床となった商品だった可能性があります。しかし、昭櫻住宅はプロードスの廃番とともに、関係するすべての情報を闇《やみ》に葬《ほうむ》ったようなのです」

「証拠隠滅ということ？」

伊澤は首を縦《たて》に振る。

「ですが、一つだけ手がかりが残されていたんです。そして、その手がかりを持つ人物を一緒に説得して頂きたいんです」

伊澤は射貫《いぬ》くような眼差《まなざ》しを行雄に向ける。

「え？　やっぱり分からないよ。どうして、その説得役が俺なんだ？」

「それは、人生を諦めつつあった、あの桂木さんの心をも小山内さんが開かせたからです」

そう言った伊澤の声は半ば泣《な》き出しそうにすらなっていた。

三

車窓には冴えない中年男の顔が映《うつ》し出されている。行雄はひとり帰宅の途に就いていた。

電車の車内はそれほど混んではいなかった。かといって座席が空《あ》いているほどでもない。行雄は優先席前のつり革を握りしめながら、ぼんやりと車窓に目を遣《や》っていた。

——それにしても、いろいろとあるな。

結局、行雄は手伝うとも手伝わないとも言えずに伊澤と別れた。その伊澤は話し終えると、仕事が残っていると言って会社へと戻って行った。

「少し考えさせてくれ」

そうとしか答えられなかった。しかし、今の行雄にとって、それよりも何よりも、目の前の生活だ。

なけなしの貯金を叩《はた》かなければ明日からの生活も危うい。家族のためにも一刻も早く、一円でも多く、収入を得なければならない。

しばらくして、見慣れた駅のホームが目の前に滑り込んできた。

「ああ、そうだったわね」由香里はハハハハッと笑いだす。もはや笑うしかないようだ。

「だから、その次が決まらないんだよ」

「どうすんのよ。もう、とっとと、こんな会社辞めて、次行った方がいいよ」

行雄はあんぐりと口を開けている由香里を憚《はばか》ってか小声になる。

「うん。聞いていた以上にヤバい」

由香里は行雄から渡された給与明細を見ると咆哮《ほうこう》する。

「ヤベーじゃん！」


そこに、由香里の笑い声に誘われたように、芽結がリビングに現われた。

「なになに、今度はどんな面白いこと？」

芽結はそう言いながら、定位置である由香里の隣に座る。

「見て見て、これ。お父さんの給与明細。ヤバくない？」

まるで面白い写真でも回覧するように、由香里は芽結に夫の給与明細を渡す。

「ギャー、なにこれ！　フツーに生活できないじゃん！　バイトの方が稼げるでしょ⁉」

「コラ！　返せ！」

行雄は手を伸ばすが、芽結は仰け反りながら給与明細に見入る。

「給与明細はサラリーマンの成績表みたいなものだと思うけど、これじゃ落第点だね」

誰に似たのか、芽結は常に直球ど真ん中で攻めてくる。

「酷《ひど》いこと言うなあ」

行雄は急所にデッドボールでも喰《く》らったように、泣きそうな声を出す。

「これなら、自分で会社起こした方がいいんじゃない。お父さんなら出来るよ」

「簡単に言うけどなあ、お前」

「お祖父《じい》ちゃんだって自営業だったんでしょ？」

芽結は給与明細を行雄に返しながら言った。

そこで、二人のやり取りに大うけだった由香里は思いついたとばかりに手を叩く。

「そうよ。この前、一緒に見てたテレビでもやってたじゃない。あたしらの世代は貧乏くじ世代らしいから、それなら大博打《おおばくち》うったらいいのよ、どうせなら」

「どうせなら、かあ……」

「そう。どうせなら！」

「うーん、考えとく」

「あと、今日ね、菜々の担任から電話があったんだけど——」

「おお、例の件はどうだった？」

「調査の結果、やっぱりいじめの事実は確認できなかったって言うのよ」

「なんだと！　それで？」

「『それって、事なかれ主義ってやつですか？』って言ったのよ」

「え！　言ったの？」

「言ったわよ」

由香里はそれがどうしたという口ぶりだ。考えてみなくても由香里なら平気で言いそうだった。

「そしたら？」

「そしたらさあ、『だから、明日から学校に来てください』って言うのよ。今からなら、まだ菜々の望む高校も諦めなくて済むからって――」

「は？　それで？」

「あたし頭に来ちゃってさあ。『お前、ふざけんじゃねえよ。それで、菜々がまたいじめられたら、お前といじめた奴ら全員、落とし前つけてもらうからな！』って言ったのよ」

「よく言った！　それで？」今度は褒《ほ》める。

「あっちが黙っちゃったから、とりあえず夫と相談してみる、って言って電話切った」

「そうかあ……」

「どうする？」

「いじめ問題が解決されてないんじゃ、学校には行かせられない」

行雄は言い切った。

「でも、このままじゃ年間百五十万よ！」

「どうにかするしかないだろ、最悪は家も車も売るしかないだろ、子供たちのためなら」

そこで、それまで黙って聞いていた芽結が手を挙げる。

「このあいだも言ったけど、あたしのことは気にしないでね。自分で何とかするから」

「いや、芽結も菜々も俺たちの子だ。芽結だけに負担を掛けるわけにはいかない」

「そうね……。いいわ、あたしがガチで働くよ。パート先の人に言われたの。一日通しの仕事もあるよって」

「でも、腰は大丈夫なのか？」

「気合で行けるでしょ」

由香里が握りこぶしを固める。

「すまないな、俺がこんなことになってしまったばっかりに……」

すると、「ミャー」という声がテーブルの下でした。行雄が足元をのぞくと平助が上目遣いで見上げていた。行雄はとっさにリビングの入口に目を飛ばした。

暗い廊下の陰に人が隠れ、静かに階段を上っていく音がした。その音を聞いて平助は遅れじとリビングから出て行った。

「今の話、菜々に聞かれたかもしれないいな」

行雄は顔を歪《ゆが》める。

「いつからいたのかしら、ぜんぜん気付かなかったわ。盛り上がり過ぎてた」

由香里は小さく舌を出す。

「よーし、何が何でも国立受かんなきゃならなくなってきたね。勉強しよっと」

芽結は肩をグルグルと回すと自分の部屋へと戻っていった。

「大丈夫かなあ？」

行雄は菜々の部屋がある頭上を見て言う。

「あの子、変に責任感強いところがあるから、もし聞いてたとしたら——」

由香里が今更ながら小声になる。

「うん。プレッシャーにならなければいいんだけど……」


平助は心配げに菜々を見つめていた。

椅子に座ったまま動かない菜々。その視線は机の上に落とされていた。開かれた教科書と参考書。付箋《ふせん》が幾つもつけられ、赤いマーカーや鉛筆書きが随所にあった。

——授業に遅れないように勉強だけはしていた。学校に行けず、部活にも出られず、大好きなサックスも吹けない自分だった。でも、部屋に籠《こも》って何もしないでいるのは、本当の負けだと思った。

「自分のことはいい」と言う姉の芽結ちゃん。腰を痛めながらも働きに行く母。そして自分たち家族のことを何よりも大事に思ってくれている父に対して、申し訳なかった。だから勉強だけはしていた。

菜々はファイル立てからリーフレットを取り出す。

それは志望校にしている浜追《はまおい》高校のものだった。この春に学校見学に行ってもらって来たものだ。リーフレットを広げると部活の紹介が載っている。ブラスバンド部。全国大会常連の強豪校。ここでサックスを吹く自分の姿を、菜々は何度思い描いたか分からなかった。

気が付くと涙が溜まっていた。

諦めたくない——。

このまま、負けたままで終わりたくない——。

菜々は下唇《したくちびる》を強く噛《か》む。

四

行雄は枕元にある時計を見る。七時になろうとしていた。窓を打ちつける雨音で目が覚めた。起床し、カーテンを開けると大粒の雨が地面に叩きつけていた。

この日は水曜日。昭櫻住宅に限らず不動産業界は水曜日を定休日としている会社が多い。

行雄はいつものように顔を洗いリビングに入ろうとしたところで、思わず足が止まった。キッチンに立つ由香里に目を向ける。由香里も行雄に気付いたようで、意味深長《しんちょう》な笑みを返してきた。リビングには制服に着替えた芽結と、そして、菜々がテーブルに向かい合って座っていた。行雄はやや緊張した面持《おもも》ちでリビングに入った。

「おはよー」

「おはよう、お父さん」

芽結が食パンを片手にスマホから目を上げる。

「おはよ」

菜々も小さな声であったが、はっきりとした口調であった。コーンスープの入ったカップを手にしている。

行雄が自分の席である菜々の隣に座ろうとすると、既に陣取っている者がいた。平助だ。普段ならご愛用の座布団の上で寝ている時間のはずだが、この日に限っては厳しい表情で行雄の椅子に座っている。行雄は平助と目が合うと、仕方なくフローリングに胡坐《あぐら》をかく。

テレビは天気予報をやっていた。雨は午後にはやむようであったが、通勤通学の時間に最も激しくなるとのことだった。

「二人とも車で送っていこうか？」

行雄は娘たち二人に声を掛ける。

「ラッキー、でも駅まででいいよ」

芽結はそう言いながら食べ終わった食器をキッチンへ運ぶ。それから、慌《あわ》ただしく洗面所に向かう。

「菜々はどうする？」

行雄が笑みを向けると、菜々は逡巡《しゅんじゅん》する。

「送っていってもらいなさい。すごい雨よ。いやだったら、そのまま帰ってきてもいいから」

由香里がキッチンから声を掛けた。

「うん」

菜々は小さく返事をした。

助手席に芽結が座り、菜々は後部座席に座った。そして、なぜか平助も同乗している。菜々が心配なのだろう。二人の娘と一匹の猫を乗せ、行雄はまず芽結を降ろすべく最寄り駅へと向かった。その後に、菜々の通う中学校へ行く。

道はそれなりに混んではいたが歩いて行くことに比べれば、時間の余裕は随分とある。天気予報は見事なほど当たっていた。ワイパー全開。オンボロ車だけにワイパーがすっ飛びやしないかと心配になるほどだった。

今まで登校を拒否していた菜々が、どうしてこんな日に再登校を決意したのだろう。やはり、昨日の会話を聞かれてしまったらしい――。

きっかけになったのは良かったが、学校はあくまでいじめの事実を否定している。菜々が引き籠る前と状況は何も変わっていなかった。

由香里が言うように、菜々は責任感の強いところがある。そんな菜々の性格を考えもせず、あんな会話をしてしまったことを行雄は今更ながらに悔やんだ。

混雑した駅のロータリーで芽結を降ろすと、菜々と二人になった。正確には二人と一匹。

「菜々」

行雄はバックミラー越しに菜々を確認すると声を掛けた。菜々は膝元に平助を抱きながら無表情に車窓に目を遣っていた。

「ん?」

菜々の小さな声が返ってくる。

「菜々、無理に行かなくてもいいんだぞ、学校」

「……大丈夫」

「そうか……。でも、どうして、急に学校行く気になったんだ？　しかも、こんな大雨の日に」

行雄は菜々が複数の生徒に囲まれていじめられている姿を想像すると、どうしてもそんな場所に戻したくはなかった。それならば、いくら掛かってもいいから安心できる学校に入れてやりたい。菜々を乗せたまま家に引き返したいのが本音であった。

「浜追高校に行きたいから……」

「浜追高校？」

「うん。あそこのブラスバンド部にやっぱり入りたい」

まだ、菜々が元気に学校に通っていた春。中学三年生になったばかりの菜々が志望校について話してくれたことを、行雄は思い出す。

菜々が言う浜追高校のブラスバンド部は強豪として有名だった。菜々の成績なら狙《ねら》えるが、油断は禁物と担任の先生からは釘《くぎ》を刺されていたはずだった。

「サックス？」

「うん……」

「そうかあ……」

「いじめられてたことも悔しいけど、そのせいで目標を諦めることは……もっと悔しい」

菜々の声は涙交《ま》じりになっていた。

「そうだな」

行雄は、菜々が「ここでいいよ」と言った場所で車を止めた。菜々が車から降りると、行雄も車から降りる。

「行ってらっしゃい」

「うん。ありがとう、お父さん」

菜々は笑顔で手を振ると、学校へと向かっていった。行雄は黄色い傘を差した菜々の小さな背中を見送る。

――弱々しい。どうして、こんなことに……。

ふと、横を見ると、一人の女子生徒が行雄を不思議そうに見ていた。

「オジサン、菜々のお父さん?」

ピンクの傘を差した茶髪の女子生徒が行雄に話しかけてきた。

「うん、そうだけど……。あ！　あの時の！」

「菜々のお父さんだったんだあ！　ウケル～！　あの時は、どうもありがとうございました」女子生徒は行雄に小さく会釈すると、学校へと向かって行った。

あの時の女の子だ！　名前はたしか――サナコ。もしや、菜々をいじめていたのは……。

だろう。

車に戻ると平助がダッシュボードの上から学校の方を見ていた。きっと菜々が心配なの
行雄が家に戻ると、由香里は既に仕事へと出ていた。行雄はひとり二階の自室に籠り、午前中の時間を就職活動に充《あ》てた。それから遅い昼食を摂《と》り、息抜きにベランダへと出た。

予報通り雨はやみ、日差しが戻っていた。外は少し蒸し暑いほどだ。久々に家から出た菜々は大丈夫であろうか。

そのとき一階で電話が鳴っているのに気付いた。行雄は慌てて階下に行き、受話器を上げた。電話は菜々の担任の先生からであった。嫌な予感が走る。

「菜々さんの、お父さまでいらっしゃいますか？」

担任の先生はどうも若い女性のようであった。その声にはどこか安堵《あんど》したような響きがある。おそらく由香里でないことに安心したのだろう。

「はい。いつも菜々がお世話になっております」

「本日、菜々さんが登校してくださったのですが……」

先生はそこで口ごもる。

「なにかありましたか？」

「実は、授業中に複数の生徒にちょっかいを出されたようで――」

「はい……」

恐れていたことが現実化してしまった。

「先日、お母さまにはいじめはない、とご報告致しましたが……。申し訳ございません。訂正させて頂きます。いじめはありました」

「それで、菜々は?」

そう尋ねると行雄は唇を強く結ぶ。

「それが……菜々さん、授業中にもかかわらず立ち上がって、その子たちに毅然《きぜん》と言ったんです。『これはいじめでしょ! 二度としないで! あたし絶対に負けないから!』って。ちょっかいを出してた子どもたちも驚いていました」

「菜々がそんなことを――」

「はい。勇気が必要な行動だったと思います。同時に事なかれで済ませようと思っていた自分が恥ずかしくなりました。私も、菜々さんの勇気に応《こた》えられるように彼女と一緒に闘っていくつもりです。あと、先ほど菜々さんと進路についてもお話しさせて頂いて、県立の浜追高校を第一志望で頑張っていくことになりましたので、重ねてご報告させて頂きます」

「そうですか……。ありがとうございます」

「それと、これは余談なのですが、菜々さんがいじめグループに物申した時に味方になってくれた生徒がいました。来嶋紗那子《きじまさなこ》さんという生徒なんですが、来嶋さんはちょっと影響力のある子で……。その子が、『菜々に手を出す奴はあたしが許さない』って言ってくれまして――」

「きじまさなこさん？」

「はい。来嶋さんも夏休み前までは学校には来たり来なかったりだったんですけど、今学期からはしっかり来るようになったんです。なんでも、『自分を大事にしなさい』と知らないオジサンに諭《さと》されたそうで……」

「そ、そうですかあ……」

行雄はその後、二言三言担任の先生と話をして受話器を置いた。

行雄は思わず笑みがこぼれる。

――突然変異でもなんでもないな。うちの娘たちは母親譲りで負けん気が強い。

俺も負けてられねえな。どうせ一度っきりの人生だ、いっちょやってやるか！

第十章　五年越しのひまわり

一

　改札を出ると、伊澤は腕時計に目を落とした。午後九時。自宅までは徒歩で十五分ほどかかる。

　駅前の繁華街を歩いていると、週末ということもあり、酒を提供する店は賑《にぎ》わっているようだった。考えてみれば新しい部署に来てから、飲みに行くこともなくなった。誘われることもないし、誘うこともないからなのだが、そう考えると以前のアパート営業課には妙な連帯感があった。伊澤がそんなことを思いながら歩いていると、いつの間にか人通りの少ない路地裏となっていた。少しだけ近道になるのでいつも通っている。

　その時だった、突然に硬い尖《とが》ったものが背中に当たる。

「振り向くな」

ドスを効《き》かせた声が後ろでした。伊澤は思わず立ち止まる。背後の男は続けた。

「お前、プロードスの秘密を暴《あば》こうとしているようだが、そんなことを知ってどうするつもりだ」

伊澤はやれやれと言うように、小さく溜息をつく。

「ていうか声でバレてますよ、小山内さん！　何してるんですか、こんなところで」

「あれ？　バレてたか」

行雄は伊澤の背中に当てていた家の鍵《かぎ》をポケットにしまった。

「バレバレです」

「仕返しのつもりで、ずっと尾《つ》けてたんだけど」

「え！　どこから尾けてたんですか？」

「会社から。尾行なんて初めてやったけど、なかなかスリリングで楽しいね。それにしても伊澤君、ぜんぜん気づかなかったね。俺、探偵の才能あるかもしれない」

「それはどうか分かりませんけど、どうしたんですか、突然に」

「いや、このあいだの件だよ」

行雄は笑顔を向ける。

「もしかして、協力して頂けるんですか？」

「まだ内容を全部聞いてないから、何とも言えないけど。俺、会社辞めることにしたんだ。それにあたって、俺を信じて建ててくれたお客さんを裏切ったまま辞めたくはない。だから、話を聞いて正しいと思うことのためなら協力するつもりだ」

伊澤は辺りを窺《うかが》う。

「ありがとうございます。ここでは何なので、僕の家でお話しさせて頂けませんか？」

「近くなの？」

「はい。あそこです」

「……！」

行雄は目を見張る。伊澤が指さしたのは少し先に聳《そび》え立つ高層マンションであった。

「こちらです」

「あ、こ、ここなのね……。なかなか、趣《おもむき》のある物件だね」

伊澤の家は高層マンションの北側に建つ、古いアパートであった。第七はるにれ荘。玄関柱に打ちつけられた板には、そう書かれてある。

「ええ、築五十年とか、六十年とか、そんな感じらしいです。学生時代からずっとここです。家賃も二万円なんですよ」そう説明しながら伊澤は中へと入っていく。

「僕の部屋は二階です」

ミシミシと音のする中階段を上っていくと、ぼんやりと光る裸電球がぶら下がっていた。板敷きの廊下があり、左右に二部屋ずつある。伊澤の部屋は南東の部屋であった。

玄関を開けると猫の額《ひたい》ほどの三和土《たたき》があり、そこで靴《くつ》を脱《ぬ》ぐ。室内は意外と広い。

「間取りは、2DK？」

「はい。一人暮らしには十分です。狭いですけどお風呂もあります」

「おお、これで二万円はむしろ安いかもしれないね」

行雄は感心する。室内は綺麗《きれい》に片付けられていた。真南に高層マンションが建っているので日中の陽当たりは望めないが、東側は公園になっているので朝日は期待できそうだ。

「このアパートの他の部屋はもっとするみたいですけど、ここは特別で――」

「へえー、大家さんと家賃交渉でもしたの？」しっかり者の伊澤らしい。

「いえ、事故物件だったんです。でも、ここに住んで十年になりますけど、特に変わったことはないですね。すごいコスパでしょ！」伊澤は満面の笑みで答える。

「………」行雄は壁のシミなどが気になりだす。

「まあ、座って下さい。何か飲みますか？　ビールでよければありますけど」

伊澤が卓袱台《ちゃぶだい》の前にある座布団をずらしながら言った。

「え？　ビールあるの？　伊澤君、日本酒しか飲めないんでしょ？」

「ああ、あれは、カモフラージュなんです」

伊澤は申し訳なさそうに苦笑いすると、冷蔵庫を開け、卓袱台の上にビールの缶を二本置いた。伊澤は行雄とは反対側に座る。

「カモフラージュってどういうこと？」

　伊澤は頭を下げる。

「申し訳ありません。これに関しても謝らないといけませんでした。小山内さんには現場の写真を撮っているのとかを目撃されてしまったんで、不信を拭《ぬぐ》わないといけないと思いました。そこで、少し変わった人間だと思わせることにしたんです。本当は日本酒以外の酒も飲めます」

「なに！　じゃあもしかして、寺巡りとか仏像好きとかもカモフラージュ？」

「いや、それは本当です」

伊澤は立ち上がると和簞笥《わだんす》の扉を開ける。中に三体ほど仏像が置かれていた。

話が脱線しそうだったので、行雄は強引に話の舵《かじ》を切る。

「それで、プロードスの不正ってどういうことなの？」

伊澤は扉を閉めると、表情も引き締め、行雄の前に座り直した。

「驚かないで下さい。耐震性です。これに、データ偽装《ぎそう》の疑いがあります」

「まさか！　プロードスは耐震性が売りなんだよ！」

　行雄自身もプロードスを何棟販売したか分からない。その耐震性が偽装とは俄《にわ》かには信じられなかった。

「驚かれるのも無理はありません。昭櫻住宅はこの件に関して徹底して隠蔽《いんぺい》していると思われます。先日お話した五年前に自殺した社員は、商品開発室の主任でした。そしてプロードスの耐震データを担当していたんです」

心当たりは一人しかいなかった。だが、話を続ける。

「でも、その人が自殺して、かつ一億円もの金額が遺族に支払われたからって、プロードスの耐震データが偽装だとは話が飛躍しすぎだと思うけど」

「三年前からです。被害が発生するような大きな地震の後に、プロードスの不具合が多く報告されているんです。中には大がかりな改修工事を行なった物件もあるほどです」

「つまり、プロードスに制振機能がないってこと？」

「おそらくは……。その仮説を拠《よ》り所にすると、すべてが説明できるんです。例えば、先日の地震で大きなクラックの入った川口さんの商品は何ですか？」

「……プロードスだ」

行雄は言いたくないがその名前を告げた。

「そして、何よりも、この利益至上主義の昭櫻住宅があれだけのヒット商品を突然に廃番にしたのはなぜでしょうか？　半年後に発売された『プロードスⅡ』は名前こそ『プロードス』を継承していますけど、仕様や耐震性は大きく変わらないのに金額は大きく跳《は》ね上がっている」

「原価が上がったって話だった気がするが……分からない。たしかに、そう理詰めで言われると、そうなのかもしれないけど」伊澤の確信に満ちた口調に行雄は圧倒される。

「実はもう一つ、プロードスの耐震データを疑う根拠があります」

「なに？」

「自殺した開発担当者が会社から貸与《たいよ》されていたノートパソコン、つまり耐震データが残されているはずのものが行方不明の状態となっているようなんです。ご存じの通り、昭櫻住宅のノートパソコンはすべてリース品です。それを管理しているのは総務部なのですが、過去の貸与リストを調べると自殺した開発担当者のノートパソコンが未返却のままなのです。紛失として処理されているんです」

「そこにすべての真相が入っていそうだね。でも、それも会社が証拠隠滅したんじゃなくて？」

「僕も最初それを疑いました。しかし、それはないと思われます」

「どうして？」

「当時の担当者に聞いたところ、ノートパソコンがないことに最初に気付いたのは開発部の責任者だった人間なんです。その責任者は自ら総務部にまで返却されていないかを確認するために押しかけてきたそうです。その人物こそ、取締役の倉木誠輔です」

「倉木が！」

その名前を聞くと、行雄の中で抑えがたい悪感情が湧く。

「その時の倉木の様子を担当者は忘れられないと言っていました」

「どんな様子だったんだ」

「生きた心地がしていない、そんな表情で慌《あわ》てふためいていたそうです。そしてこう言ったそうです。『もしノートパソコンが出てきたらすぐに自分に知らせろ』と」

「で、そのノートパソコンはどこに行っちゃったんだ?」

「僕も八方手を尽くして探しましたが、やはり見つかりませんでした。彼の実家にまで伺《うかが》ったほどです。そこにも倉木は来ていたのですが——。完全に闇の中かと思われた時でした。過去の宅配業者の伝票、その中に手がかりがあったんです」

「どこかに送っていたのか?」

「はい。彼が亡くなる前日、一つの荷物が品名に『精密機器』としてある人物に送られていたんです。差出人は別の同僚の名義になっていましたが、本人に確認すると宛名の人物には送っていないと——」

「だれ宛てだったんだ?」

そう問いながら、行雄は自分の心臓の高鳴りを聞いていた。

「吉永さんです」

「……そうか。なんとなくわかっていたけど。真家《まいえ》君だったかな、あおいちゃんの婚約者の名前は」

「そうです、真家洋さんです」

　これまで行雄は伊澤から聞かされた話を幾度となく咀嚼《そしやく》するものの、どうしても嚥下《えんげ》できずにいた。しかし、ここで不可解に感じていたこと、それらすべての辻褄《つじつま》がたしかに合ってしまっていた。

「じゃあ、まさか伊澤君が本社経理部からうちの課に来たのもそれが理由？」

「その通りです。石破社長や倉木取締役のやり方を心よく思っていない役員もいて、協力してもらいました。小山内さんのお力をお借りしたい。真家さんが亡くなる前日に吉永さんに送ったであろうノートパソコンを回収したいんです。そして、その中にある真実を突き止めたいんです」

「あおいちゃんは渡してくれないんだ？」

「はい。それどころか、もうこのことには関わりたくないと――」

「ならば、そっとしてあげられないのか？」

「いいえ。真家さんは吉永さんに真実を託したはずなんです。そうでなければ、死の前日に婚約者であった彼女にノートパソコンを送る理由がありません。彼のためにも……」

「うーん」

「それに……」伊澤はそこで言い淀む。

「まだ、何かあるのか？」行雄は目を眇《すが》める。

「それに、吉永さんのためにも真家さんの遺志を継いであげたいんです」

「あおいちゃんのためにもって、どういうこと？」

伊澤は下唇を強く噛んだ後、言葉を発した。

「吉永さんは真家さんの後を追って死のうとしている気がするんです」

「え⁉」

「吉永さんと話した時に『わたしはそもそも生きている資格すらない』と力なく小声で」

「そんなことをあおいちゃんが……」

そう驚きつつも強くは否定できない行雄がいた。いや、むしろ、そう告白する吉永を想像すらできた。それほど、吉永の燃やす命は常に小さく、危うさを含んでいた。

「この通りです。彼女を助けてほしいんです。彼女はすべてを諦めています。戦うことはもちろん、生きることすらも。この世界に深く失望している彼女のためにも戦ってあげたいんです。一矢《いっし》でもいいから報《むく》いてあげたいんです。そうすれば彼女は少しでも生きる希望が持てるんじゃないかと思うんです。この世界も捨てたもんじゃないと、思えるんじゃないのかと――」

伊澤はそう懇願すると、卓袱台に両手をつき天板に額を押し付けて頭を下げた。

二

数日後の火曜日。行雄は、以前アパート営業課のあった最寄り駅で下車した。時刻は午後六時半を過ぎた頃だった。

懐《なつ》かしさすら感じる景色。行雄は急ぎ足で歩きながら、これまでのことを考えていた。

伊澤が言うように、行雄を信じてくれていた顧客のことを思えば、昭櫻住宅が隠蔽しているという真実を明らかにしなければならない。そのための助力を惜しむべきではない。

もはや、退社を決意した行雄に会社を庇《かば》う義理などはなかった。

そして何より、吉永のことが重くのしかかっていた。数年前、婚約者の突然の死から、彼女はまるで別人のようになってしまった。以前は、些細《ささい》なことでも大袈裟《おおげさ》に笑う、どこにでもいる賑やかな女の子だった。あの笑い声が、どれほど部署に明かりをもたらしたであろう。

ところがあの日から、吹けば消えてしまいそうな、そんな危うい灯《ともしび》でしかなくなってしまった。きっと、その灯ですら吉永にとっては身を削る思いだったのに違いない。そして伊澤の話では、それももう限界を迎えようとしている。

とは言うものの、彼女に会って何を話せばよいのか。かける言葉を用意しているわけではなかった。ただ居ても立ってもいられず、とにかくここに来ているというのが本音だった。もし、先延ばしにしてしまったなら、すべてが手遅れになる。そんな不安があった。

雑居ビルの小さな入口の前で、行雄は足を止めた。

ルトロヴァイユー。

傍《かたわ》らに据えられたポストにそう書かれている。二十年近くこの街で仕事をしていたが、このビルに入るのは初めてだった。

階段で二階へと上がると、アンティーク調の木製の扉が行雄を出迎えた。雑居ビルの暗い照明と奇妙に調和している。

ゆっくりと押すと意外にもドアは軽い。

行雄は入口で立ち止まる。目が合った。小さく会釈すると近くまで歩み寄った。

「小山内さん」

吉永は消え入るような声で呟いた。

「ごめんね、突然に。きっとここじゃないかと思って来てしまいました。ちょっと恐かったかもしれないけど許して」

「いえ、そんなことは――」

「前、座ってもいいかな」

「はい」

　そこへ店主がメニューとお冷やを持って現われた。

「ええと、コーヒーじゃなくて、ミルクティーを下さい。あ、あと、ミルクレープも。ミルクレープは二つ下さい」行雄は店主に笑顔で言う。

　吉永の前にはミルクティーの入ったティーカップが置かれていた。ところが、一度も口を付けられた様子はなく、カップに満たされたままだった。

　ほどなくして、店主がミルクティーと、ミルクレープを二つ持って戻ってきた。店主はミルクレープを二つとも行雄の前に置いた。

「よかったら、食べて。ここのミルクレープは絶品なんでしょ」

　行雄は一皿を吉永の前にそっと滑らせた。ところが、吉永はそのミルクレープを行雄の元へ戻す。

「わたしは、いいんです。でも、よく覚えていてくれましたね。もう何年も前にお話ししたことなのに……」

「うん。一度来てみようと思っていたんだけど、結局、この街で仕事をしていた時には叶わなかった。あおいちゃん、まだ、ここに通っているんだね」

　吉永は答える代わりに小さく頷く。

「そして……。まだ、待っているんだね」

　少しの間があって、吉永は頷いた。

「ここに来れば会える気がして。変ですよね。わたし……」

「いや、そんなことはない」

「でも、今日で最後にするつもりなんです。そう思うと、なぜかカップに手を伸ばせなくて……。ミルクティー、すっかり冷めてしまいました」吉永は悲しげに笑う。

「そうかあ……。でも、どうして今日で最後なの？」

行雄は訊かずにはいられなかった。

「どうしてって……。こんなことをしていても、意味がないですし、それに……もう、なんだか疲れてしまって……」

吉永は冷え切ったミルクティーに目を落としながら言った。

「ここのミルクティーを飲みながら、ミルクレープを食べるのがあおいちゃんの自分へのご褒美《ほうび》だったんでしょ。そして、そうしながら真家君が来るのを待つ」

吉永は自嘲《じちょう》の笑みを浮かべる。

「そんなことを小山内さんに話すなんて、あの頃のわたし、本当にのぼせてましたよね。なんだか恥ずかしいです」

「いいや、幸せのお裾分けを頂いているようで、嬉しかったよ」

「そう言ってもらえると救われます」

吉永は窓の外に視線を向けた。下は並木道になっていて、行雄もこの店に来るために先刻歩いた道だった。

「毎週火曜日、会社を出ると、この席に座って前の通りを見ていました。わたしを見つけると洋はいつも下から手を振ってくれて……。わたしも小さく手を振り返していました」

「………」

行雄の眼前に若い二人が手を振っている様が浮かぶ。どこにでもある小さな幸せだったはずだ。しかしそれはもう儚《はかな》い思い出となっていた。

「でも、わたしが今一人でこうしているのも自業自得なんです。元はと言えばわたしが悪かったんです」

「あおいちゃんが？　そんなことはないよ」

吉永は首を振る。

「洋が亡くなる前、わたしたち喧嘩《けんか》をしていたんです。洋は仕事、仕事で式場の打ち合わせも全部わたし任せでした。他のカップルが仲睦まじく参加しているのに、わたしはいつも一人だったんです。わたしなりにしばらくは我慢していましたけど、とうとう怒りをぶつけちゃって。それから数日、わたしは電話も出ずメールも返さなかったんです。でも考えてみれば、あの頃が洋が最も追い詰められている時だったんだと思います。それにもかかわらず、わたしは自分の気持ちばかり優先してしまって……」

「そんなことが……」

「そしてあの日、洋のお母さんから電話があったんです。その電話で、洋が自宅で……」

そこで吉永は声を詰まらせた。

静かな店内に吉永の啜《すす》り泣きだけが聞こえていた。幸いにも客は行雄と吉永以外にいない。店主はカウンターの奥であった。

「わたしは何が何だか分かりませんでした。まさか、わたしが電話を拒絶していただけで彼が自らの命を絶《た》つとも思えませんでした。すべてを知ったのは彼が亡くなって一週間後の、お葬式の日でした。宅配物が届いたんです。送り主の名前は違っていましたが、間違いなく彼の筆跡でした。それは洋が亡くなる前日に発送したものだったんです。宅配業者の一週間という保管期限ぎりぎりに荷物が届くようにしたのは、彼なりの優しさからだったと思います」

「実は、伊澤君から聞いてしまったんだけど、中身はノートパソコン――」

「ええ、彼が会社で使っていたものです。そこに、手紙が添えられていました。それは、わたしに対する謝罪と感謝の言葉で満たされていました。そこで初めてわたしは、洋が何に悩み、何に苦しんでいたかを知ったんです。会社は、そして倉木は、洋を利用した挙句《あげく》に自死に追い込んだんです。わたしは会社を憎みました。洋のためにも真実を公表しようとも思いました。でも――」

「でも？」

「でも、わたしにはその資格はありませんでした」

「資格がない……、どうして？」

「手紙を読んで真実を知ると同時に、あの時、彼の支えになるどころか、わたしが彼を追い詰めていたことを知りました。その意味では、昭櫻住宅と同罪なんです。なのに、会社だけのせいにして責任転嫁しようとしているだけなんです。むしろ、最愛の人を死に追いやったわたしは、生きているべきではないと思うんです……」

「そんなことはない！　真家君だってあおいちゃんには幸せになって欲しかったはずだ」

吉永は首を振ると寂しげに笑った。

「わたしに、幸せになる資格なんてあるわけないじゃないですか。それに、なんだかもう疲れてしまって……」

「ダメだよ、あおいちゃん、変なこと考えたら、ダメだ」

「いいんです。それに、もう誰もいないんです」

「誰もいない？」

「わたしがこの世界からいなくなっても悲しむ人は、もう誰もいません。わたしは一人っ子ですし、父も母も中学生の頃に交通事故で亡くなりました。わたしがいなくなっても悲しむ人は一人もいないんです」

「何を言ってるんだ……。あおいちゃん、少なくとも俺は悲しいよ！　みんな悲しむに決まってるだろ。角田さんだって、籾さんだって、ジュリコさんだってみんな悲しむに決まってるじゃないか。そして伊澤君だって……」

行雄が声を大きくすると、吉永は泣きはらした目を行雄に向けた。

「本当は許せなかった！　でも、許せないけど、どうにもできなかったんです！　相変わらずの臆病で、何も出来なかったんです。会社へ復讐《ふくしゅう》することも、そして、死ぬことすらも……」

今まで我慢していた全てを吐き出すように、吉永は嗚咽《おえつ》とともに幾粒もの涙を落とした。その声が店内に響く。

毎週火曜日、彼に会いたい一心で、ずっとここに通い続けていたのだろう。そして、彼に謝りたかったに違いない。五年間、贖《あがな》い続けたに違いなかった。もう十分、君は謝ったよ……。

行雄は窓越しに映る吉永をそんな思いで見つめていた。

行雄は空《から》になったティーカップをソーサーにそっと置いた。そこで、吉永は泣きはらした顔を上げ、目元を拭った。

「いっぱい泣いたね」

「はい」

吉永の表情は曇ったままだった。

「あおいちゃん、ひとつだけ、お話ししてもいいかな？」

「はい」

行雄は胸ポケットから手帳とボールペンを取り出すと手帳の適当なページを開いた。そこに、『芽結』と『菜々』と書き付けた。

「うちの二人の娘の名前。メイとナナ」

「かわいい名前ですね」

吉永は洟《はな》をすすりながら表情を和《なご》ませる。

「芽結と菜々は妻と相談しながら二人でつけた名前なんだ。上の子の芽結はなんでもいいから自分の好きなことで芽を出して、それを成し遂げてほしいという意味でつけた。本当に何でもいい。仕事であってもいいし、母親としてでもいい、奥さんとしてでもいい。なんでもいいから芽吹いて、それが実を結んでくれればいいと思った」

吉永は黙って頷く。行雄は続けた。

「でもね、すごい芽吹いちゃってさあ、しっかり者の上に勉強まで出来るから、こっちは夫婦揃ってタジタジなんだよ。しかも、俺が今こんな状況で家計が苦しいと知ると、自分のことはいいから妹にお金をまわせとか言い出して、親の面子《メンツ》なんてあったもんじゃないよ」

「小山内さんに似て優しいお子さんなんですね」

「ありがとう。それで、菜々は下の子なんだけど。菜の花からとったんだ。長い冬が終わって春を告げる菜の花畑のように、人の心に明かりを灯《とも》して欲しいと願って」

吉永は頷きながら、手帳に書かれた菜々という字に目を落とす。

「でも、このあいだまでいじめられてて、学校に行けなくなってしまったんだ」

「そうなんですか――」吉永は表情を曇らせる。

「ところがね。先日、俺が持ち帰った給与明細があまりにひどくて一家で大騒ぎしてたら、それを聞いてしまったようで、翌日から突然に学校に行きだしたんだ。しかもその日に、いじめグループに物申したんだよ」

「すごい！」

「俺もいじめられてたことがあるから分かるんだけど、滅茶苦茶《めちゃくちゃ》、勇気が必要だったと思う。相手は複数みたいだしね」

「菜々ちゃん、強いんですね」

「うん。そんな娘たちの姿を見てたら、なんか自分が恥ずかしくなっちゃってさあ、俺もいっちょ、やってやろうって思ったわけ。ごめんね。こんな話、ちょっと手前味噌《みそ》すぎるよね」

「いいえ、そんなことないです。むしろ、芽結ちゃんと菜々ちゃんが羨《うらや》ましい。小山内さんと奥さんの愛情いっぱいの中で育っていて……」

最後に行雄は、手帳に「向日葵」と書いた。

「あおいちゃんの字はヒマワリなんだよね」

「はい」

吉永は目を瞬《しばた》かせながら、手帳の字に目を落とす。

「あおいちゃんの名前もご両親が想いを持ってつけた名前だと思う」

「はい……。でも、どこにでもある名前です」

行雄はゆっくりと頭《かぶり》を振る。

「青空のもと、夏の陽に向かって咲く無数のヒマワリ。そして、どんな日も、光に恵まれていて欲しい。その光の差す方にだけ目を向けて欲しい。そんなご両親の想いを俺は強く感じるよ」

行雄がそう言うと、吉永は手帳に書かれた自身の名前を見ながら唇を強く嚙む。

「そうじゃないですか？　吉永向日葵さん！」

行雄は笑みを向けて問いかけた。

「そうでした……」

そこで行雄はミルクレープの載った一皿を再び吉永に滑らせた。

「食べようか」

「頂きます」

そう返事をした吉永の表情はヒマワリのように輝いていた。

第十一章　プロードスの真実

一

今か今かと待ちわびていると、ドアをノックする音がした。

伊澤は勢いよくアパートの玄関ドアを開けた。

「お待ちしておりました！」

「おお、ビックリした。これ、あおいちゃんから預かってきたよ」

行雄は紙袋を渡した。

中に入っているのはソフトケースに入れられたノートパソコン。伊澤は行雄を睨《にら》む。

「小山内さん！　どんな手を使ったんですか！」

「どんな手って、人聞きが悪いな。俺は単にあおいちゃんに元気になって欲しかっただけだ。ただそれだけだ」

「それにしたって、先日お話ししたばかりなのに──」

伊澤は信じがたい思いに駆《か》られる。このノートパソコンのためにどれだけの時間と労力を費やしたことか。そして、どれだけ自分が吉永のことを心配していたことか。伊澤は妬《ねた》みすら感じずにはいられなかった。

「やっぱり、あおいちゃん自身がこれを公《おおやけ》にするのは憚《はばか》られるようだ。これ、パスワードだって」行雄はメモ用紙を一枚渡す。

受け取った伊澤はノートパソコンを卓袱台《ちゃぶだい》に置くと慎重にプラグをコンセントに繋いだ。そして、緊張した面持《おもも》ちで電源ボタンを押した。

パソコンが起動し、渡されたパスワードを入力すると、ほどなくしてホーム画面が現われた。ファイルやショートカットが綺麗《きれい》に並ぶ。生前の真家を偲《しの》ばせるようだった。

「これか?」

行雄は『プロードス』という名前のフォルダを指さす。

「開いてみましょう」

伊澤がフォルダをクリックすると、膨大《ぼうだい》な数の項目が表示された。

「すごい数だな」

「ですね。それらしいワードで検索を掛けてみます」

すると『最終試験結果』という項目が見つかった。

「これが怪しそうですね」

伊澤がその項目をクリックすると、グラフと細かい数字が羅列《られつ》する表が現われた。グラフには縦軸と横軸にアルファベットが記されているが、一見してそれが何を意味しているのかは分からない。伊澤はスクロールしながら数字が意味するものを解読しているようだった。

「分かりそうか?」

「難解ですね。というか専門外です」

「伊澤君でも難しいか」

「真家さんは一級建築士でもありました。一級建築士の合格率は近年一〇%ほどの難関資格です。にもかかわらず、彼は大学の建築学科在学中に合格しているんです」

「すごいな、そんな逸材《いつざい》だったのか」

「そうですね。昭櫻住宅に就職後、一年間だけ現場の設計業務に携わっていたようですが、優秀なため本社から声がかかったようです。将来を嘱望《しよくぼう》されていたに違いありません。その意味でも彼の死はとても残念です」

「たしかに……」

行雄は真家本人と話したことはなかったが、この世界から消えてしまった命の重みを今更ながらに感じた。社会でも前途有望であった。そして何より、一人の女性に生きる光を照らしていた青年だった。

「建築知識に明るい人間なら、どうにか読み解くことは出来るのでしょうけど。信用できない者の目に触れさせられる内容でもありませんし……。困りました」

二人は目の前の画面をただただ注視する。

「せっかく、ここまで来たのに」

伊澤が大きく溜息をついた時だった。行雄は思いついたとばかりに手を叩《たた》く。

「いい人がいるじゃないか。建築知識に長《た》けていて、口も固い。それでいてもう社外の人だ！」

「え？　そんな都合のいい人いますか？」

「いるよ！」

行雄は自信に満ちた笑顔を向ける。


「断る！」

行雄と伊澤に仏頂面《ぶっちょうづら》でそう言ったのは籾山だった。

「どうしてですか、籾さんだって昭櫻住宅のやり方はおかしいって常日頃、言ってたじゃないですか」

そう食い下がる行雄は籾山の自宅を訪れていた。籾山の自宅は昭櫻住宅で二十数年前に建てた純和風の建物であった。その客間にいる。行雄の隣では伊澤が背筋を伸ばし正座をしている。

「もう俺は社外の人間だ。どうでもいい。それよりも、第二の人生を平穏に暮らしたい」

穏やかな表情で籾山にそう言われると、行雄は返す言葉がない。籾山が言うのも頷《うなず》けた。長い会社員人生を終え、今こうして悠々自適に過ごそうとしていた。そんな籾山の生活にどうしてわざわざ荒波を立てる必要があろうか。

その時だった。それまで黙って聞いていた伊澤が九十度頭を下げた。

「この通りです。ご協力をお願い致します。今回の耐震データ偽装により一人の青年が命を落としているんです」

「悪いが、俺には関係ない」

籾山はにべもなく撥《は》ねつける。

「その青年は籾山さんとも一緒に働いたことがあります。そしてその青年と婚約関係にあった女性も人生を大きく狂わされてしまった」

「なに？」

籾山は何か思い当たるのか鋭《するど》い視線を伊澤に向ける。

「真家洋。青年の名です。ご相談するに当たって、いろいろ調べている間に籾山さんとの接点を知ってしまいました」

「じゃあ、その婚約者というのは――」

「吉永向日葵さんです」

籾山は腕を組むと瞑目《めいもく》する。

「それを先に言え」

「申し訳ありません」

籾山は大きく息を吐くと座卓の何もない一点に目を落とす。

「新入社員で入ってきた真家を育てたのは俺だ。一緒に仕事をしたのは一年ほどだったが、最近の新人にしては珍しく仕事に熱い青年だった。まるで若い頃の自分を見ているようで頼もしかったのを覚えている。そんな真家があおいちゃんと結婚すると言って招待状を持ってきたときは我がことのように嬉しかった。それだけに、あいつが亡くなったと知らされた時、自分の息子を失ったようだった……」

行雄も知らない事実だった。

「分かった。見よう。いや、見せてくれ」

「ありがとうございます」

行雄と伊澤は平身低頭する。

伊澤はノートパソコンを開き、最終試験結果を籾山に見せた。籾山は往時《おうじ》の眼光《がんこう》で画面を注視する。自分でスクロールし熱心に見ていく。すべてのページを見終えると険しい表情になった。

「これはプロードスに使われていた『ＰＳＩ』のデータだ。ＰＳＩは柱と柱の間の筋交《すじか》いの一部、そして柱受けに使われていた硬質ゴムだ。ＰＳＩは耐候性もあり、強度も高く、しかも弾性は五十年変わらないというのが謳《うた》い文句だった。だが、このデータが事実ならＰＳＩの弾性はわずか二年でなくなることになる」

「に、二年ですか！　短すぎる。でもそれで、先日の地震で川口さんのプロードスが大きくひび割れしたのも頷けてしまう」

行雄はあまりのことに驚きを隠せない。今、籾山が語ったＰＳＩの特性はプロードスのパンフレットにも書かれていた内容だった。行雄も顧客に幾度となく説明した記憶がある。それが全て嘘《うそ》だったことになる。

「しかし……」

「しかし、どうしましたか？」

困惑した表情の籾山に行雄が訊く。

「こんな偽装《ぎそう》を真家が自らの意思でするとは思えないのだが……」

「データ偽装の主犯は別にいるはずです」

そう言ったのは伊澤だった。

「なぜ、そう言えるんだ？」籾山が望みを込めたように訊く。

「真家君はただ指示通りに動き、全ての責任を押し付けられただけです。主犯はまだ研究段階だったＰＳＩとプロードスを、無理矢理に新商品として発表した人物です。それは、真家君が吉永さんに宛てた手紙にも書かれていたはずです」

「そうだな、それに、真家君は最後にはっきりと言っている」

行雄が言い添えた。

「なんと言ったんだ、真家は？」籾山が訊いた。

「家族に宛てた遺書です。『昭櫻住宅に殺された』、と」行雄が言った。

「真家の上司は当時の開発室室長だった倉木、そして、開発室は社長直轄の部署」

籾山が当時の記憶を手繰《たぐ》り寄せる。

「主犯は取締役の倉木誠輔、そして彼を操っていたのが社長の石破。遺書にある『昭櫻住宅』とは二人のことを指《さ》しているのではないでしょうか。そう考えるのが妥当な筋でしょう」

伊澤が後を引き取った。二人が頷く。

「だが、このデータがＰＳＩのものであることを証明するためには、実際に建てられているプロードスからＰＳＩを回収する必要がある。抜き取ること自体は可能なはずだが、一部解体しなければならない。全てのプロードスは引き渡し済みだ。居住者もいる。しかも現段階で公に出来る話ではない。裏付けを取るのは非常に難しい」籾山が呟《つぶや》く。

「小山内さんのお客さんで建物を少しだけ壊してもいい人いないですか?」

伊澤が隣に座る行雄に訊く。

「そんな人、いるわけないだろ」行雄が突っ込む。

「せっかくここまで来たのに、やはり最終的には現物が必要になるんですね。簡単に手に入るものなら良かったのに、不正が眠っているのは建物の内部ですからね」

伊澤が行き詰まりを感じていると、

「協力してくれる人がいるかもしれないぞ」

行雄が思いついたとばかりに手を叩いた。


「嫌ですよ!」

行雄に驚いた表情でそう言ったのは斎藤だった。場所は昼下がりの総務部特別管理課のプレハブ小屋である。

「そこを、何とか頼むよ。ちゃんと直すからさあ」

「意味が分からないんですけど。なんで、僕の家の一部を壊して部品を一時的に貸さなければならないんですか? その間に住む家はどうするんですか!」

斎藤が自身の自宅兼賃貸住宅を建てたのは四年前であった。四年前と言えばプロードス全盛の時代である。逆にプロードス以外は売れなかった時代だ。いつかの会話を思い出し、行雄が訊いてみると、斎藤の物件もやはりプロードスであった。

憤慨する斎藤に行雄は笑顔を見せる。

「斎藤さん、昭櫻住宅お好きですか？」

「以前にも言いましたが、大嫌いです。世界中の誰よりも嫌っている自信があります」

「そうですよね、実はですね——」

行雄は辺りを憚《はばか》ると、プロードスに掛けられている疑惑を斎藤に耳打ちした。

「マジですか！」

「はい。まず間違いないと思います。そのためには現物が必要なんです」

行雄は斎藤の目を覗《のぞ》き込む。

「それを先に言って下さいよ。もちろん協力します。いや、協力させて下さい。いつやります。今日やります？　壁をぶっ壊せばいいんですよね？」

行雄が引くほどに斎藤は俄然《がぜん》やる気になっていた。

二

伊澤の自宅。三人が集合しやすいということで、ここになった。行雄の手元にはPSIの一部がある。握り拳ほどの大きさで、何の変哲《へんてつ》もない黒いゴム片でしかない。

「よく手に入ったな」籾山は驚いた顔をする。

結局、行雄が話したその日のうちに斎藤自らが自宅の壁をバールで叩き壊した。その様子は悪鬼羅刹《あっきらせつ》のようで、斎藤の会社に対する怒りが並々ならぬことを思い知らされた。

「しかし、これをどうやって調べるんですか?」

「ゴムやプラスチックの材質分析をしてくれる会社があるんだ。そこに依頼すればすべてが明白になる。少し費用が掛かるが、それは頼むよ」籾山は伊澤に目を向ける。

「お任せ下さい。必要経費として処理させて下さい」

伊澤の後ろには関東六葉銀行がいることを今更ながら思い出す。

検査結果が出たと籾山から電話があったのは一週間後のことだった。三人は再び伊澤の自宅に集合していた。

「完全に一致している」

籾山は数ページに及ぶ「検査結果報告書」と銘打たれた書類のページを手繰り、パソコンの画面上のデータと並べる。籾山と行雄が座布団に座り、伊澤は二人の後ろから膝立ちで覗き込んでいた。

「一致してしまいましたね……」

そう言った行雄は下唇《したくちびる》を強く噛《か》む。分かっていたことではあるが、こうして不正の事実を目の前にすると、踏み込んではいけない領域に自分がいることを実感する。それは、籾山も同じようであった。

「どうして、こんな馬鹿げたことを……」籾山は怒りすら滲《にじ》ませている。

「おそらく、社長命令による売上倍増計画が遠因でしょう。それは受注金額の倍増だけでなく、新商品開発にも期限と注文をつけていたようですから。魅力的な商品を低価格で！　言うのは簡単ですけどね」否定のしようがない伊澤の推論だった。

「伊澤君はこれをやっぱり銀行に報告するんだよね？」

行雄は画面を注視したまま尋ねた。

「そうさせて頂くつもりですけど――」

「そうなると昭櫻住宅はどうなるんだろうか？」

伊澤は少しの間考えを巡らせると口を開いた。

「私の上司である関東六葉銀行専務取締役、武岡の判断によるところですが、おそらく許さないと思います」

「許さない？」想定外の言葉に行雄は聞き返す。

「武岡は、なんというか、正義感が強く義理に厚い人間なんです。銀行が企業に融資するのには、業績や将来性よりも、その経営者が信頼できる人間か否かが第一だと常に言っています。おそらく、不正が事実だと知ったら断固《だんこ》たる行動に出ると思います。しかし、関東六葉銀行が表立って昭櫻住宅を告発することはできませんので、極秘に外部告発ぐらいはするでしょう。もちろんすべての債権を回収した後にですけど」

「そうすると、昭櫻住宅は倒産か？」

「いや、それは、詰まるところ、このＰＳＩの強度によると思います。制振性能がないのはもう決定的です。さらに、建築基準法を満たす耐震性もなければ全棟建て直して補償することになるでしょう」

「データを見る限りだと、制振能力こそないが、十分な強度は保っている。建築基準法以下の建物とまではいかない。つまり、車が燃費性能だけを偽《いつわ》っていたのに近い」

　籾山が補足した。

「そうなると、トップの謝罪はもちろんですが、一律いくらかの金銭的補償を行なうのが予想できるところだと思います。同時に自浄作用の期待できる経営再建策を公表しなければなりません」

「自浄作用？」行雄が聞き返した。

「はい。すべてはそこに行きつくと思います。残念ながら今の昭櫻住宅に自浄作用はありませんので……」

「俺が社長に進言して、社長が改めればどうだろうか？」

　行雄は救いをもとめるような口調になっていた。

「うーん。外部からの告発によるよりは、だいぶマシだと思います。社会的イメージも幾分かは保たれるのではないかと思いますけど――」

行雄は振り返ると、後ろにいる伊澤に言った。

「社長に諫言《かんげん》させてくれないか？」

「あ、あの社長にですか？」

「頼む。社長自らが罪を認め悔い改めれば、多少は世間も納得してくれるんじゃないだろうか」行雄は伊澤に頭を下げた。

伊澤は大きく息を吐きだす。

「分かりました。武岡への報告はその後にさせて頂きます」

「ありがとう」行雄は再び頭を下げる。

「でも、どうしてそこまで、内部告発にこだわるんですか」

そう訊かれた行雄は穏やかな表情になる。

「多くのお客さんは、きっとそっちを望んでいるんじゃないのかと思うんだ。それに真家君もそうだと思う」

「たしかに、そうですね」

伊澤は頷いた。

目安箱。

昭櫻住宅にも一応ある。社長直通のメールアドレスがそれだ。

行雄はプロードスにまつわる不正と、顧客への補償を嘆願《たんがん》した内容のメールを社長宛てに送信した。何度も読み返し、文章を作成し終えてから「送信」ボタンを押すのに恐怖から十分ほど時間がかかった。「返信」があったのは翌日のことであった。だが、それはメールではなかった。

出勤してきたばかりの行雄を屈強な男性社員数人が囲む。

「小山内行雄だな。神妙にしろ！」

総務部特別管理課のプレハブ小屋の前でのことだ。小屋の中にも数名の社員が既に入っているようで、行雄の机やロッカーをガサ入れしているのが開け放たれた入口から見えた。斎藤も何か尋問を受けている。

その斉藤と話していた男は行雄に気付くと、プレハブ小屋から出てきた。それは取締役の倉木であった。

「な、なんですか、これは！」

行雄は倉木が口を開く前に尋ねた。

「貴様、分《ぶ》を弁《わきま》えず目安箱を使ったな」倉木は憐《あわ》れむような表情で言う。

「分を弁えずって、平社員が社長に訴えるためのものですよね、目安箱は！」

「そんなもの建前に決まってるだろ！　実際は不満分子を炙《あぶ》り出すためのものだ」

「そんな馬鹿な！」

多少の押し問答の末、行雄は周囲を男性社員に固められて社屋へと連行された。

幸か不幸か、御白州《おしらす》の場所となったのは社長室であった。

本社ビル最上階。同じ敷地に建つ総務部特別管理課のプレハブ小屋とはまるで景色が違う。従業員数三千六百三十人。その代表取締役社長である石破倫太郎の執務室である。

行雄の視線は定まらない。黒で統一された重厚な応接セット。壁に掛けられた数枚の絵画。山水画の描かれた腰の高さほどもある壺。まるで美術館の個室を思わせた。部屋の広さも、澄んだ静寂もどこか似ている。

ただ、違うのは開放的な大窓と、その先に広がる都心のビル群。そして何よりも、湾曲したプレジデントデスクにつき、閻王《えんおう》のように眉を吊り上げている男が目の前にいることだった。

なるほど、賽の河原とはよく言ったものだ。閻魔もちゃんといた。行雄は今更ながらに自嘲する。

既に人払いされ、室内には行雄と石破だけとなっていた。倉木も退《しりぞ》けられていた。

石破はしばらくの間、デスクの上で手を組んだまま行雄を見据える。どう裁断するかを楽しんでいるようにも見える。その行雄は直立不動以外の姿勢が許されないように立たされていた。

「メールの内容は真実か？」

石破は椅子に体を預けると、第一声でそう尋ねた。

「はい。実際に引き渡し済みのプロードスから採取したＰＳＩを調べましたので、間違いありません」

石破は真っ白な頭に手を遣《や》ると深い溜息とともに瞑目する。

「そうか……。メールによると、亡くなった開発担当者が使っていたパソコンにあったデータと実際のＰＳＩのデータが一致し、公にされているデータと大きく乖離《かいり》している。データ偽装の疑いがあるということだが」

「仰《おつしや》る通りです。こうした不正は、いくら隠蔽《いんぺい》してもいずれは明るみに出ることだと思います。それならば、外部から告発される前に真実を公にするべきです」

石破は笑みを向ける。

「それで、お前は何が望みなんだ？」

「それは、プロードスの施主への謝罪と補償です」

「小山内行雄といったか、なかなか切れるなあ」

石破は自身の頭を指で叩く。どこか行雄と会話が噛み合わない。

「この件は既に片付いていると思っていたが――」

「片付いている？　それは、どういうことですか？」

行雄は聞き返さずにはいられなかった。

「五年前、お前と同じように目安箱を使って俺に同じ嘆願をしてきた者がいた」

「………」予想外の展開だった。

「そいつの場合は、俺に跳ねつけられると、自ら死においったがな」

そう言うと石破は鼻で笑う。

「真家洋君ではないですか？」行雄の声が俄《にわ》かに低くなる。

「ああ、そんな名前だったかもしれない。そもそも自分で不正なデータをでっち上げておいて、発売直前に、その尻拭《しりぬぐ》いを俺にしてくれなど、ありえん話だろ」

「データ偽装をするよう仕向けたのは、社長じゃないんですか！」

「俺は何も知らん。倉木からの報告では真家が勝手にやったことだ」

行雄は少し驚く。知らなかったという石破は嘘を言っているようには見えなかったからだ。だとしたら、倉木が単独で真家に指示した？　遺書に言う『昭櫻住宅』とは倉木のことを言っているのか？　もしくは別の取締役が倉木に指示を出したのか？　どっちにしても真家が自分の意志でデータを改竄《かいざん》するとは思えない。

「どうして彼が不正をやったと言い切れるんですか！」

行雄の声が大きくなる。

「言い切れるだろ。だから自責の念で死んだんだろう。ただ、困ったのが公に出来ない事情だったがな。その上、あんな遺書を残したもんだから、遺族が過労死だと騒いでな。本当に無駄な金を使わされてしまった」石破は苦々しい表情で言う。

「そうすると、社長はプロードス発売当時、不正を知っていらっしゃったんですね？　それにもかかわらずプロードスを世に送り出した。そこまでして利益を追求しなければならないんですか？　明らかに間違っている！」行雄が詰め寄る。

「お前は何も分かっていない。いや分かろうともしていない。だから、会社が望む方向が分からないんだ。だから、会社の声が聞こえてこないんだ」

「あなたも顧客や従業員の声が聞こえていない！」

そこで、石破の眉《まゆ》が憤然と吊りあがる。

「貴様！　誰に口をきいているんだ！　出ていけ！　こいつを摘まみ出せ！」

石破が大声で部屋の外に告げると、待機していた男たちが行雄を取り囲む。

「ちょっと待って下さい！　話は終わっていない！　社長自ら公にし、顧客への補償をしないのであれば、私が不正を公表します！」囲まれながらも行雄は石破に吼《ほ》えたてる。

石破は行雄に一瞥《いちべつ》をくれると、僅《わず》かな冷笑を浮かべた。

社長室を半《なか》ば強制的に追い出された行雄はプレハブ小屋に戻っていた。室内は荒らされ、まるで乱暴な家宅捜査を受けたようであった。

尋問されていた斎藤も既に解放されてはいたが、よほど強く迫られたのか椅子に座ったまま放心しきっている。

ここまでするか――。

そんな怒りすら湧いてきたが、行雄は散乱した書類や私物を一つ一つ拾《ひろ》い、元あった場所に戻していく。ここに来て一月余りしか経っていないが、今はここが職場であり愛着すら感じつつあった。すると、それまで黙っていた斎藤が立ち上がると、行雄と一緒に落ちているものを拾いだした。

二人は黙々と手を動かす。ほぼほぼ片付いたと思った時だった。キャビネットの間にボールペンが落ちているのを見つけた。行雄がそれを拾おうと、腰をかがめ隙間に手を伸ばすと、斎藤が行雄の隣にしゃがみこんだ。

「小山内さん。すみません、すべてを喋《しゃべ》ってしまいました」

斎藤は目線をキャビネットの隙間に向けたまま小声で言った。驚いた行雄に斉藤は続けた。

「来週からここを出ることになりました。ある支店の課長職に空《あ》きが出来たので行って欲しいと、先ほど言われて……」

思わず行雄は斎藤を見た。その表情は行雄に対する謝罪と、ここから解放される喜びの入り混じったもののように見えた。口では昭櫻住宅を罵《ののし》っていた斎藤だったが、元のように働きたかったに違いない。行雄は小さく笑うと、何度も頷いた。

その日、行雄は足早に会社を出ると、駅前にある商業ビルへと入って行った。

エレベーターで上階へと昇る。扉が開くと正面に磨《す》りガラスの自動ドアがあり、警備員が二人立っている。警備員に促《うなが》され、カードキーを機器にかざすと自動ドアが開いた。ドアの先にはフロントがあり、行雄はそこで名前を告げ身分証を提示する。ほどなくしてスーツに身を固めた男性が現われ案内された。

行雄は「Ｒ17」という部屋の前で、生体認証を行なうよう男性に促される。機械に手の平をあてると、自動ドアが開いた。目の前には窓のない個室。壁一面に金庫が並んでいる。

行雄はその一つにディンプル錠を差し込み、暗証番号を入力し解錠させた。中にはソフトケースに入ったノートパソコンとＰＳＩの断片。さらには、そのＰＳＩの調査報告書などが入れられていた。行雄はそれらすべてを取り出すと鞄《かばん》の中へ入れた。

そこは民間の貸金庫であった。昭櫻住宅の耐震データ偽装を告発するにあたって、これらは重要な物証となる。それを、どこに保管するか考えた末、この貸金庫に行きついたのだった。持ち歩きたくもないし、伊澤のアパートでは心もとない。行雄や籾山の自宅では少し不便であった。そこで、伊澤がこの貸金庫をネットで探しだした。

行雄はビルを出ると伊澤の家へと向かった。午後九時に伊澤の自宅で会う約束を取り付けている。電車に揺られること一時間、伊澤の家からほど近い駅で下車した。行雄は近道だという路地を縫《ぬ》っていく。道順も自然と覚えてしまっていた。

それにしても、伊澤とは不思議な縁だと思う。年齢も、境遇も、ひいては本来の会社まで違うというのに、今こうして行動を共にしている。目的こそ違えど向いている方向は同じだった。

行雄は裏路地に入っていた。先日、伊澤を尾行し揶揄《からか》った場所だ。その時だった。すぐ後ろに気配を感じると、背中に何か尖った物が当たる感触があった。

「これ以上、プロードスに首を突っ込むな」

行雄は思わず笑いだしそうになる。伊澤が先日の仕返しとばかりに、すぐ後ろを歩いているのだろう。声音《こわね》こそ変えているが頭上から声がする。それにしたって、同じネタを使うな。そんなことを思いながら、

「断る！」

と、行雄が籾山の真似《まね》をして言った時だった。

背中に突き立てられていたものが消える。いや、激痛に変わる。思わず呼吸が止まる。たまらず、振り返ろうとすると、こんどは側頭部に強い衝撃を感じた。大きく視界がぶれ

る。行雄は自分が崩れ落ちていくのを感じたが、支える力が出ない。無意識に腕で頭を守っていたが、その上から容赦なく、鈍器のようなもので叩きつけられ、耳元で乾いた音がした。さらに腹部へ蹴《け》りが入ると、忘れていた呼吸が妙な音で発せられた。

——殺される。

こんなふうにして俺は死ぬのか。行雄が自分に起こっている事態をようやく理解した時だった。

「そこで、何をしている！」

聞き覚えのある声が遠くでした。

三

関東六葉銀行本店。伊澤は速足で廊下を歩きながら腕時計を見た。午前八時になろうとしている。約束の時間には少し早いが部屋のドアをノックした。まだ秘書も出勤してきていないようで、中から本人の声がかかる。部屋に入ると伊澤は深々とお辞儀《じぎ》をした。

武岡はデスクの前にある応接テーブルを指さすと、自身も六つある椅子の一つを引き、そこに座った。

「だいたいの話は電話で聞いたが、その後、被害に遭《あ》った方の容体《ようだい》は？」

武岡は自身で淹れたコーヒーを啜《すす》りながら訊いた。

「予断を許さない状態が続いています。ナイフで背中を刺された上に、警棒のようなもので滅多《めった》打ちにされていますす。一命を取り留めたとしても、今まで通りの生活は難しいかもしれないと」

「そうかあ……」

武岡は厳しい表情になる。

「それで容疑者は？」

「現在も逃亡中ですが、まずもって昭櫻住宅の人間に間違いありません。当日の日中に小山内さんが告発を予告した矢先のことですから」

「それにしても、愚かなことをする……。しかし、肝心のノートパソコンと制振ゴムが奪われたのは痛いな」

「苦労して得た耐震データ偽装の物証がすべてなくなりました」

武岡は溜息を漏らすと、再びコーヒーを口にした。

「徹底的に隠蔽するつもりか、昔と何も変わっていないな……」

「二十年前のことでしたか？」

伊澤が尋ねた。

「ああ、今回ほどではないが、あの時も耳を疑ったよ。なにせ、虚偽の受注が計上されていることが全国的に発覚したんだ。全国的にだぞ。売上金額との乖離が大きすぎるために露呈《ろてい》したんだがな」

「実態のない契約ということですか？」

　武岡は頷く。

「ノルマが絶対なんだよ、昭櫻住宅は。当時、受注と売上、双方にノルマがあったが、両方とも達成できないとは現場の責任者たちは報告が出来なかったのだろう。それで、嘘の契約をでっち上げて受注ノルマだけでも達成したかのように見せかける行為が全国的に行なわれていた」

「かなりの金額だったんですか？」

「ああ、三十億だ。我々と昭櫻住宅の間だけで処理したから明るみにはなっていないが、当時のままだな、昭櫻住宅は……」

「でも、現在は受注金額と売上金額の乖離は適正な範囲だと思いますが」

「受注金額は嘘をつかなくなったが、違う嘘をつくようになっただけだ。企業風土、体質、それらは何も変わっていない。二十年前のままだ」

　武岡はそう言うと体を背凭《せもた》れに預け、瞑目《めいもく》する。

　伊澤は窓の外に目を向けた。雨こそ降りだしていなかったが、厚い雲がどこまでも続いていた。

「専務、お願いがあるのですが」

「なんだ？」

武岡の声が少し裏返る。

「電話でもお話ししたことです……」

「分かった。それしかないな。費用はこちらで工面しよう」

「ありがとうございます」

伊澤は椅子から立ち上がると深々と頭を下げた。

「伊澤……。お前、変わったな」

武岡は頭を下げ続ける伊澤に笑いながら言った。


パイプ椅子に座った由香里の表情は困惑と不安の入り混じったものだった。

目の前には頭部に包帯を巻かれ、呼吸器と点滴を付けられている行雄が寝かされている。

集中治療室に入れられ、丸二日以上が経っていた。依然として意識が戻らず、心電図モニターに表示された数字や線の波形が唯一の生きている証《あかし》だった。それが、いつ途絶えるか、由香里は気が気でなかった。

警察から電話があったのは、二日前の午後九時頃。

最初何を言っているのかまるで理解できなかった。会社とも自宅とも、まるで関係のない街で襲われて瀕死の状態。至急、告げられた病院に来るように言われた。何かの悪戯《いたずら》か、新手の詐欺を疑い、念のため夫の携帯に電話したが繋がることはなかっ
た。娘たちと病院に駆け込むと、すべてが現実だというように変わり果てた夫の姿がそこ
にあった。会社の同僚だという若い男性から詳細を告げられ、ようやく事の経緯を理解し
たのだった。
それから二日間、由香里はほとんど病室を離れなかった。医師から最悪の事態を告げら
れていたからだ。
「また、ボコボコにされちゃったね」
由香里は眠ったままの行雄に話しかける。返事はない。
「あの時と一緒だ……」
呼吸器を付けられた行雄にそう話しかけたが、機械音だけが病室内に響いていた。
あの時と一緒。
由香里は心のうちでそう繰り返す。すると、涙が頬《ほお》を伝った。行雄の手を握る。手の平
にある破線状の傷を指でなぞると、遠い記憶が蘇《よみがえ》った。
小学校に上がる少し前、由香里の父は家を出ていった。ギャンブルで作った借金が原因

だった。母から離婚を切り出したらしい。

それから、母と二人で暮らした。母は仕事を幾つも掛け持ち、ほとんど家にいることはなかった。毎晩、どうしようもなく寂しくて、いつしか、テレビが話し相手だった。

中学生になると、そんな現実から逃げたくて、遊び歩くようになっていた。別にそんな意識はなかったけど、いつの間にか、「不良」というレッテルが自分に張り付けられていた。

上等だと、思った。

結果、何かに反発するように暴れた。それでも、人の道から外れるようなことだけはしなかったつもりだ。だから、あの時、ダチが男に暴力を受けた時は心底許さなかった。

一人でカチコミした。相手は男。しかも五人。勝てるわけがなかった。そもそも弱いものいじめをする糞野郎《くそ》だ。こっちが一人でも容赦《ようしゃ》はなかった。羽交《はが》い締《じ》めにされて、何発も殴《なぐ》られ、男が嫌な笑みを浮かべた時、自分の短気と浅はかさを後悔しかけた。その時だった。

「やめろ！」

割って入った声。一瞬、助かったと思った。

だが、声の主が誰か分かった瞬間、希望から落胆へと叩き落とされた。

そいつは、目の前の糞野郎にいつもいじめられている根性なしだった。

パシリにされ、酷《ひど》いときは平手で頰を叩かれていた。それでも反抗しない根性なしだった。小学校から一緒だったけど、目立たなくて大人《おとな》しい奴。だけど持ち前の優しさが全身から滲《にじ》み出ているからか、少し気になっていた。

根性なしは猛然と駆けてくると糞野郎にタックル。ていうか足を掛けていた。糞野郎は背中をつく。その後は目を覆《おお》いたくなるような大乱闘。相手は五人いたが、いい勝負をしている。何かのリミッターが外れたように根性なしは暴れる。何がそうさせるのか？　自分がやられても仕返しも出来ない奴なのに。その時、由香里は思い当たった。

もしかして、あたしがやられてたから？

突然、遠巻きに様子を窺《うかが》っていた一人が何かを持って根性なしに突進した。次の瞬間、耳をつんざくほどの叫びが空気を震わせた。

根性なしの手に何かが突き刺さっているようだった。形勢逆転。根性なしは殴られ、蹴られ、尻餅《しりもち》をついた。五人が囲む。

由香里の中でも何かがブチ切れた。叫びながら落ちていた鉄パイプを握り割って入る。夢中で暴れた。どうなってもいいと思った。後のことは自分でも覚えていない。

気が付くと根性なしと二人だけとなっていた。見ると顔を腫《は》らして、ひっくり返っていた。その傍《かたわ》らで血に汚れたものが鈍《にぶ》く光っているのを見つけた。それは金属製のアフロコーム。これで刺されたに違いない。右手からはひどい出血だ。携帯電話もない時代。由香里はどうにか近くの公衆電話まで行くと救急車を呼んだ——。

「あん時と、同じじゃねえかよ」

由香里が呟く。心電図モニターの音が室内に響く。その音と話すように由香里は続けた。

「また、誰かのために突っ込まなくてもいい首を突っ込んだだろ。自分がやられてもやり返せないあんたが唯一戦うのは、他人がやられている時だけだからね」

由香里は慈《いつく》しむ表情になる。

「本当に不器用だよ。優しすぎるのも考えものだよ！」

由香里がぼやくと、それに応《こた》えるようにして心電図モニターの音が少し変わった。

「でもね……」そこで由香里は行雄の手を強く握る。

「あん時と同じように、きっとその人は救われるよ。みんな自分のことばっかのようだけど、中にはそうでない人がいることも知るはずだから。そして、その人は、あんたを……」

由香里がそう言いかけた時だった、心電図モニターからアラーム音が鳴る。慌ててモニターを見ると、今まで波形を打っていた何本かの線のうち一本がフラットになっていた。

「0」という数字が表示されている。

アラーム音が病室になり続ける。

「誰か……助けて……。助けてー！」

由香里は叫びながらナースコールを何度も押した。待っていられず、誰かを呼びに行こうと思い、病室のドアノブに手を掛けると看護師が切迫した表情で現われた。

「今、医師も来ますので、下がっていて下さい」

看護師は早口にそう言うと行雄の元に寄り、モニターを確認する。

看護師は驚いた表情で手元を動かしている。

「なんでもいいから助けて下さい！」

由香里はその場に膝《ひざ》をついて頼んでいた。

「お願いだから助けて！」

由香里の声は震えていた。

いつの間にかアラーム音は消えていた。そこに医師も現われた。

医師は由香里に小さく頭を下げると行雄の元に行き、看護師と何かを話している。専門的な言葉が交わされていた。しばらくして医師は振り返ると由香里と目を合わせた。

「血中酸素飽和度を測定する機器が外れていただけです。安心してください。あまり外れるものではないのですが、何かの拍子に取れてしまったのでしょう」

見るとモニターは元の通りに戻っていた。

「それと、この騒ぎで意識も戻ったようですね」

医師は笑顔でそう言った。

ベッドに駆け寄ると行雄は目を開いている。そして由香里を認めると小さく微笑んだ。

第十二章　組織の声

一

７０８号室。最初の数字である「７」は階数を意味するらしい。なるほど、窓辺に立つと、埋め立て地の街並みが整然と広がっている。少し先には海も見える。

行雄は気がついたら病室にいた。

四人部屋。窓際のベッドであるのが少し嬉《うれ》しい。ずっと付き添っていたという由香里は家が心配だからと、昨日の晩に帰って行った。受験生がふたりいるので仕方ない。

行雄が意識を取り戻すまでの間、由香里は医師から行雄の今後についてを言われたそうだ。それは暗澹《あんたん》たるもので由香里にある程度の覚悟を促すものだった。ところが、目を覚ましてみると当の本人は喋ることも手足を動かすことも出来る。

「心配して損した」

そう、何度も笑いながら言う由香里の顔を行雄は思い出していた。

行雄は立っているのが辛《つら》くなったので、窓辺に置かれた椅子に腰を下ろした。その刹《せつ》那《な》、雷に打たれたかのような激痛が走る。ナイフで刺された場所だ。目を瞑《つむ》り痛みが引いていくのを待った。そうしていると、襲われた瞬間のことが再び思い出された。

背中に鋭《するど》い痛みを感じ、振り返る間もなく何かで殴打され、堪《たま》らず膝《ひざ》をついた。その後も容赦ない暴行に晒《さら》された。いじめられるのが嫌で始めた柔道の経験はあったが、まるで役に立たなかった。

どうにか一命こそ取り留めたが、すべては奪われてしまった後だった。パソコンも、PSIも何もかもが。

あおいちゃんに何と言って詫《わ》びれば良いだろう。亡くなった真家君のためにも告発すると約束したにもかかわらず、それも叶わなくなってしまった。それどころか、あのノートパソコンは真家君の形見でもあったはずだ。しかし、それも今頃は跡形《あとかた》もなく廃棄されているに違いない。斎藤のアパートからPSIを再び取り出すことも、今となっては不可能だろう。昭櫻住宅の不正は再び闇の中へと葬《ほうむ》られてしまった——。

午後三時になると、面会に訪れる人が顔を出す。病室内が和《なご》む時間だ。

隣のベッドには気難しそうな年配の男性が寝ていた。行雄も何となく声を掛けられずにいた。男性は午前中、黙々と読書をしていたが、娘と思《おぼ》しき女性が小さな子供を連れて現われると、別人のように口をききだした。こんな声だったのかと驚かされたほどだ。

やはり家族はいい。行雄がそんなことを思っていると、病室の入口に制服姿の高校生と中学生が現われた。芽結と菜々だった。

行雄が手を振ると、二人は同室の人に会釈《えしゃく》しながらいそいそと行雄の元に歩み寄る。

「元気そうじゃん」

芽結が言った。少し目が潤《うる》んでいるように見える。

「ああ、お陰様で。心配かけちゃったな。まだしばらくは入院みたいだけどね」

「痛くない？」

今度は菜々が訊いた。菜々はもう顔をぐしゃぐしゃにして、今にも泣きだしそうだ。

「たまに痛いけど、大丈夫だよ」

行雄は笑顔で答える。

「良かった……」

菜々はうんうんと頷く。

「お母さんは？」

「寝てる。お母さんずっと寝てなかったと思うから……」

芽結が苦笑いで言う。

「そうかあ……」

行雄は、目を覚ます前に由香里の声がしたのを思い出した。何と言っているのかは分からなかった。でも、由香里が何かを話しかけていた。すると突然に、小学生の頃の由香里が現われた。愛嬌《あいきょう》があって、お喋り。でも、どこか寂しげな印象だった。しばらくすると、中学生の頃の由香里が現われた。ツッパッていた頃の由香里。いつも仲間と一緒にいた。楽しそうにしていたが、やっぱりどこか寂しそうだった。最後に血だらけになって鉄パイプを振り回している由香里が現われた。叫《さけ》んでいた。怒鳴《どな》っていた。そこで目が覚めた。

どうやら、また由香里に助けられたようだった。

芽結は行雄が思った以上に元気であるのを知ると、病院に来た時のことや、そこで真相を知ったことや、それを教えてくれた伊澤がイケメンすぎたことを延々と話し出した。

菜々は行雄がいないことを知った平助が家中を歩きまわって行雄を探していて、その姿が堪らなく可愛《かわい》いと教えてくれた。行雄は菜々にも笑顔が戻ったのが何よりも嬉しい。

気付けば夕方五時になろうとしていた。行雄はリハビリも兼ねて二人の娘を一階のロビーまで見送ることにした。意識が戻ってからトイレ以外病室を出ていなかったので、どんな病院なのか興味もあった。

巨大病院だ。吹き抜けになったロビーには何列も椅子が並び、空港のターミナルを思わせた。既に半分ほど閉まってはいたが、窓口が幾つも並んでいる。正面には何インチあるのか分からないほど大きなテレビも置かれていた。

「ここでいいよ」

芽結が気遣うように言った場所は、既に自動ドアの前だった。

「気をつけてな、今日はありがとう」

行雄が笑顔でそう言うと、芽結と菜々は手を振って帰っていった。

いろいろあったが、今はこの子たちのためにも早く回復しなければ、行雄はそう心を新たにする。

二人が見えなくなるまで見送り、再びロビーを抜けて病室に戻ろうとした時だった。

『昭櫻住宅の――』

声はテレビからであった。思わず行雄の足が止まる。聞き間違いかと思いテレビを注視した。

『ただいま国土交通省より中継しております。間もなく、昭櫻住宅の耐震データ偽装に関する記者会見が行なわれます』

若い男性の記者が切迫した表情で中継している。行雄は視線を釘付《くぎづ》けにされた。

記者がいる場所は国土交通省の一室のようだ。部屋はそれほど広そうではない。既に報道関係者で埋め尽くされていて、隣の部屋にまで溢《あふ》れかえっているのが映《うつ》し出されていた。行雄は目を疑うように何度も瞬《まばた》きをするが、何度確認しても、テロップには『昭櫻住宅耐震データ偽装！』の文言が大きく躍《おど》っていた。

定刻になったのか、カメラのアングルが正面の席に向けられた。胸に弁護士バッジを付けた男性が一礼した。

『本日はお忙しい中、昭櫻住宅、耐震データ偽装に関する記者会見にお集まり頂き、誠《まこと》にありがとうございます。簡単に自己紹介させて頂きますと、わたくしは本日の司会を務めさせて頂きます、弁護士の兼村《かねむら》と申します。そして――』

兼村という弁護士は左に座る女性に手で促す。

『昭櫻住宅、営業企画室の吉永あおいと申します』

吉永ははっきりした声で挨拶をすると正面を見据えた。

「……あおいちゃん！」

行雄は思わず声に出す。周りの人が振り返ったようだが、テレビから目を離せない。目の前で起こっていることが俄《にわ》かには信じられない。カメラは吉永の隣の人物を映す。

『数か月前に昭櫻住宅を定年退職しました、籾山悟と申します』

「も、籾さんまで！」

行雄は心臓が音を立てて高鳴るのを感じた。この場でどうにかなってしまいそうだった。

弁護士の兼村は一つ咳《せき》ばらいをすると再びマイクに向かった。

『では、早速ですが、私の方から概要をご説明させて頂きたいと思います。事の起こりは五年前まで遡《さかのぼ》ります。その年の八月一日、昭櫻住宅は新商品プロードスを発売いたしました。プロードスは制振性能を標準装備した低コスト住宅として発売され、たちまちヒット商品として昭櫻住宅の売上に大きく貢献いたしました』

そこで兼村は一冊の冊子を掲げる。

『こちらがそのプロードス発売当時のパンフレットになります。この中にはこう書かれています。阪神淡路《はんしんあわじ》大震災の一・三五倍の揺れを複数回受けても構造体が持つ初期性能は失われない。そしてその制振性能は五十年先の未来まで続く、と。しかし、この制振性能に不正の疑いがございます』

兼村が言い切ったその瞬間、場内にどよめきが起こる。

『では、そのプロードスの不正を構造的な観点から一級建築士であり元昭櫻住宅社員でもある籾山氏からご説明させて頂きます』兼村は籾山に目で促す。

籾山は一つ咳ばらいをすると話し始めた。

『プロードスの制振はPodos Seismic Isolator——略してＰＳＩと呼ばれている硬性ゴムを柱受けと筋交いの一部に使用することにより実現されています。このＰＳＩは安価であり作業効率も変わらないことから、高い制振性能を持ちながらも価格が維持されるという触れ込みでした。報道関係者の皆様には事前に資料をＦＡＸさせて頂きましたが、その四ページ目、上段のグラフがそのPSIの耐候試験下の弾性を示すデータです。これは先ほど兼村氏が掲げたプロードスのパンフレットから抜粋《ばっすい》したものであります。これによりますと、五十年その弾性が失われないこととなっています。しかし、実際のPSIを試験に掛けた結果は大きく違いました』

そこで、籾山は黒い物体を手に持って記者に示す。

『これは現実に建っているプロードスから抜き取ったPSIです。これを耐候試験に掛けた結果が次ページのグラフです。それによりますと、僅か二年で弾性は失われ、その後は急速に硬質化してしまうことが分かります。このことから、パンフレットにあるデータは明らかに偽装されたものであることが分かります。実際のプロードスの制振性能はわずか二年しか保《も》たないのです！』

籾山がPSIを机に叩きつけるようにして置くと、一斉にフラッシュがたかれる。そこで、報道陣から手が上がった。

『豊栄新報《ほうえいしんぽう》の徳永《とくなが》と申します。自動車メーカーの組織ぐるみとも思える燃費不正なども最近耳にしますが、そのデータ偽装は組織ぐるみのものなのでしょうか？』

息を呑むような沈黙が会場に落ちる。

『組織……ぐるみです』

そう答えたのは意外にも吉永だった。聞き取れないほどのか細い声だった。

『もう一度いいですか』

記者が問い返すも、吉永は口を噤《つぐ》んだまま声が出せないようだった。吉永に視線が集まる。画面越しにも吉永が震えているのが行雄には分かった。

「頑張れ！　あおいちゃん頑張れ！」

行雄は人目も憚らず叫んでいた。次の瞬間、吉永は正面を見据える。

『組織ぐるみです！』

はっきりした声だった。

『どうして、そのように言い切れるのでしょうか？　ゆっくりで結構です。お話し頂けますか？』

別の記者の声だった。緊張している吉永を労《いた》わるような優しさが含まれている。吉永は背筋を伸ばすとマイクに向かった。

『プロードス発売の一週間前、一人の青年がこの世界からいなくなりました。彼はプロードスの開発担当者であり、そして……』

吉永はそこで言葉を切ると目を瞑り、唇を嚙む。行雄は握ったこぶしが震える。

『そして、私の婚約者でした。名前を真家洋といいます。彼は、新卒で昭櫻住宅に入社すると、設計士として現場の業務に携《たずさ》わっていました。そして、二年目の春から本社商品開発室に異動となりました。人々を災害から守る家を作りたい、それが彼の夢でしたから、その夢に一歩近づいた瞬間でした。その夢のために彼は頑張っていました。でも、道半《なか》ばで彼は亡くなってしまいました』

そこまで話すと吉永は数枚の便箋《びんせん》を報道陣に向けた。

『亡くなる前、彼が残してくれた手紙です。そこにこう書かれています。――会社の指示であるとはいえ、偽りのデータ作成に加担してしまった。決して許されることではないと思う。僕は罪を償《つぐな》わなければいけない――』

便箋に対して一斉にフラッシュがたかれる。吉永は続けた。

『彼が亡くなる前、半年間の残業時間は毎月百五十時間を優に超えるものでした。精神的にも肉体的にも追い詰められた彼はデータ偽装に加担させられ、そしてそれを自分の責任と思い込み、自らの命を絶《た》ってしまいました。まだ、二十五歳でした』

水を打ったように会場が静まり返る。そこで別の記者が手を挙げた。

『婚約者であったとおっしゃられた彼が、その手紙を残してから五年もの歳月が経《た》っているわけですが、どうして今、それを公にしようと思われたんですか？』

質問された吉永は少し考えるように口を噤む。

『勇気が持てませんでした。ずっと、勇気が持てませんでした。でも、先日、ここにいる糊山さん、そして今日この場には来られませんでしたが、小山内行雄さんが私に勇気を与えてくれたからです』

テレビ画面には緊張した面持ちの吉永が映し出されていた。行雄には、その表情が僅かに微笑《ほほえ》んでいるように見えた。

翌日から昭櫻住宅の耐震データ偽装問題はマスコミで大きく取り上げられることとなった。

『利益至上主義による顧客無視』

『強力なトップダウンによる隠蔽体質』

『過剰な営業ノルマ』

書かれていることはどれも身に覚えのあることであった。行雄にとってはもはや当たり前となっていた営業ノルマや会社からの圧力も、世間は信じられないもののように叩《たた》いていた。

数日後には代表取締役社長である石破倫太郎、取締役の倉木誠輔はじめ数名の役員がカメラの前で深々と頭を下げた。耐震データ偽装を認め、顧客への補償と再発防止策が語られた。

二

その日、行雄のいる病室は賑《にぎ》やかだった。角田と岡庭、そして吉永が見舞いに訪れていた。

「元気そうで何よりだよ。襲われたって聞いた時は本当にびっくりしたぞ」

角田が腹をさすりながら言う。

「ご心配かけました。その後、会社はどうですか?」

行雄は気になっていることを訊いてみた。

「そりゃあもう、大変よ。抗議の電話はすごいし、会社の前にはマスコミが溜まってるし」岡庭が興奮気味に答える。

「す、すみません……」

吉永が小さくなる。

「なに、なに、違うのよ。あおいちゃんが謝ることじゃないのよ。あおいちゃんは正しいことをしたんだから。悪いのはあの経営陣よ。むしろあおいちゃんは被害者なんだから」

「あおいちゃん、ありがとうね。テレビ見てたよ」

行雄が吉永に微笑みかけると、吉永は滅相《めっそう》もないというように首を振る。

「お礼を言わなければならないのは私の方です。会見でも言いましたが、小山内さんが私に勇気をくれました。伊澤君から小山内さんが襲われたことを聞いた時、やっぱりわたしが言わなければと思ったんです！」

「そうだったんだ。すごいよ、あおいちゃん。すごい勇気だよ」

行雄は吉永の変化に目を見張る。これまでにない芯《しん》の強さが言葉の端々に表われていた。

「俺も礼を言いたい。二人ともありがとう」角田が突然に頭を下げる。

「ど、どうしたんですか？」行雄が条件反射の勢いで身構える。先日のファミレスの件がトラウマになっている。

「いやあ、俺の誤聴もやっぱりストレス性のものだったようで、あおいちゃんたちが告発してくれた日からパタッと聞き間違えなくなったんだよ」

「よかったですね。アメリカ人の上司の方も大丈夫なんですか？」

「うん。最近優しいんだよ。『ＯＫ！　ＯＫ！』ってエブリデイ、スマイルなんだ」

「そうですかあ、それは良かった……」

「どうやら、ストレスって耳にくるのかなあ？」

「課長の場合はそうなのかもしれませんね」行雄は笑みを向ける。

「ところで、さっきから気になっていたんだけど、この日本酒はなんなんだ？　あまり病室には似つかわしくないものだけど――」

角田がベッド脇に置かれた床頭台《しょうとうだい》の上にある桐《きり》箱を指さす。

「昨日、籾さんが来たんですよ。花よりこの方がいいだろって」

「なるほど、籾さんらしいな。早く治して一緒に飲みに行こうってことか」

籾山は幽霊のようにスーッと病室に現われると、無言で手土産《てみやげ》の酒を行雄に差し出した。

籾山はいつものように極めて寡黙《かもく》であったが、行雄は記者会見のことなどいろいろ訊きたいことがあったので、構わず質問をぶつけた。

それによると、記者会見で司会を務めた弁護士は伊澤が手配したものであった。さらに最大の疑問であったPSIの出所。籾山が記者たちの前で机に叩きつけたものだ。それがどこから出てきたのか。聞くところによると、出所は関東六葉銀行のグループ会社である六葉信託銀行が融資を手掛けたプロードスであった。その際に多額の費用がアパートのオーナーと入居者に支払われたという。

そして記者会見で昭櫻住宅の不正をぶちまけた籾山本人。

「金を積んでPSIを手に入れてくれ、俺が暴露する!」

籾山は行雄が襲われたことを伊澤からの電話で知ると、そう豪語したそうだ。「晩酌中で少し酒も入ってたけどな」と照れくさそうに付け加えていた。

「行雄ちゃんが退院したら快気祝《かいき》いしたいね。晴ちゃんも心配してたから。でも、行雄ちゃんは日本酒よりビールよね。日本酒と言えば伊澤君よね！」

岡庭がその日本酒を見ながら言った。

「そう言えば、伊澤君は？」

行雄は先刻から、そのことが気になっていた。入院して一週間になるが、伊澤とは連絡が取れずにいた。行雄は自身が被《こうむ》った傷害事件の第一発見者であり、通報者であるという伊澤に礼を兼ねて何度か電話をしていた。ところが、何度かけても伊澤の電話はコールのみで繋がることはなかった。

「銀行に戻ったみたいよ。もうこっちに戻っては来ないらしいけど」

「そうだったんですか……」

「さすがに不正を働くような会社に、いつまでも在籍させとけないのかね。でもさらに、悲惨なところへ行くことにならなければいいけどね」

「うち以上に悲惨なところってどこ?」角田が突っ込むと皆がどっと笑った。

翌日。朝食を終えた行雄は新聞に目を通していた。

昭櫻住宅の株価は下落を続け、年初来安値を更新し続けていた。「倒産の危機」などという言葉も紙面には見られた。

もし倒産ともなれば、角田や岡庭、そして吉永たちはどうなるのだろうか。下手《へた》をすれば皆が路頭に迷うことにもなりかねない。

行雄は自分がしたことを顧《かえり》みずにはいられなかった。あのまま、プロードスの不正を闇に眠らせておいた方がむしろ良かったのではないか？　そんな考えすら浮かんだ。

ただでさえ競争の激しい住宅業界だ。こうした顧客の信頼を裏切る不祥事が出れば、売上も大きく落ち込むに違いない。結果として、窓際に追いやられた社員が会社に報復したようなものだった。そう考えると、居たたまれない気持ちになる。


行雄が入院しているのは大学病院で、規模が大きいだけに、入院患者が集まる談話スペースのようなものが各フロアに備えられていた。そこは、テレビが天井から吊るされているほか、本棚も置かれている。将棋を指《さ》している入院患者もいた。

行雄も特にすることもないので、自然と一日に数回はここに来て、テレビや雑誌に目を通すようになっていた。

昼下がり、ワイドショーがやっていた。またもや辛口司会者の轟雄太郎であった。

夜の番組だけでなく、昼も辛辣《しんらつ》な轟は吼《ほ》えまくっていた。

『さて、次ですが、昭櫻住宅です。連日、お伝えしておりますが、ここに来て急展開を見せました。あの、世界的家具メーカーであるＥＴＡＲＩＯ《エターリオ》が救済に乗り出すという情報が先ほど入ってきました』

　思わず行雄は聞き耳を立てる。

『現時点で明らかになっているところでは、ＥＴＡＲＩＯの方から友好的ＴＯＢ、株式公開買い付けを提案。おそらく、昭櫻住宅はこれを飲む方針だということですね。顧客への補償と従業員の雇用を確保する観点から言えば飲まざるをえないでしょうけど。まあ、そんな観点を持ち合わせてないから、こんなことになったんですけどね——。ワトソンさん、こうした企業救済はアメリカではよくあるんですかね？』

　轟はコメンテーターであるアメリカ人コメディアンに意見を求めた。ワトソンは角田ばりのダジャレを言って場を賑わせながらコメントしていた。

　行雄は愁眉《しゅうび》が開くようだった。もし、轟の話が本当なら行雄の顧客たちも、一緒に働いていた仲間たちもある程度は救われるかもしれない。ＥＴＡＲＩＯはイギリス発祥の家具メーカーであった。斬新なデザインと低価格で人気を博し、日本でも大型店舗を各地に建設している。行雄も娘たちにねだられて、車で最寄りのＥＴＡＲＩＯに行ったことがあるが、駐車場に入るのも一苦労なほど賑わっている印象があった。

　ワトソンのダジャレが一段落したところで、再び轟が話しだした。

『それにしても、今回のような大企業の不正は本当に後を絶たないですね。どうせ、バレるのにね。それとも氷山の一角なんですかね。僕はなんかねえ、日本人の国民性みたいなのも感じちゃうんですよ。ぶつかるまで止まれない！　みたいな。そう思いません？』

企業法務に詳しい弁護士の片倉《かたくら》に意見を求めた。最初からそっちに振るべきだろと行雄は思いながら、金縁の眼鏡を光らせて話し出した片倉のコメントに耳を傾ける。

『今回のＴＯＢには関東六葉銀行が間に入るそうですよ。かなりの大型案件だけに関東六葉銀行が受け取る報酬額もすごそうですけどねえ〜』と、まるで自分が報酬を得たように舌なめずりをしながら答えていた。

関東六葉銀行？

伊澤の銀行だ。もしかして、伊澤がこんなことになってしまった昭櫻住宅を救うように口をきいてくれたのだろうか……。

三

この日の診察で、行雄は医師から退院を告げられていた。

退院は三日後であった。

その日の午後、行雄は携帯電話の着信でうたた寝から目を覚ました。

画面を見ると知らない番号だ。病室を出ながら小声で電話に出ると、それは警察からであった。行雄はすぐに同じフロアにある談話スペースに向かった。そこが唯一電話なども許される場所だった。電話の相手は柳下《やなぎした》と名乗る刑事であった。

「まず、ご報告させて頂きます。本日、容疑者の男性を特定致しました」

「捕まったんですか！」

行雄は突然のことに驚く。

「いえ、まだ確保には至っていません。容疑者の行方が現在摑《つか》めない状況です。小山内さんの証言である、長身の男性。さらに、周辺の防犯カメラの映像と聞き込みから犯人が特定できましたので、会社だけでなく容疑者の住むマンションへも本日、捜査員を向かわせましたが不在でした」

「何者だったのですか？」

行雄はまずそれを訊かずにはいられなかった。通り魔的犯行でないことは明らかだった。なぜなら、ナイフを背中に突き立てられた時、プロードスのことを言われたからだ。分かっているのは長身の男性であることだけだった。声には聴き覚えがなかった。

「容疑者は昭櫻住宅取締役の倉木誠輔です」

「く、倉木……ですか？」

「はい。逃走している可能性もあります。一応、そちらにも警備の者を向かわせますが、なるべく病室から出ないようにしてください」

「わ、分かりました」

「また進展がありましたらお電話させて頂きます」

柳下はそれだけ言うと電話を切った。

倉木――。

まさか、あいつだったとは思わなかった。地位も名誉もあったはずだ。それを擲《なげう》ってまで――。そこまでして、隠蔽したかったのか。何度考えても信じられない。

行雄は病室に戻りながらも、まるで地に足がついていないような感覚に襲われた。思わず自身の病室を行き過ぎてしまったほどだ。それでもどうにか病室に戻ると、カーテンの陰に人影がある。見ると、ベッド脇にあるパイプ椅子に男が座っていた。

「突然に申し訳ありません」

男は柔和《にゅうわ》な笑みを浮かべると、立ち上がり行雄に小さく頭を下げた。行雄は表情が強《こわ》張《ば》る。気道を塞《ふさ》がれたように息をすることが出来ない。

「お見舞いが遅くなってしまいましたが、これは心ばかりです」

男はそう言うとフルーツの詰め合わせを、床頭台の上に置いた。

「お詫びとお礼を兼ねて、最後にお伺《うかが》いしました」

男は笑顔を向けたまま行雄に話しかける。

行雄は力ずくで息をすると、どうにか声を発した。

「倉木!」

四

病院の屋上は庭園になっていた。入院患者が家族と束《つか》の間《ま》の時間を過ごしている姿や、病院関係者が休憩している様がそこにはあった。

行雄と倉木は自然とそうした日常と距離を置くようにしてフェンス際《ぎわ》にいた。眼下《がんか》には夕刻を迎えようとする埋め立て地の風景が広がっている。

「信じて頂けるとは思っていません。ただありのままをお伝えするのがせめてもの償いになるような気がしてお話しさせて頂きました。本当に申し訳ないことをしたと思っています」倉木はそう言うと深々と頭を下げた。行雄は言葉が出ない。

倉木が行雄の元を訪れたのは本人が言うように、行雄への謝罪であった。その中で聞かされた倉木の話はあまりに信じがたく、行雄の想像を超えたものだった。倉木もまた被害者なのかもしれない。行雄はそう思わずにはいられなかった。

そこで行雄の携帯が再び着信を告げる。先ほどと同じ番号。警備の者を向かわせると、刑事の柳下は言っていたが行雄が病室にいないので電話をかけたのだろう。気が付くと一時間近くもここで倉木と話していた。

「警察からだ」

行雄は画面を見せながら倉木にそう告げた。

「そうですか。どうぞ出てください。そして、私がここにいることも伝えてください」

「いいんですか?」

「ええ、小山内さんに最後にお会いできて良かった。あとは私がこれまでの罪を償うだけですから……」

「……分かりました」

行雄が電話に出ると、柳下は落ち着いた調子で行雄の現在いる場所を尋ねた。行雄は屋上にいることと、隣に容疑者である倉木がいることを告げた。

フェンスから下を見ると、駐車場に警察車両が二台ほど止まっていた。二人はしばらくの間、時折り吹く夕風に身を任せていた。そこに、階下からスーツ姿の男が数人上がってくるのが見えた。辺りを見まわしている。そのうちの一人がフェンス際に立つ行雄と倉木を見つけると指をさして近づいてくる。

「やっと来てくれました……。それにしても、何に踊らされていたんでしょうか。それも長い間。もし、あなたたちがいなければ、私はまだ踊らされていたことでしょう。そして、さらなる罪を重ねていたに違いありません」

倉木は最後にそう言うと自ら捜査員の元へと歩いていった。

五

病院を退院して二週間後。行雄は会社近くの公園にいた。

一人、ベンチに座り人を待つ。

この日、行雄は昭櫻住宅に辞表を出した。慰留してくれる声もあった。前向きに働ける職場も用意してくれていた。しかし、会社を去る道を選んだ。

組織で働くことに疲れたのだろうか？　そう自問してみるが、そうではないと思っている。もっと、自分自身の人生を大事にしても良いのではないかと思うようになっていた。どうせ、一度っきりの人生なのだから——。

そのとき、目の前に長身の男が立つ。

「お待たせしました。お隣、よろしいですか」

男はそう言うと行雄の隣に座った。

「やっと会えたね」

行雄は思わず声に出す。

「ご無沙汰《ぶさた》していています。何度もお電話頂いていていながら、本当にすみませんでした」

「家にも一度行ったんだよ。留守だったけど。伊澤君から電話があった時は驚いたよ」

「すみません、いろいろと整理がつかなくて……。ようやく、お会いできるところまで来たのでお電話しました」

「そうか……。それより本当にありがとう。助けてくれて」

「いえ、お電話でもお話ししましたけど、倉木は僕に声を掛けられると逃げていきましたから。倒れているのが小山内さんだと知った時には、本当に驚きました。おそらく同じ時間の電車に乗っていたんでしょうね。僕は少し買い物をしてから、あの通りを歩いてきたので。それはそうと、会社を辞めたっていうのは本当なんですか？」

　伊澤は驚いた表情で訊く。

「うん」

「そうですか……。次は決まっているんですか？」

「自分で会社を立ち上げる」

「やはり、そうするんですね。でも、小山内さんなら出来ますよ。銀行員としての僕の勘ですけど」

「ありがたいお墨付きだ」行雄は笑う。

「その後、傷の具合はどうですか？」

「まだ、たまに痛むよ」

「そうですよね、だいぶ出血していましたからね。それにしたって酷い。しっかり慰謝料請求した方がいいですよ」

「いや、それが昨日、減刑嘆願書を出したんだ」

「は？　倉木とのことで？」

「うん」行雄は頷く。

「どこまでお人よしなんですか！　自分を殺そうとした人間なんですよ」

伊澤は信じられないとばかりに訊いた。

「それが、病院に倉木本人が来て動機や経緯を話してくれたんだ。それを聞いたら、なんだか哀《あわ》れに思えてきてしまって」

「ちょっと待ってください、本人が来たんですか？」

「ああ、警察から倉木が犯人であることを告げられた直後だったから、生きた心地がしなかったけどね」

「何しに来たんですか？」

「主に謝罪だよ。動機も話してくれたけど、指示だったそうだよ」

「指示？　やはり社長ですか？　それとも他の取締役？」

行雄は首を横に振る。

「じゃあ、だれが？」

「昭櫻住宅だ」

「……どういうことですか？」

「濁声《だみごえ》だったそうだ」

「だから、誰がですか？」

「だから昭櫻住宅がだよ！　昭櫻住宅が殺せと言ったそうだ」

　そこで行雄は神妙な顔になると、伊澤の表情を窺った。

「ごめんなさい、まったく意味が分かりません」

「『ようやく逃げることが出来た』倉木はそうも言っていた」

「逃げることが出来た？」

　伊澤はますます分からないようだ。

「倉木の言葉をそのまま借りるなら、『社長でもなく、自分でもなく、ましてや部下や顧客でもなく、昭櫻住宅が自分に命じていた。邪魔をする者は殺せ。そして走り続けろ。止まるときは衰退する時だ。走り続けろ！』という声が聞こえたそうだよ。拒《こば》んでも拒んでも、言う通りに行動するまでいつまでも命じるそうだ。食事をしていても、寝ていても二十四時間いつでも」

「つまり、幻聴――ということですか？　弁護士からの入れ知恵ですよ、そんなの。責任能力がないかのように見せるための」

「もしかしたらそうなのかもしれない。俺は単に騙《だま》されたのかもしれない。でも、あれは嘘を言っている人間の目じゃなかった気がする。それ故《ゆえ》に、あの日の倉木は解放された表情をしていた」

「解放？　ということは小山内さんの元を訪れた時には幻聴から解放されていたということですか？」

「ああ、プロードスの不正が告発された日から、パタリと聞こえなくなったそうだ。その意味で俺たちには感謝してもしきれないそうだ」

「信じられません！　まさか、耐震データ偽装もその幻聴が原因だったって言うんじゃないでしょうね」

　行雄は首を縦に振る。

「『どうせ、他の企業もやっているに違いない。うちだけが真面目《まじめ》にやっていては負けてしまう』そう言われ続けていたそうだ」

「たしかに社長来店の時、上を向いて変な仕草をしてましたけど、それにしたって……。ちなみに、いつからだったんですかね、その幻聴が聞こえるようになったのは」

「プロードス開発中のことだったらしい。このまま研究を続けていても、石破から言われている期日に間に合わない。間に合わなければ、間違いなく降格される。倉木は昼夜を問わず働いたが期待する結果は出なかった。そんな窮地に追い込まれたある日、さっき言った昭櫻住宅の声が突然聞こえたそうだ。一週間、倉木はその声と戦ったそうだが、拒めば拒むほど声は大きくなり、昼夜を問わず命じられた。そして、耐えられなくなった倉木は、真家君に指示し耐候試験の負荷を著《いちじる》しく下げたデータを算出させた」

「では、真家さんはやはり偽装を強要されたんですね」

「うん。むしろ、不正を指摘した真家君に、倉木は『お前も協力したことだろう。耐候試験の負荷を下げろというのは、そういうことだ。もう、すべてが動きだしている。今更、違うと言うなら、プロードスの発売日までにPSIを完成させろ』と言わされたそうだ」

「滅茶苦茶《めちゃくちゃ》だ。だとしたら、倉木は完全に病《や》んでたわけですか?」

行雄は頷くが、伊澤はあくまで首を傾げる。

「その時には既に、プロードス発売まで一か月を切っていた。パンフレットやテレビCMも完成し、そして工場も稼働し始めていた。発売の直前、真家君は最後に社長に直訴したのだろう。だが、石破は……」

「社長は社長でデータ偽装を知っていながら、もう後には引けないと判断し、プロードスを発売させた」

「うん。真家君の遺書にもあったように、『昭櫻住宅に殺された』というのは、倉木の言っていることが本当なら、まさにその通りだったのかもしれない……」

「だとしたら、なにか怖いものがありますけど……。いやー、やっぱり、倉木の虚言としか思えません」

「本当のところは俺にも分からないよ。もしかしたら、倉木本人も分からないんじゃないのかと思う。自分の意思なのか、それとも何か別のものの意思なのか。でも、何となく俺は倉木が言っていることが分かるような気もするんだ」

「は？　どうしてですか？」

伊澤は魑魅魍魎《ちみもうりょう》に出くわしたように身を反らす。

「時に組織自体が一個の生物のように意思を持ってしまう。そして、その組織に係わる者、誰一人として望まないことを組織が要求してくる。従業員も、顧客も、そして、社長すらも望まなかったことを――」

「たしかに、社長も不正までして利益を残そうとは最初からは思わなかったでしょうしね」

「幻聴までは聞こえないけど、あるよな。いったいこれは誰のためなんだっていうのが。何の目的なんだっていうのが。そして、それに疑問を抱きながらも従ってしまう。いや、甘えてしまう、と言った方がいいんだろうか……。『まあいいか』って言いながら」

伊澤も身に覚えがあるのか頷く。

「でも小山内さんは少し違いましたね。社長に間違っているものは間違っていると言えた。自分を見失わなかった」

「たまたまだよ」

「そんなことは……」

「そう。たまたま、ロストジェネレーションなんて言われている世代に生まれたからだよ。俺たちの世代にとって、会社は最初から絶対ではなかったから」

行雄はそう言うと微笑んだ。

それから、二人はしばらく公園の景色に目を遣っていた。ストレッチするランナーの姿。昼食をとる会社員の姿。どこにでもある朗《ほが》らかな昼下がりだった。

ところが伊澤はしばらくすると、手持ち無沙汰からなのか地面の砂を靴で弄《いじ》り始める。そして思いつめた表情になる。行雄は数か月前、昭櫻住宅の不正を打ち明けられた日の事を思い出した。あの時も伊澤は同じ仕草をしていた。

「そう言えば、電話で話があるって言ってたけど？」

今度は行雄の方から振ってみると、伊澤は顔を上げた。

「ええ。実は今日ここにお呼び立てしたこととも絡んでくるのですが、小山内さんは今後の昭櫻住宅についてご存じですか？」

「ああ、ＥＴＡＲＩＯが救ってくれるみたいだね」

「はい。世間的にはそう言われています」

伊澤は何かを含んだような言い方をした。

「違うの？」

「いえ、違いません。ETARIOが昭櫻住宅を救済します。でも、昭櫻住宅はETARIOの傘下に入ることになります。石破さんの代わりに副社長の山路《やまじ》さんが社長に昇格する人事が既に決まっていますが、実際の経営権はETARIOが握ります」

伊澤に協力していた昭櫻住宅の役員とは、その山路だったのだろう。

「でも、社員の雇用も守られるみたいだし、プロードスの補償もされるようだね。まあ、しょうがないよな。こんなになってしまった会社なんだから」

「その通りです。しょうがないんです。身から出た錆《さび》です。因果応報《いんがおうほう》だと思います」

「因果応報……」

「そう、因果応報です。それとも絡んでくるんですが、小山内さん、これを見て頂けませんか？」

そこで伊澤は懐《ふところ》から封筒を取り出し、一枚の書面を広げた。それは辞令であった。

『伊澤勇誠　東京本店法人営業部部長を命じる』そう書かれていた。

「お、おめでとう」

そう言いながらも行雄は腑に落ちない。昭櫻住宅の不正を暴いたことで銀行に損失を与えずに済んだ。それを評価されたにしても、三十歳になるかならないかで大銀行の部長にまでなれるものなのだろうか……。

「でも、こうしなきゃいけないんです」

そう言うと伊澤は、その辞令を縦に横に破りはじめた。

「何をやってるんだ！」

「今、僕が破いているのは辞令ではなく、ある人物が書いたシナリオです」

「シナリオ？」

行雄は首を傾げる。

「でも、こんなシナリオが許されていいはずがない。その通りにしても、昭櫻住宅のようにいつかその報《むく》いを受ける日が必ず来る。だから今、新しいシナリオを書き直さなければならないんです」

伊澤はもうこれ以上破けないというところまで細切れに辞令を破くと、行雄の目を見据えた。

「小山内さん、最後にもう一つご協力をお願いしたいことがあります」

「また？」

行雄に嫌な予感が走る。

終章　翌春

平助を抱いた菜々が玄関先に立っている。

次女の菜々は第一志望である浜追高校に入学を決め、来月には中学校の卒業式を迎える。その菜々の横で、由香里はメンチを切りながら仁王立ちしていた。

「ちょっと、お母さん、そんな怖い顔しないでよ！」

靴を履き終え、家を出ようとする長女の芽結の顔が思わず引き攣《つ》る。

「だって、カチコミみたいなもんでしょ、受験って。あたしらの頃は受験戦争って言われてたんだから」

「まあ、戦いは戦いだけど、お母さんが想像しているのと、ちょっと違うかな……」

「何にしても、芽結なら大丈夫だよ」

玄関框《かまち》に座り革靴を履き終えた行雄が、立ち上がりながら言った。

「うん。お任せあれ。それより、お父さんもしっかりね。今日から社長なんだから」

「社長って言ったたって、俺一人の会社だからな」

行雄は苦笑する。

「いいかい、二人とも、ビッとするんだよ！」由香里が気合を入れる。

「おう！」

行雄と芽結は声を合わせると家を出た。

芽結はこの日、第一志望の国立大学の二次試験に臨《のぞ》む。模擬試験の判定では合格可能性六十％だったが、芽結ならきっとやってくれると行雄は信じている。

行雄は芽結を最寄り駅まで車で送ると、昭櫻住宅時代に担当していたエリアに向かった。

自宅からは三十分ほどかかる。

開業するにあたって、金山の所有するアパートの一室を安く借りることが出来た。以前は選挙事務所などに使われていたが、ここ最近は空室となっていた。数年前に行雄が手掛けた物件でもある。

「そのうち、アパートもお願いするけど、とりあえず、今までいろいろしてもらったから、使ってくれ」

金山からの申し出だった。

行雄は車を店舗前の駐車スペースに止めると、目の前の更地に目を移す。

新駅開業に伴う建築工事の看板が立てられていた。

まだ、整地すらも始まっていないが、数年後には駅が出来る。そして、街が出来ることだろう。その前段階として大学の学部がここに移ってくる。全てがこれから始まろうとしていた。そして、行雄自身の第二のステージも。

行雄は店舗へと入った。

途中のコンビニで買ったコーヒーと朝刊を机に置くと、椅子に腰を掛けた。

コーヒーカップを口に付ける。舌がやけどしそうなほど熱い。コーヒーを飲みながらと思っていたが、待っていられないので先に新聞を広げた。

『関東六葉銀行、株価操作の疑い』

一面にその文字が躍っていた。記事は以下のようなものであった。


二十日夕刻、東京地方検察庁特別捜査部（以下、特捜部）は、金融商品取引法違反の疑いで、関東六葉銀行本店に家宅捜査に入った。

特捜部によると、昨年末のＥＴＡＲＩＯによる昭櫻住宅（東京都中央区）に対するＴＯＢに関して、コンサルタント業務などを請け負った関東六葉銀行（東京都新宿区）が、ＥＴＡＲＩＯが容易にＴＯＢを行なえるように画策した疑いが持たれている。併《あわ》せて、事件を主導したと目される関東六葉銀行専務取締役武岡敏和から任意で事情を聴いている。

武岡は部下を使い昭櫻住宅耐震データ偽装の情報を入手すると、それにより昭櫻住宅の株価を故意に下げさせた容疑がかけられている。ただ、昭櫻住宅の耐震データ偽装は事実であり、金融商品取引法の「風説の流布《るふ》」に当たらないことから、インサイダー取引、不正競争防止法も視野に入れての捜査が今後予定されている。さらに、関東六葉銀行の組織的関与がないかも併せて捜査される。

住宅メーカー買収はＥＴＡＲＩＯから関東六葉銀行に数年前に持ち掛けられたものであったことが関東六葉銀行の関係者からの取材で明らかになっている。（二面につづく）

行雄は新聞を捲《めく》り二面を開く。そこには新聞社が独自にスクープした記事が記されていた。それは、関東六葉銀行の重役に対するインタビューという形をとっていた。

新聞を閉じた後、行雄はスマホでニュースサイトにも目を通した。だが、どの媒体も、今回の情報の出所を明らかにはしていなかった。検察が自らの捜査で摑んだ情報のように書かれていた。でもそれでよいと行雄は思っている。行雄はそこでほどよく冷めたコーヒーを啜った。

配達業者のトラックが店の前に止まった。運転手が伝票を片手に扉を開けた。

「御届け物です。小山内行雄さんでよろしいでしょうか？」

「はい。そうですけど……」

何の荷物であろうか、今日から開業なのに来る荷物などあっただろうか。

「沢山ありますよ」

配達員はそう言うと、トラックの荷台を開け大きな荷物を幾つも下ろす。行雄も店舗の外に出る。

「お花ですか？」

箱の一部が透明になっていて胡蝶蘭《こちょうらん》などが見える。

「はい。全部で二十一個来てますね。お酒も来てますよ」

「二十一個！」

たちまち店舗の前は花の入った箱でいっぱいになった。配達票にサインをすると、配達員は慌ただしくすぐに去って行った。

箱の中をのぞくと開業祝の札が見える。送り主は今までお世話になった地主さんたちだった。数日前に昭櫻住宅退社と開業の挨拶を兼ねて訪問していた。

その一人から、さっそく図面の依頼も頂いている。設計は籾山に依頼してある。その籾山からは酒が届いているようだった。

行雄はひとり泣き出しそうになる。

「小山内さん、開業おめでとうございます」

そのとき、背中でそんな声がした。見るとそれは、伊澤だった。

「わざわざ来てくれたのか？」

「ええ、お父さんの電器屋さんの名前を引き継いだんですね」

伊澤は看板を指さす。

「うん。遅くなってしまったけど約束を守ろうと思って」

『押さない不動産』――白地に青でそう書かれている。

「なかなか、インパクトありますね」

「そうだな。名前を汚さぬよう頑張るよ。それで、伊澤君の方はどう？」

「ええ、やっぱりチャレンジしてみようと思います。教師を。失敗してもいいからやってみようと思って。理想と現実は違うでしょうけど、そんなのどこでも同じでしょうから、どうせ！」

「そうだな」行雄も賛成する。

「組織の中で働くことに変わりはないと思います。でも自分の望んだ道ならば、自分を見失わずに済むような気がして……。自分への言い訳も出来ないですし、自分への責任もあるような気がするんです」

「伊澤君なら大丈夫だよ」

面白い教師になりそうだと行雄は思った。伊澤は去年の暮れに銀行に辞表を出していた。メガバンクの部長職を蹴っての転職だった。行雄以上にかなぐり捨てたものが大きい。

そしてそれは、人生という舞台で、演じるべきでない役は演じないという伊澤の強い意志でもあった。結果、新聞にも記載されていたように武岡の描いたシナリオは土壇場で大きく書き換えられた。

不祥事を抉り出され、藁《わら》にも縋《すが》りたい状況の昭櫻住宅。そこに、ホワイトナイトとして登場するＥＴＡＲＩＯ。だが実際は、ＥＴＡＲＩＯが昭櫻住宅を買収できるところまで、株価を下げさせるための下工作ありきの話だった。昭櫻住宅としては、叩けば埃《ほこり》が出る企業体質を巧《たく》みに利用されたに過ぎない。そこまでは武岡の筋書き通りだった。

行雄は舞台で踊らされていたことにすら気付かなかった。それは伊澤も終幕間近まで同じだった。それでも人は流されるだけでなく抗《あらが》うことが出来る。若い伊澤にそう教えられたようだった。

「ところで、名前の下に書いてあるのなんですけど……」

その伊澤は再び看板を指さす。押さない不動産の下には、『土地・建物、その他諸々《もろもろ》なんでもご相談下さい！』と書かれている。

「実はご相談したいことがありまして……」

「え？　伊澤君が？」

まさか、最初の相談客が伊澤とは思いもよらない行雄だった。

「実はですね、あのー、なんて言うんでしょうか……」

「なんだよ、伊澤君らしくないな。いつもみたいに無神経に言ったらいいじゃん、スパッと」

「そうですか。じゃあ」

「うん」

「吉永さんに求愛してみようと思うんです！」

「は？　何いきなり。しかも求愛って、あまり聞かない表現だけど、つまりお付き合いを申し込むということ？」

動物が出てくるテレビ番組ではたまに聞く言葉だが。

「そうです」

伊澤の声は珍しく上《うわ》ずる。

「恋愛とか結婚なんて無駄だとか言ってたような気がしたけど……」

「いつの間にか、吉永さんのことが好きになっていました。自分でもどうしようもない感情です」

「そうか、頑張って！　それしか言えないよ」

「そう突き放さないでください！　何か分からない時は質問させて欲しいんです」

「分かったよ、俺で良ければね。でも、ジュリコさんとかの方がいいんじゃない？　自他ともに認める恋愛マスターだよ、ジュリコさんは」

「いやー、岡庭さんはちょっとレベルが高そうですから。しかも口が軽そうなんで」

　顔を真っ赤にしてそう言った伊澤は、今までにないほど可愛げがあった。

「了解しました。俺で良ければ相談に乗らせて頂きます」

「ありがとうございます。早速何ですけど、実はこんど吉永さんと初デートのお約束を取り付けたんです」

「早！　俺に相談する必要なんてないじゃん！」

「でも、どこにお連れしたら良いか分からなくて、お知恵を拝借したいと思いまして」

「うーん、伊澤君がいいと思う場所でいいんじゃない」

　行雄は投げやりに答える。

「そうですか。もうすぐ桜の季節なんで、桜の木があるお寺がいいかなと思うんですけど、どうでしょうか？」

「て、寺？」

「だめですかねえ」

　なるほど、行雄の事務所横に植えられている桜も蕾《つぼみ》を膨《ふく》らませていた。もう数週間後には花を咲かせるのだろう。そこで行雄は思い当たる。

「うん、いいと思うよ。でも――」

「でも？」

伊澤は聞き耳を立てる。

「いつの日か、真家君の眠るお寺にも行ってあげて欲しい」

行雄はそう言うと微笑んだ。

注　本書はフィクションであり、登場する人物、および団体名は、実在するものといっさい関係ありません。

ロストジェネレーション

一〇〇字書評

切り取り線

購買動機（新聞、雑誌名を記入するか、あるいは○をつけてください）

□（　　　　　　　　　　　　）の広告を見て
□（　　　　　　　　　　　　）の書評を見て
□ 知人のすすめで　　□ タイトルに惹かれて
□ カバーが良かったから　　□ 内容が面白そうだから
□ 好きな作家だから　　□ 好きな分野の本だから

・最近、最も感銘を受けた作品名をお書き下さい

・あなたのお好きな作家名をお書き下さい

・その他、ご要望がありましたらお書き下さい

住所	〒				
氏名		職業		年齢	
Eメール	※携帯には配信できません		新刊情報等のメール配信を 希望する・しない		

この本の感想を、編集部までお寄せいただけたらありがたく存じます。今後の企画の参考にさせていただきます。Eメールでも結構です。

いただいた「一〇〇字書評」は、新聞・雑誌等に紹介させていただくことがあります。その場合はお礼として特製図書カードを差し上げます。

前ページの原稿用紙に書評をお書きの上、切り取り、左記までお送り下さい。宛先の住所は不要です。

なお、ご記入いただいたお名前、ご住所等は、書評紹介の事前了解、謝礼のお届けのためだけに利用し、そのほかの目的のために利用することはありません。

〒一〇一－八七〇一
祥伝社文庫編集長　清水寿明
電話　〇三（三二六五）二〇八〇

祥伝社ホームページの「ブックレビュー」からも、書き込めます。
www.shodensha.co.jp/bookreview

祥伝社文庫

ロストジェネレーション　不動産営業《ふどうさんえいぎょう》マン・小山内行雄《おさないゆきお》の場合《ばあい》

令和 5 年 5 月 20 日　初版第 1 刷発行

著　者　風戸野小路《かざとのこみち》
発行者　辻　浩明
発行所　祥伝社《しょうでんしゃ》
東京都千代田区神田神保町 3-3
〒 101-8701
電話　03（3265）2081（販売部）
電話　03（3265）2080（編集部）
電話　03（3265）3622（業務部）
www.shodensha.co.jp
印刷所　萩原印刷
製本所　ナショナル製本
カバーフォーマットデザイン　芥 陽子

 ISBN978-4-396-34888-5 C0193

祥伝社文庫の好評既刊

小野寺史宜　ひと

両親を亡くし、大学をやめた二十歳の秋。人生を変えたのは、一個のコロッケだった。二〇一九年本屋大賞第二位！

小野寺史宜　ホケツ！

一度も公式戦に出場したことのない大地《だいち》は伯母さんに一つ嘘をついていた。自分だけのポジションを探し出す物語。

小野寺史宜　家族のシナリオ

余命半年の恩人を看取る――元女優の母の宣言に〝普通だったはず〟の一家が揺れる。家族と少年の成長物語。

江上　剛　庶務行員　多加賀主水《たかがもんど》が許さない

合併直後の策謀《さくぼう》うずまく第七明和《だいななめいわ》銀行。その支店に配属された庶務行員、多加賀主水には、裏の使命があった――。

江上　剛　庶務行員　多加賀主水が悪を断つ

人心一新された第七明和銀行。しかし新頭取の息子が誘拐されて……。主水、国家の危機に巻き込まれる！

江上　剛　庶務行員　多加賀主水が泣いている

死をもって、行員は何を告発しようとしたのか？　主水は頭取たっての極秘指令を受け、行員の死の真相を追う。

祥伝社文庫の好評既刊

原田ひ香
ランチ酒

バツイチ、アラサーの犬森祥子。唯一の贅沢は夜勤明けの「ランチ酒」。疲れを癒す人間ドラマ×グルメ小説。

原田ひ香
ランチ酒 おかわり日和

犬森祥子が「見守り屋」の仕事を始めて約一年。半年ぶりに元夫と暮らす小三の娘に会いに行くが……。

垣谷美雨
子育てはもう卒業します

就職、結婚、出産、嫁姑問題、子供の進路……ずっと誰かのために生きてきた女性たちの新たな出発を描く物語。

垣谷美雨
農ガール、農ライフ

職なし、家なし、彼氏なし――。どん底女、農業始めました。一歩踏み出す勇気をくれる、再出発応援小説！

近藤史恵
スーツケースの半分は

あなたの旅に、幸多かれ――青いスーツケースが運ぶ〝新しい私〟との出会い。心にふわっと風が吹く幸せつなぐ物語。

近藤史恵
新装版 カナリヤは眠れない

彼女が買い物をやめられない理由とは？　身体の声が聞こえる整体師・合田力が謎を解くミステリー第一弾。

祥伝社文庫の好評既刊

坂井希久子
泣いたらアカンで通天閣
大阪、新世界の「ラーメン味《み》よし」。放蕩《ほうとう》親父ゲンコとしっかり者の一人娘センコ。下町の涙と笑いの家族小説。

坂井希久子
虹猫喫茶店
「お猫様」至上主義の喫茶店にはワケあり客が集う。人生、こんなはずじゃなかったというあなたに捧げる書。

坂井希久子
妻の終活
余命一年。四十二年連れ添った妻が末期がんを宣告された。妻への後悔と自分の将来への不安に襲われた老夫は……。

中田永一
百瀬、こっちを向いて。
「こんなに苦しい気持ちは、知らなければよかった……！」恋愛の持つ切なさすべてが込められた小説集。

中田永一
吉祥寺の朝日奈くん
切なさとおかしみが交叉《こうさ》するミステリ的表題作など、恋愛の〝永遠と一瞬〟がギュッとつまった新感覚な恋物語集。

中田永一
私は存在が空気
存在感を消した少女は恋を知り、引きこもり少年は瞬間移動で大切な人を救う。小さな能力者たちの、切ない恋。

祥伝社文庫の好評既刊

柚月裕子　パレートの誤算

ベテランケースワーカーの山川《やまかわ》が殺された。被害者の素顔と不正受給の疑惑に、新人職員・牧野聡美《まきのさとみ》が迫る！

須賀しのぶ　また、桜の国で

第二次大戦前夜、棚倉慎はポーランドに外務書記生として着任。戦争回避に奔走するが——高校生直木賞受賞作。

矢樹　純　夫の骨

結末に明かされる九つの意外な真相が不器用で、いびつで、時に頼りない、現代の〝家族〟を鋭くえぐり出す！

宇佐美まこと　愚者《ぐしゃ》の毒

緑深い武蔵野、灰色の廃坑集落で仕組まれた陰惨な殺し……。ラスト1行まで震えが止まらない、衝撃のミステリー。

瀬尾まいこ　見えない誰かと

人見知りが激しかった筆者。その性格が、どんな出会いによってどう変わったか。よろこびを綴った初エッセイ！

百田尚樹　幸福な生活

百田作品史上、最速八〇万部突破！圧倒的興奮と驚愕、そして戦慄！　愛する人の〝秘密〟を描く傑作集。